KB163049

「비?」

「토야 님을 모실 수 없을까 하여 이렇게 실례를 무릅쓰고 찾아온 참입니다.」

이세계는 스마트폰과 함께.5

브뢴힐드 공국
건국제, 개막!!

「액셀 부스트!」

나는 〈스토리지〉에서 미스릴 대검을 꺼내

빽빽한 나무의 틈을 가르며 달려가,

소녀에게 빠르게 접근하는 거미 프레이즈의

창 같은 팔을 튕겨 냈다.

「여기는 맡겨 두고 얼른 피난을……

앗, 말이 안 통했었지?!」

젊은 부족 소녀가 무언가 명령을 내렸지만,

전혀 알아들을 수 없었다.

공통어가 아닌가?

한느님이 부여해 준 통역 능력도

만능은 아닌 모양이었다.

이세계는 스마트폰과 함께. ⑤

후유하라 파토라 illustration ■ 우사츠카 에이지

표지 · 본문 일러스트
우사츠카 에이지

대륙 서쪽 지도

레굴루스
제국

리프리스
황국

황도 베른

벨파스트
왕국

제도
갈라리아

브륀힐드 공국

로드메어
연방

왕도
아레피스

리플렛 마을

성도
이스라

라밋슈
교국

미스미드
왕국

왕도
베르주

이그리트
왕국

대수해(大樹海)

라일
왕국

산드라
왕국

라비 사막

N

지금까지의 줄거리

　하느님이 특별히 마련해 준 스마트폰을 가지고 이세계에 오게 된 소년·모치즈키 토야는 벨파스트 왕국과 레굴루스 제국의 후원으로 소국 브륀힐드의 공왕이 되었다.

　토야는 고대 왕국의 유산이라고도 할 수 있는 '바빌론'의 힘을 사용해 순식간에 성을 건설. 그에 더해 세 명의 가신을 얻어 일단은 나라다운 겉모습을 갖추었다.

　자신을 도와주는 동료들과 함께, 토야는 파격적인 초보 국왕의 길을 걷기 시작하는데…….

제1장 건국 친선 파티

대륙 서쪽에 위치한 대국인 벨파스트 왕국과 레굴루스 제국. 일찍이 전쟁까지 했던 양국의 국경에 두 나라의 지원을 받은 새로운 소국이 탄생했다.

브륀힐드 공국.

브륀힐드 공국은 벨파스트 왕국과 레굴루스 제국의 가장 작은 영지보다도 작았고, 아직 국민도 없었다. 그곳을 다스리는 사람은 공왕·모치즈키 토야.

오랜 모험자 길드 역사를 통틀어 가장 빠르게 은색 랭크까지 올라간 모험자다.

이윽고 이쪽 세계에서 그 나라의 이름은 중요한 의미를 지니게 된다.

하지만 그건 아직 좀 더 시간이 지난 뒤의 이야기…….

새로 우리 브륀힐드 공국의 병사가 된 세 사람은 린이 추천해 준 만큼 실력이 매우 뛰어났다.

레인 씨는 검, 노른 씨는 쌍검, 니콜라 씨는 핼버드라는 도끼창이 특기로, 야에와 대결하여 확인해 보니 세 사람 모두 실력이 꽤나 좋았다. 이 정도라면 나름 기대해 봐도 좋지 않을까.

"폐하, 이 성에 말은 없습니까?"

"말?"

여전히 잔뜩 격식을 차린 니콜라 씨에게 그 말을 듣고 나는 이 성에 말이 없다는 사실을 깨달았다. 이동이든 뭐든 죄다【게이트】를 사용했으니 당연하다면 당연하다. 왕도(王都)에서는 자전거를 사용해서 필요성을 느끼지 못하기도 했고.

"말이 필요한가?"

"기병으로서 싸우려면 필요하리라 생각합니다. 물론 싸우지 않는 것이 가장 좋으나, 만일의 사태가 벌어졌을 때의 대처는 훈련하여 대비했는지 안 했는지에 따라 하늘과 땅만큼 큰 차이가 납니다."

그건 그렇다. 병사들은 싸우는 것이 곧 일이다. 그러니 투자를 아껴서는 안 될 것 같아.

전쟁은 할 마음도 없고, 벨파스트와 레굴루스에 둘러싸여 있는 입지상, 다른 나라의 침략을 받을 염려도 없긴 하지만, 산적이나 강도가 안 나타날 거라고는 보장할 수 없으니까.

"게다가 말이 있으면 국내를 쭉 돌아볼 수도 있습니다. 저희도 이 나라의 지형 등을 파악해 두고 싶고요."

레인 씨의 말도 맞는 말이다. 그리고 보니 이 사람은 말투도 별로 여성스럽지 않단 말이지……. 그러니 남자라고 착각을 할 수밖에.

그건 그렇고, 말, 말이라.

"기왕이면 더 편리한 동물을 부를까요?"

"네?"

내 말의 의도를 눈치채지 못한 니콜라 씨의 반문에 대답을 하지 않은 채, 나는 지면에 마법진을 그리고 마력을 모았다.

"【어둠이여 오너라. 나는 원한다, 천공(天空)의 왕자, 그리핀】."

마법진 안에 나타난 검은 안개가 걷히자 그리핀 한 마리가 서 있는 모습이 보였다.

"우와아!"

"굉장해……."

"이건……."

세 사람의 놀란 목소리는 각자 다 달랐지만, 눈앞에 나타난 그리핀을 뚫어져라 바라보는 모습만은 똑같았다.

"어~ 너는……. 폴, 아니, 존인가? 존, 잘 들어. 넌 이제부터 이쪽에 있는 니콜라 씨의 파트너야. 사이좋게 잘 지내."

"쿠아아."

존은 짧게 울음소리를 낸 뒤, 니콜라 씨가 있는 곳으로 걸어서 내려갔다. 니콜라 씨는 잠깐 머뭇거렸지만, 이내 존의 등을 쓰다듬어 주었다.

"얌전하군요. 마치 말을 알아듣는 듯합니다."

"말은 못 하지만, 알아들을 수는 있어요. 일단 소환수니까요. 평범한 말보다는 다루기 쉬울 거예요. 아무튼, 일단 타 보죠?"

마구(말이 아니라 이런 경우에는 뭐라고 칭하면 좋을지 모르겠지만)는 없었지만, 니콜라 씨가 과감하게 등에 올라타자, 그리핀 존이 천천히 걷기 시작했다.

존은 니콜라 씨의 명령을 받고 서서히 걷는 속도를 올렸다. 그리고 평범한 걸음에서 빠른 걸음으로, 빠른 걸음에서 뜀박질을 시작하더니, 이윽고 날개를 펄럭이며 하늘로 날아올랐다. 니콜라 씨는 현재 상황을 감안했는지, 그다지 높지 않은 곳까지 날아올라 선회하다가 다시 지상으로 내려왔다.

"어떠세요?"

"이거 참……. 대단합니다, 폐하. 아직 높은 곳으로 올라가면 두려움이 밀려오지만, 반드시 극복해 보이겠습니다."

니콜라 씨는 그렇게 말한 뒤 다시 하늘로 날아올라 갔다. 마음에 들었다니 이쪽도 기쁘다. 아직 말고삐도 없으니 너무 높게 날지 않는 게 좋을 것 같은데 말이지.

"폐하! 저도! 저도 저거 가지고 싶어요!"

노른 씨가 나에게 바싹 접근하며 말했다. 그런 것보다, 이 사람까지 날 폐하라고 부르다니. 그 뒤에서는 레인 씨도 역시 마찬가지로 아주 흥분한 표정을 짓고 있었다.

그렇게 조르지 않아도 불러 줄 거예요.

음~ 근데 계속 그리핀만 불러도 좀 시시할 것 같단 말이야. 여자아이니까 여자아이에게 어울리는 걸로 불러 줄까?

"【어둠이여 오너라. 나는 원한다, 하늘을 달리는 천마(天馬), 페가수스】."

안개가 걷힌 마법진에는 새하얀 날개를 지닌 백마가 두 마리 나타났다.

"우와아! 와아아!! 예쁘다!!"

노른 씨가 그중 한 필 아래로 다가가 등을 쓰다듬었다. 레인 씨도 머뭇거리며 다른 한 필의 날개를 만져 보았다.

"이름은 앤과 다이애나라고 지을까. 앤은 노른 씨, 다이애나는 레인 씨와 같이 다녀 줘."

푸르르. 앤은 알겠다는 듯이 그렇게 소리를 내며 고개를 흔들고는 날개와 목을 내려 노른 씨에게 올라타라고 재촉했다. 노른 씨는 곧장 올라타더니, 니콜라 씨와 마찬가지로 조금씩 속도를 높이며 하늘로 날아올랐다.

그리고 레인 씨도 뒤처지지 않겠다는 듯 다이애나에 올라타 하늘로 날아올라 갔다.

잠시 뒤, 세 사람은 성 위를 한 바퀴 빙 돌아본 다음 아래로 내려왔다. 나는 【스토리지】에서 마수의 가죽을 꺼낸 뒤, 【모델링】으로 안장, 등자, 재갈, 말고삐 등을 만들어 아직도 흥분이 가라앉지 않은 세 사람에게 건네주었다.

　그리고 타는 연습도 할 겸, 오후는 나라의 모습을 돌아보라고 명령했다. 설사 무슨 일이 생긴다 해도, 소환수에게 생각을 전달하면 멀리 떨어진 나에게 텔레파시가 전달되기 때문에 아무 걱정을 할 필요가 없다.

　한마디로 사실상 오후는 자유행동을 해도 된다는 말이다. 니콜라 씨는 진지하게 이것도 임무라고 생각하는 것 같지만. 참 견실하다니까.

　우리 왕국의 세 병사가 순찰을 나간 뒤에도, 나는 나대로 할 일이 있었다.

　나는 성의 1층, 안쪽에 있는 방 하나를 개축해 사람이 지나갈 수 있을 정도의 전신 거울을 설치했다. 그리고 그 옆에는 금속 플레이트도 설치했다.

　"토야 오빠, 이 금속판은 뭐야?"

　"손을 대서 【게이트】를 여는 장치야. 물론 허가받은 사람만 지나갈 수 있고, 최근에 누가 썼는지도 기록에 남아."

　신기한 듯 거울을 바라보는 레네에게 내가 간단히 설명해 주었다. 【서치】 하나만 적용시켜 놓으면 겉모습만 보고 판단할 수도 있기 때문에, 누군가가 변장, 또는 변신 마법을 사용하면 그냥 통과할 가능성도 충분했다. 그래서 터치 센서라고까지 하기는 어렵지만, 손을 대어 지문이나 마력의 파동 등을 통해 인증을 할 수 있도록 금속판에 【프로그램】을 걸어 두었다.

"게다가 목적지도 지정할 수 있어. 아직 벨파스트 내에서만 이동할 수 있도록 해 두었지만."

저택 내에도 마찬가지로 거울을 설치해 두었다. 가까운 시일 내에 미스미드와 레굴루스에 작은 집이라도 살까? 아니, 임금님들에게 대사관 명목으로 하나씩 받으면 되나?

음~ 황제 폐하는 그렇다 치고, 수왕 폐하 쪽에는 【게이트】에 대해 이야기를 안 했으니……. 언젠가 들킬 것 같기는 하지만.

"일단은 시험해 보자. 레네, 금속판에 손을 대 봐."

"이렇게?"

내 말대로 레네가 순순히 까치발을 들고 한쪽 손을 금속판에 댔다. 설치 위치가 조금 높았나? 레네가 손을 대자 금속판이 밝게 빛나며 레네의 이름이 떠올랐다.

그리고 거울이 어렴풋이 빛나면서 【게이트】가 열리기 바로 직전인 상태로 세팅되었다.

"이제 목적지를 말해 봐."

"응? 어어, 벨파스트의 저택!"

레네가 그렇게 말하자 거울이 한층 더 밝게 빛났다. 내가 얼른 들어가라고 재촉하자 레네가 거울 안으로 쏙 들어갔다. 좋아, 성공이다.

나도 뒤따라가기 위해 금속판에 손을 댔다. 안전을 위해 금속판에 손을 댄 사람만 지나갈 수 있도록 해 두었기 때문에, 한 사람, 한 사람 일일이 손을 대야만 한다. 악당이 위협을 하며 【게이트】를 열라고 할 수도 있으니까.

나는 거울을 지나 벨파스트 저택의 한 방에 도착했다. 어? 레네가 없네.

문을 열고 복도로 나가니, 현관 쪽에서 레네의 목소리가 들렸다. 응? 손님인가?

"무슨 일이야?"

"아, 토야 오……. 주인어른. 왕국에서 편지가 왔다고 합니다."

문지기 톰 씨가 현관으로 와서 나에게 편지를 건네주었다. 톰 씨 일행에게는 성으로 이사한 훌리오 씨와 클레아 씨가 사용하던 별채를 자유롭게 사용할 수 있도록 허락해 주었다.

건네받은 편지는 벨파스트 왕궁으로 와 달라는 임금님의 편지였다.

무슨 일이지?

"오오오오오, 자네가 그 소문의 모치즈키 토야인가. 아니, 이제 공왕 전하라 해야 하나?"

"네에……."

눈앞에는 벨파스트의 국왕 폐하가 소개해 준 스킨헤드 아저씨가 있었다. 누구냐, 세계에서 가장 운이 없는 형사를 연기했던 할리우드 배우를 조금 닮은 것처럼 보였다. 믿기는 어렵지만, 이 사람이 벨파스트 왕국의 이웃나라, 리프리스 황국의 황왕(皇王), 리그 리크 리프리스라고 하니 참 놀랍다. 그렇다면 그 장미 작가, 리리엘 황녀의 아버지인가.

"자네의 활약은 벨파스트 국왕에게 많이 들었네. 제국의 반란을 혼자서 제압하다니, 그저 놀라울 따름이야!"

"아니요, 으음, 죄송합니다……."

사과할 필요는 없는데, 무심코 그런 말이 입에서 흘러나왔다. 그러자 내 말을 들은 리프리스 황왕이 씨익 고약한 미소를 지었다.

"……호오. 벨파스트 국왕의 말대로, 자네에겐 확실히 엉뚱한 야심 따위는 없는 것 같군."

"야심이라니. 왜 그런 이야기가 나오는 거죠?"

"혼자서 제도(帝都)의 1만 병사, 악마 군단과 싸워 여유롭게 승리하고, 벨파스트와 레굴루스의 공주를 아내로 맞이한 남자. 다른 나라에서 보면 위협으로밖에 보이지 않지."

아……. 다른 사람들이 보면 그렇게 되는 건가. 확실히 경계해도 어쩔 수 없겠다는 생각이 든다. 이쪽은 그럴 생각이 없더라도.

"물론 그렇다고 해서 다른 나라가 잠자는 호랑이의 코털을 건드리는 짓을 하지는 않을 거네. 자네를 화나게 했다간 나라가 망할 수도 있으니까. 그럼 안 되잖아?"

"그런 짓은 안 해요."

절대로 하지 않는다고 단언할 수는 없지만. 만약 어딘가의 나라가 암살자를 보내 내가 아니라 유미나를 죽이려고 한다면, 참을 수 있을지 어떨지 자신이 없다. 아마 흑막을 찾아내, 차라리 죽여 달라고 할 정도의 고통을 주겠지.

이쪽이 나서서 상대를 어떻게 할 생각은 전혀 없다. 그렇게 선언을 한다고 해도 사람이라 믿지는 않겠지만.

"그래서 우리 리프리스 황국도 귀국과 우호를 쌓았으면 하거든. 가능하면 우리도 딸을 아내로 주고 싶지만……."

"사양하겠습니다. 진심이에요!"

그 황녀는 필요 없다. 진심으로 필요 없다.

"우리 딸은 이미 결혼 약속을 한 상대가 있어. 그걸 뒤집을 순 없지. 아쉽지만 말이야."

아쉽기는커녕 정말 감사할 지경이다. 결혼 상대인 남자가 얼마나 고생할지 눈에 훤해서, 나는 무심코 그 사람에게 성원을 보내고 싶어졌다. 책을 쓰고 있다는 사실은 아버지에게도 비밀이라고 했었으니 아마 내숭을 떠는 중이겠지. 온 힘을 다한 엄청난 내숭을.

"그래서 말인데. 브륀힐드 성도 완성됐겠다, 우리도 좀 초대해 주지 않겠나? 정치적인 모임이 아니라 국왕끼리 우호를 다진다는 의미로 말이야."

"초대라니, 서쪽 동맹국의 임금님들을요?"

임금님을 초대한다는 것만 해도 신경 쓰이는데, 전부 다 초대하라고? 어안이 벙벙한 표정을 짓고 있자, 벨파스트 국왕 폐하가 가만히 웃으며 대답했다.

"으음. 벨파스트, 리프리스, 미스미드, 레굴루스를 말하네. 국왕끼리 우호를 다지는 것은 아주 좋은 일 아닌가?"

"……솔직히 말씀해 보세요."

""왕도 가끔은 자유롭게 행동하고 싶어서 그래!!""

이 인간들이.

"가끔은 국왕이라는 신분을 잊고, 마음 편히 놀고 싶네. 토야라면 그런 놀이를 마련할 수 있지 않은가?"

오락거리가 한없이 적은 이쪽 세계 사람들에 비하면 분명히 오락 대국에서 오긴 왔는데요. 아무리 그래도 국왕들을 초대한다는 것 자체가 엄청난 일 아닌가? 요리 준비부터 접대까지, 어중간하게는 할 수 없잖아.

"너무 어렵게 생각할 거 없어. 그냥 친구를 초대했다고 생각하고 편하게 준비하면 되네."

황왕 폐하는 그렇게 말했지만, 정말 큰일이라는 점은 변함이 없었다. 어?! 이거 나한테는 뭐 하나 좋을 게 없을 일 같은데? 다른 나라에 좋은 인상을 안겨 주는 것 자체는 나쁠 게 없겠지만.

거절해도 상관은 없었지만 두 사람의 눈이 너무나도 기대에 가득 차 있었다. 아~ 사람 귀찮게.

"알겠습니다. 초대할게요. 하지만 나라 간의 다툼에 관한 이야기나 정치적인 의도에 관한 이야기는 꺼내시면 안 됩니다?"

"그야 물론이지. 그리고 가족도 같이 가도 괜찮겠나?"

"상관없어요. 단, 임금님을 포함에 다섯 명 정도까지로 제한해 주세요. 이쪽도 일손이 부족하니까요."

일족 전체가 우르르 몰려오면 이쪽이 감당을 못 한다. 이거 참, 아무래도 바빠질 것 같아.

자, 그럼. 초대하는 거야 상관없지만, 대체 어디서부터 손을 대야 할지. 놀고 싶다고 하니, 일단 그쪽부터 준비해야겠지? 일단 내가 알고 있는 한도 내에서 간단하게 만들 수 있는 것부터 만들어 볼까.

가장 처음으로 만든 것은 당구대였다. 구조적으로 간단하기도 하고, 실내에서도 느긋하게 즐길 수 있기 때문이다.

다음으로 만든 것은 볼링장. 이것도 쓰러진 핀과 던진 볼링

공을 원래 위치로 돌려놓는 기능만【프로그램】을 해 놓으면 되는 정도라 그다지 어렵지 않았다. 단지, 다 만들고 나서야 생각한 건데, 나이가 많은 임금님들이 즐기기에는 조금 힘든 게임일지도 모른다.

그래서 만든 것이 전자동 마작 탁자. 규칙을 배우기가 힘들 긴 하지만, 익숙해지면 이것만큼 대결을 즐길 수 있는 게임도 별로 없다.

그 외에도 탁구대, 핀볼대, 에어하키대 등, 다양한 실내 놀이 기구를 만들었다.

피로를 풀 수 있도록 자동 마사지 의자도 몇 대인가 설치했다. 내가 만들었지만, 이건 꽤 좋은 아이디어라는 생각이 들었다……. 아~ 피로가 풀린다……. 멀쩡한 것 같아도 피로가 쌓이긴 하는구나…….

"토야, 토야."

"응?"

편안함을 만끽하고 있는 나에게 마작을 하던 에르제가 말을 걸었다. 에르제는 눈앞의 패를 가리키면서,

"이렇게 하면 난 거지?"

"어디 보자……. 아니……?!"

東東東南南南西西西北北北中　中

대사희, 자일색, 사암각 단기라니….

"츠모?"

"……츠모야……. 트리플……. 아니, 5배 *역만인가. 동가니까 전부 8만씩……."

"""에엑?!"""

탁자를 둘러싼 라피스 씨, 로제타, 린제가 깜짝 놀라며 그렇게 외쳤다. 무서워……. 에르제와는 마작을 두지 말자.

"사장님. 플러시랑 스트레이트 중에 어떤 게 더 높나요?"

"어~ 플러시가 더 위예요."

이번엔 다른 탁자에서 베르에 씨와 포커를 하던 실비 씨가 질문을 해서 대답을 해 주었다.

이번 일의 경우, 나 혼자서는 도저히 다 감당할 수가 없어서 독서 카페 '월독'의 종업원들에게 도움을 요청했다. '월독'에서는 웨이트리스의 리더인 실비 씨와 주방 담당인 시아 씨, 접수 담당인 베르에 씨가 도와주러 왔다.

우리 메이드들을 포함해 실비 씨 일행에게도 전체적으로 한 번 게임을 해 보라고 말해 두었다. 역시 규칙을 배우려면 해 보는 게 가장 빠른 길이니까.

"주인어른~. 셰스카 좀 얼른 비키라고 해 주세요~. 전 아직 한 번도 쳐 보지 못했어요~."

---

*역만 : 마작에서 패로 만들 수 있는 가장 점수가 높은 형태를 일컫는 말. 대사희, 자일색, 사암각 등이 모두 역만의 형태이며 규칙에 따라 이것을 합산해 전부 점수로 계산하기도 한다.

"쿠션의 상태와 입사각, 반사각을 계산한 뒤, 힘의 강약을 조절하면 별로 어렵지 않은 게임이에요."

세실 씨가 난처한 듯이 나를 불렀지만, 셰스카는 태연한 얼굴로 그렇게 대답했다.

아~ 사람을 잘못 선택했어. 포켓볼 규칙으로는 브레이크부터 한 번도 실수하지 않으면 계속 한 사람만 치게 된다. '브레이크 런 아웃' 이라는 거다.

유희실(遊戲室)은 일단 그냥 두고, 나는 식당의 주방 쪽으로 가 보았다. 넓은 주방에는 클레아 씨와 '월독'의 주방 담당인 시아 씨, 그리고 보조로 일하는 레네가 있었다.

"아, 주인어른. 마침 잘됐어요. 맛 좀 봐 주세요."

나는 클레아 씨가 건네준 뜨거운 과자를 입에 넣었다. 음, 맛있어.

"좋은데요? 딱 와플 맛이에요. 맛도 있고요. 아, 여기에 생크림 같은 걸 곁들이면 더 맛있어져요."

"아하. 그럼 생크림을 추가한 것도 만들어 볼게요."

나는 와플을 입에 넣은 채, 주방 구석에 놓아둔 얼음을 넣어 만든 간이 냉장고에서 식혀 둔 그것을 꺼냈다. 응, 잘 굳었어.

"사장님, 그건 뭐예요?"

시아 씨가 내가 꺼낸 것을 흥미롭게 바라보았다.

"푸딩이에요. 이것도 생크림이나 과일을 곁들이면 혀가 더 호강하죠."

푸딩 아 라 모드 같은 거다. 나는 접시를 한 장 꺼낸 뒤, 그 위에 컵을 뒤집어 푸딩을 밖으로 빼냈다.

노랗고 탱글한 푸딩 위에 캐러멜이 흐르는 그 모습은 정말로 맛있어 보였다. 나는 스푼을 꺼내 한 입 먹어 보았다. 조금 진하긴 하지만, 이 정도면 나름 괜찮다.

시아 씨도 스푼으로 푸딩을 먹어 보았다. 그리고 깜짝 놀라며 눈을 번쩍 뜨더니, 잇달아 허겁지겁 푸딩을 입에 넣었다. 이것도 성공작이라고 할 수 있을까.

"토야 오빠, 말한 대로 감자를 잘라 두었는데, 이건 어디에 쓸 거야?"

레네 앞에 막대형으로 잘린 감자가 도마 위에 산처럼 쌓여 있었다. 나는 감자를 전체적으로 물에 씻어 물기를 털어낸 다음, 프라이팬에 기름을 조금 넣고 중불로 가열하면서 감자 스틱을 하나씩 넣었다. 감자가 떠오르면 건져 내고, 다시 뜨거운 기름에 넣어서 바삭하게 튀기면 완성.

나는 소금을 후득후득 뿌린 녀석과 집에서 직접 만든 케첩을 곁들인 녀석을 각각 따로 먹어 보았다. 엄청난 별미라고는 할 수 없었지만, 모처럼 먹어 보는 것이라 그런지 감자튀김이 굉장히 맛있게 느껴졌다.

"맛있어! 토야 오빠, 이거 전부 다 먹어도 돼?"

"전부? 그래, 먹고 싶으면 다 먹어. 너무 많이 먹으면 배탈 나니까 조심하고."

쓴웃음을 지으면서 마지막으로 두세 개 정도 입에 넣은 뒤, 감자튀김을 접시째로 레네에게 건네주었다. 옆에서 클레아 씨와 시아 씨도 하나 먹어 보더니, 쉬지 않고 계속 집어 먹었다. ……그러다 살쪄요.

일단 식사와 실내 놀이 기구는 이 정도면 되겠지? 이젠 경비인가?

성벽 안에 있는 훈련장에 가 보니, 우리 신입 기사 세 사람이 거친 숨을 내쉬며 땅에 쓰러져 있었다. 그리고 야에는 그 모습을 내려다보면서 웃음을 짓고 있었다.

하지만 세 사람을 쓰러뜨린 사람은 야에가 아니라 그 옆에 있는 흰색이 섞인 긴 수염을 자랑하는 우락부락한 할아버지와 온몸이 상처투성이인 아저씨였다.

바바 노부하루와 야마가타 마사카게. 이센 타케다 영지의 무장으로, 타케다 사천왕 중 무력에 능한 두 사람이다.

"여어, 애송이. 왜 그러지?"

"아니요, 잘돼 가나 싶어서 보러 왔어요."

여전히 바바 할아버지는 나를 애송이라고 부른다. 일단 나도 왕이 됐는데.

"오오, 토야. 이 녀석들도 나름 실력은 출중하더군. 물론 우리 앞에선 아직 햇병아리였지만 말이야."

세 사람의 훈련을 위해 두 사람을 굳이 여기까지 모셨다. 벨파스트의 닐 씨나 야에의 오빠에게 부탁할까도 생각했는데,

바쁠 것 같아서 일부러 말을 걸지 않았다. 하지만 이 두 사람은 상당히 한가했던 모양이었다.

들기로는 새로운 타케다의 당주가 된 타케다 카츠요리가 전당주인 타케다 신겐의 측근은 일부러 배제하는 등, 자기 멋대로 정치를 하기 시작했다고. 내가 그렇게 충고를 했는데, 오다와 뭔가 서로 다투는 듯했다.

이제 겨우 스무 살밖에 안 된 젊은이라 폭주를 하는 건지, 아니면 정말로 무능한 멍청이 영주인지……. 타케다의 멸망은 정말로 코앞에 닥쳤을지도 모른다.

"그건 그렇고, 애송이가 왕이라니…. 손바닥만 한 나라지만 참 대단하군. 물론 그렇게 대단한 마법을 사용하니 왕이 되어도 이상하지는 않다만……."

"이 녀석들이 조금 부러워. 우리 영주님과 비교하면 할수록 더 말이지."

야마가타 아저씨가 땅에 쓰러져 있는 세 사람을 보면서 한숨을 쉬듯이 그렇게 중얼거렸다. 상당히 고생을 하고 있는 모양이다.

"실제론 어때요? 오다와 맞부딪치면 큰일 아닌가요?"

"아니, 오다보다는 우리 영주님의 행동이 문제야. 머릿속에 떠오른 일을 주변에 상의도 하지 않고 마음대로 실행을 하거나, 영지에 돈이 없으면 별 생각 없이 백성들에게 세금을 거두거든. 아무튼 영주님은 백성에게도 가신에게도 아주 평판이 나쁘지. 이대로 가다가는 오다에게 당하기 전에 영지를 몰수 당해 완전히 망할 가능성이 높아. 코사카 녀석이 간언을 하고 있기는 하지만 전혀 들을 생각도 안 하니까. 말을 귀담아 듣기 는커녕 방해꾼이라는 듯이 대하니 원."

아무래도 상당히 난처한 상황인 듯했다. 초대가 희대의 영 웅이었는데도 불구하고, 2대째가 바보라서 망한 나라가 한둘 이 아니니. 이래서는 신겐 씨도 성불하지 못한다.

"혹시 괜찮으면 우리 나라에 올래요? 이제 막 생긴 나라라 지금은 일손이 부족하거든요."

"흐으음. 매력적인 제안이기는 하나, 지난 영주님에 대한 의 리도 있고, 타케다 가문에도 미련이 남아서……."

"바바 님은 참 고지식하십니다. 모처럼 제안을 해 주는 거니, 저는 최악의 경우엔 받아들이는 것도 고려해 볼만하다고 생각 합니다. 물론 전쟁터가 없다는 것은 조금 불만입니다만."

흉흉한 소리 좀 하지 마요. 참 나. 이래서 전투 마니아들은. 미스미드의 수왕 폐하랑 좋은 승부가 되겠어.

"아무튼 간에 지금 여기서 대답을 하긴 좀 그렇군. 돌아가서 코사카, 나이토와도 이야기를 해 본 뒤 결정하지. 설사 망한 다고 하더라도 타케다의 마지막은 이 눈으로 똑똑히 보고 싶 어서 그래."

"물론 마음은 압니다. 저도 억지로 오라고 할 생각은 없어 요. 내키면 와 주세요."

"그래, 고맙다."

야마가타 아저씨가 짊어졌던 대검을 아래로 내리고 쓰러져 있는 세 사람을 바라보았다.

"자자, 휴식은 끝이다. 조금 전처럼 얼른 셋이서 한꺼번에 덤벼라."

"""넷!!"""

세 사람은 힘차게 대답을 하고 벌떡 일어선 뒤 무기를 들었다. 기합이 단단히 들어갔네~. 이 정도라면 경비 쪽도 문제없겠는걸? 당연히 나도 만전을 다하겠지만.

훈련장을 떠나 성 안으로 돌아가려고 하자 커다란 양 문이 자동적으로 열렸다. 그리고 현관 홀에 들어가자 이번엔 뒤에서 문이 닫혔다. 이건 자동문이 아니다. 문을 열고 닫아주는 사람이 눈앞에 있었다. 아니지, '장식되어' 있었다고 해야 하나?

현관홀에서 2층으로 올라가는 층계참에 걸린 한 장의 그림.

〈성 안이 좀 시끌벅적하네요, 마스터.〉

그림 안에서 흰 드레스를 입은 소녀가 상반신만 밖으로 내밀었다. 전의 그 유령 소동 때 회수해온 액자 아티팩트였다. 소녀는 내가 바빌론의 소유자라는 사실을 알자마자, 셰스카와 마찬가지로 나를 마스터라고 부르기 시작했다.

물론 살인 영주의 부인이 그려져 있던 그림은 진작에 팔고, 그 돈으로 적당한 그림을 사서 새로 액자에 끼워 넣었다. 말이 적당하지 성 안에 장식할 거라 나름 비싼 그림을 선택했다.

덕분에 액자 아티팩트는 흰 드레스를 입고, 복숭앗빛 머리카락을 리본으로 묶은 10대 후반의 소녀로 다시 태어났다. 이름은 리플. 그 유령성의 이름인 리플 성에서 따왔다.

"임금님들을 맞이하는 준비로 다들 바빠서 그래. 리플도 잘 부탁할게?"

〈네. 수상한 움직임이 있으면 바로 알려드릴게요~. 이 성에는 항상 제 눈이 번뜩이고 있으니까요~. 아, 지금 레네가 접시를 깼어요.〉

어떻게 그런 것까지 다 아는지. 리플은 '공방'에서 복제한 자신과 똑같은 액자 안을 자유롭게 오갈 수 있고, 그 감각도 공유할 수 있다는 모양이었다. 물론 복제를 한다고 해서 의지까지 복사를 할 수는 없었기 때문에, 전체적인 컨트롤은 본체가 한다. 참 편리한 경비 시스템을 손에 넣은 셈이다.

복제 액자에는 풍경화를 넣어 성 곳곳에 걸어 두었다. 물론 사적인 공간에는 걸어 두지 않았다. 이건 유령 감시 카메라라고 해야 할까.

일단은 이걸로 준비가 완벽하게 갖춰졌다. 이제는 로얄 패밀리를 맞이하면 그만이다.

"오오오! 뭔지는 잘 모르겠으나, 아주 즐거워 보이는군!"

유희실에 들어오자마자 벨파스트 국왕은 재빨리 핀볼대로 다가갔다. 그에 질세라 미스미드 수왕이 볼링 레인 앞으로 다가가 볼링공을 집어 들었다.

"무겁군! 이건 뭐지? 대포알인가? 구멍이 세 개씩 뚫려 있는데……."

두 사람에 이어서 입실한 리프리스 황왕과 레굴루스 황제는 신기하다는 듯이 실내를 계속 두리번거렸다.

"이게 전부 놀이를 즐기기 위한 것들인가……. 참으로 사치스럽군."

그렇게 중얼거리는 황제 폐하의 뒤를 따라서 각 폐하의 가족과 호위들이 우르르르 안으로 들어왔다.

처음에는 가족만 허락했지만, 신하들이 아무래도 걱정을 많이 해서 몇몇 호위를 붙여도 좋다고 허락했다.

벨파스트에서는 국왕 폐하, 유에루 왕비, 오르트린데 공작, 에렌 공작 부인, 스우.

레굴루스 제국에서는 황제 폐하, 루크스 황태자, 사라 황태자비.

리프리스 황국에서는 황왕 폐하, 젤다 왕비, 리리엘 황녀, 리디스 황태자.

미스미드 왕국에서는 수왕 폐하, 티리에 왕비, 렘자 제1 왕자, 아르바 제2 왕자, 티아 제1 왕녀.

이렇게만 해도 총 열일곱 명. 게다가 각 가족마다 몇 명씩 호위까지 붙어 있었다.

벨파스트에서는 닐 부단장, 리온 씨, 레굴루스에서는 눈이 하나뿐인 제국 기사단장 가스팔 씨, 미스미드에서는 경비 대장 가른 씨 등. 리프리스의 경호팀은 모두 모르는 사람들뿐이었지만. 각 나라마다 대여섯 명씩이니, 총 스무 명 정도인가?

물론 무기는 모두 맡아 두었고, 비밀이지만, 공격 마법을 사용하려고 하면 【패럴라이즈】가 발동된다.

호위 사람들도 처음 보는 설비에 할 말을 잃은 듯했다. 우리나라의 세 기사는 일단 경비라는 명목으로 유희실에 대기하는 중이었다. 꽤 긴장한 듯하지만. 어쩔 수 없나? 성 자체의 경비는 정원에 있는 케르베로스와 페가수스가 하고 있으니 아무런 문제도 없다.

"어서 오세요, 저희 유희실에. 여러분이 즐겁게 여가를 즐기실 수 있도록, 여러 시설을 준비해 두었습니다. 노는 방법은 이곳에 있는 우리 나라 사람에게 물어보면 설명을 해 줄 겁니다."

에르제, 린제, 야에, 유미나, 루, 그리고 우리 메이드 부대가 쭈욱 늘어섰다. 라피스 씨, 세실 씨, 레네, 셰스카를 비롯해 일을 도와주러 '월독'에서 온 실비 씨와 베르에 씨. 거기에 더해 항상 작업복을 입고 있는 로제타에게도 오늘은 메이드복을 입히고 일을 돕게 했다. 물론 지휘는 우리의 완벽한 집사, 라임 씨다.

"또 저쪽에는 식사와 음료, 달콤한 간식까지 준비되어 있습니다. 마음껏 드십시오."

유희실 구석에는 커다란 테이블과 의자, 그리고 리클라이닝 시트, 마사지 의자 등도 준비해 두었다. 물론 테이블 위에는 다양한 요리와 과자가 가득하다.

국왕 폐하들을 비롯한 남자들은 각자 마음에 드는 게임 앞으로 흩어져 어떻게 놀면 되는지 설명을 들었다. 왕비님과 왕녀님들 같은 여성분들은 과자 쪽에 흥미가 있는 듯, 모두 그쪽으로 모여들었다.

"으랴랴!"

가장 먼저 수왕 폐하가 힘차게 소리를 지르며 볼링공을 날렸다. 힘만 넘쳤지 곧장 거터에 들어갔지만. 렘자 왕자와 아르바 왕자도 모두 공을 거터에 빠뜨렸다. 렘자 왕자는 아홉 살, 아르바 왕자는 여섯 살이라고. 저 두 사람도 눈표범 수인인가 보네.

에어 하키대에서는 벨파스트 국왕 폐하와 오르트린데 공작이 뜨거운 형제 대결을 펼쳤다.

마작 탁자에서는 레굴루스 황제 폐하와 루크스 황태자, 리프리스 황왕 폐하와 리디스 황태자의 부자 대결인가.

리디스 황태자는 열두 살이라고 한다. 꽤 어른스러워 보였는데, 그 장미를 좋아하는 누나의 남동생이니, 꽤 고생할 듯싶었다. 그리고 제도의 쿠데타 사건 때도 생각했지만, 여전히 루크스 황태자는 존재감이 없다……. 게다가 황태자는 결혼을 했었구나. 깜짝 놀랐다.

마작 탁자 옆에서는 라피스 씨가 대기하며 질문에 대답을 해주었다. 패의 조합은 마작 탁자 옆에 표가 있으니 큰 문제는 없겠지.

호위를 위해 온 사람들도 임금님들이 게임을 하는 모습을 보고 상당히 즐거워하는 듯했다.

식사 테이블에서는 왕비님들이 요리의 맛을 보았다. 전체적으로 호평인 듯했다.

스우와 리리엘 황녀, 티아 왕녀는 트럼프 테이블에 둘러앉아, 레네와 함께 넷이서 도둑잡기를 하고 있었지만. 티아 왕녀는 스우와 비슷해 보이니, 열 살 정도일까.

"정말로 믿을 수 없는 광경이군……."

옆에 있던 닐 부단장이 가만히 중얼거렸다. 그 말을 듣고 반응을 보인 사람은 제국 기사단장인 가스팔 씨였다.

"동감이오. 불과 얼마 전까지만 해도 서쪽 제국의 왕들이 한꺼번에 모이는 일은 상상도 할 수 없었는데. 지금은 이렇게 한꺼번에 모여 놀고 있으니 말이야."

두 사람 모두 쓴웃음을 지으면서 당구를 치는 데 여념이 없는 자신들의 주군을 바라보았다.

서로 왕이라는 신분이라 그런지, 당구를 치던 두 사람은 승부에 연연하지 않고 곧장 다음 놀이를 위해 이동했다.

"토야, 저건 뭐지?"

수왕 폐하가 유희실 벽 쪽의 수없이 구멍이 뚫린 놀이 기구를 가리키며 물었다. 수왕 폐하는 놀이 기구에 설치된 작고 부드러운 해머를 들고 구멍을 들여다보았다.

아, 그렇지. 미스미드에는 내가 【게이트】를 사용할 수 있다는 사실을 전달해 두었다. 이미 수상하다고 생각은 하고 있었다고 하지만. 결국 계속 불신감을 느끼게 하는 것보다는 더 낫다는 생각으로, 린에게 부탁해 【게이트】에 대해 설명을 해 주었다. 이미 레굴루스 제국에도 다 알려진 사실이니, 언젠가는 분명 들켰을 게 분명하다.

나는 그 일에 관해서는 별로 신경을 쓰지 않는 듯한 수왕 폐하에게 게임에 관해 설명을 해 주었다.

"이곳에서 나오는 두더지를 때려서 점수를 겨루는 거예요. 아, 너무 힘껏 때리지 않아도 된다는 거 잊지 마세요."

이른바 두더지 잡기 게임이다. 게임이 시작되자, 엄청난 반응 속도로 수왕이 두더지를 마구 때렸다. 역시 전투 종족…….동체 시력이 장난 아니다. 하지만 겨우 그 정도론 안 돼!

"아닛?!"

도중부터 고속 모드로 들어간 두더지가 조금 전보다 몇 배 빠른 속도로 튀어나왔다. 결국 수왕 폐하는 92점으로 싸움을 마쳤다.

"큭, 한 번 더 하겠다!"

발끈한 수왕은 두더지를 강하게 때렸다. 힘껏 때리지 말라고 말했는데. 일단 기계의 프레임과 두더지는 미스릴로 만들었으니, 부서지거나 하지는 않겠지만.

식사 테이블 쪽을 보니, 왕비님들이 디저트 등을 먹으면서 이야기꽃을 피우는 중이었다.

저쪽은 세실 씨와 라임 씨에게 맡겨 두고 나는 이쪽을 신경 쓰자.

"공왕 폐하, 이건 어떻게 노는 것인지요?"

미스미드의 렘자 왕자와 아르바 왕자가 유희실 구석에 놓인 큰 정육면체를 보고 나에게 물었다. 여섯 개의 면 중 사이드의 네 개 면만이 투명한데 그건 트램펄린이었다. 마법으로 여섯 면 모두에 몸을 튕길 수 있도록 한 물건이다.

"안에 들어가서 껑충껑충 뛰면서 노는 놀이 기구야. 어른 두 명까지는 들어갈 수 있으니까 한번 들어가 봐."

눈표범 형제는 작은 입구를 통해 안으로 들어가 통통 즐겁게 마구 뛰기 시작했다. 금방 적응했는지 두 사람은 금세 뒤로 덤블링을 하거나 공중에서 몸을 비트는 기술까지 구사하기 시작했다. 수인의 신체 능력은 정말 어마어마하다…….

"오오, 즐거워 보이는군. 짐에게는 조금 버거워 보이지만 말이야……."

웃으면서 황제 폐하가 뛰어 노는 아이들을 바라보았다.

"몸의 피로를 풀어 주는 의자가 저쪽에 있어요. 처음에는 조금 아플지도 모르지만 점점 상쾌해지고 몸의 피로가 풀려요."

"호오?"

나는 황제 폐하를 마사지 의자로 안내한 뒤 마법으로 기동했다. 그러자 좌석 부분에 설치한 롤러와 쭉 뻗은 다리에 설치한 펌프가 천천히 마사지를 시작했다. 처음에는 얼굴을 조금 찡그렸던 황제 폐하도 5분도 지나지 않아 피로가 풀려 편안한지 눈을 감았다.

"오오, 후우……. 참으로 좋군……. 아주 좋아!!"

"팔걸이에 있는 버튼을 누르면 멈춰요."

"그래, 알겠네……."

제대로 들었는지 안 들었는지는 모르겠지만, 황홀한 표정을 짓고 있는 황제 폐하에게 그런 말을 남기고 나는 자리를 이동했다.

저편에서는 미스미드 수왕이 이번엔 리프리스 황왕과 함께 퍼팅을 즐기는 중이었다. 그 옆에서는 오르트린테 공작과 루크스 황태자가 탁구를 했고, 더 안쪽에서는 벨파스트 국왕과 가스팔 씨가 당구를 했다. 이 사람들이. 호위가 이렇게 놀아도 되는 거야?

"저희 국왕 폐하가 먼저 제안하시고, 황제 폐하께서 허가를 해 주셨습니다. 좋겠다, 가스팔 씨. 저도 놀고 싶습니다."

그렇게 말을 하며 옆으로 다가온 사람은 리온 씨였다. 하지만 국왕 폐하를 상대로 게임에서 이길 수도 없는 노릇 아닌가? 저것도 나름 일의 연장일지도 모르겠어. 접대 당구?

"비번일 때, 혹시 생각나시면 초대할게요. 아, 오리가 씨랑 결혼하신 뒤에, 여기서 축하 파티라도 할까요?"

"정말인가요?! 와아, 정말 기대됩니다! 기사단 모두 굉장히 기뻐할 겁니다!!"

기사단 사람들도 초대할 생각인가. 음, 보통은 그렇게 되겠지? 동료니까. 꼭 결혼 피로연장 같네. 느낌상 2차 비슷한 것 같지만.

한바탕 열심히 놀았는지, 남자들이 이번엔 식사에 관심을 가지기 시작했다. 반대로 왕비님들을 비롯한 여성분들이 게임에 흥미를 보였다. 물론 트램펄린이나 볼링 같은 운동 계열이 아니라, 트럼프나 마작, 핀볼 같은 것이었지만.

"자, 그럼 이쯤에서 호위 여러분들도 포함해, 우리 브륀힐드에서 작은 선물을 드리겠습니다."

게임도 거의 다 해 봐서 유희실이 어느 정도 조용해 졌을 때, 나는 손님들에게 말을 걸었다. 메이드들이 유희실에 있는 모두에게(경비 기사를 포함) 카드를 한 장씩 나누어 주었다. 그곳에는 무작위로 스물다섯 개의 숫자가 적혀 있었다. 나는 손님들에게 추첨기를 돌려 나온 숫자를 접으라고 말했다. 즉,

빙고 게임이다.

유희실 구석에는 천으로 무언가를 덮어 두었는데, 나는 천을 걷어 손님들에게 경품이 무엇인지 보여 주었다.

검과 창, 도끼 같은 무기에서부터, 세공 장식물, 마석을 사용한 액세서리, 장난감과 봉제인형까지, 나는 다양한 경품을 준비해 두었다. 무기도 그냥 무기가 아니었다. 【인챈트】로 특별한 마법이 부여된 세상에서 단 하나뿐인 무기였다. 물론 진귀한 것일 뿐, 별로 강력하지는 않지만. 당연하게도 이 유희실에서는 안전을 위해 이런 무기들을 사용할 수 없도록 해 두었다.

"그럼 추첨기를 돌리겠습니다. ……8! 첫 번째 숫자는 8입니다. 카드에 8이라고 적혀 있는 분이 계시면 그곳을 체크해 주세요. 가로, 세로, 대각선. 어느 쪽이든 숫자 다섯 개가 연속으로 이어진 분부터 경품을 하나씩 선택할 수 있습니다."

결국 선물은 모든 사람에게 돌아간다. 단지, 빠른 사람이 마음에 드는 걸 가져갈 수 있을 뿐.

몇 번 정도 돌리자 빙고에 가까운 사람이 나오기 시작했다.

"2……. 2……."

"14 나와라! 14!"

"51……. 제발 나와 줘~."

나는 애원하는 사람들의 시선을 한 몸에 받으며 빙고 추첨기를 돌렸다.

"32! 32입니다!"

"다 됐다!"

그렇게 크게 소리친 사람은 제국 기사단장인 가스팔 씨였다. 일단 카드를 받아 잘못된 곳이 없나 체크를 한 뒤, 나는 가스팔 씨를 경품이 있는 곳으로 안내했다.

"자아, 뭘 고르실 건가요?"

"뭘 골라도 괜찮습니까?"

"네. 대신 딱 하나만이에요?"

한참을 고민한 끝에, 가스팔 씨는 창을 선택했다. 붉은 장식이 달린 창이었다.

"이 창은 '화염창'이라고 하는데, 어떤 말을 외우면 창끝에서 불덩어리가 튀어나와요."

"정말 놀랍군요……!"

"주문은 나중에 가르쳐 드릴게요. 여기서 잘못 쏘기라도 하면 큰일이니까요."

가볍게 농담을 하면서, 나는 가스팔 씨에게 창을 건네주었다. 어차피 이곳에서는 사용할 수 없게 해 놓았지만.

제국 기사단장은 기쁜 표정을 지으며 창을 들고 원래 자리로 돌아갔다. 황제 폐하는 창을 건네받아 들고는 감탄을 하며 바라보았다.

사실 저 창은 마력을 흡수해 사용하기 때문에, 평범한 사람의 경우, 세 발 정도 쏘면 몸이 흐늘거리지만, 싸우는 방법에 따라서는 결정타가 될 수도 있다.

"자아, 계속하겠습니다~. 다음은……. 15! 15입니다!"

빙고 게임은 아무 문제도 없이 진행되었고, 다들 경품을 받아 훈훈한 표정을 지었다. 여자분들도 경품으로 받은 액세서리나 인테리어 물품이 꽤 마음에 든 모양이었다. 봉제인형은 미스미드의 티아 왕녀님에게 돌아갔다. 말을 걸면 같은 말을 반복하도록 【프로그램】을 부여해 둔 봉제인형이다. 음란 로봇 소녀의 목소리라는 것이 좀 아쉽지만.

"밤도 많이 깊었네요. 마지막으로 준비한 여흥을 즐기시고, 오늘은 이만 마무리하도록 하겠습니다."

나는 모든 사람을 데리고 성의 발코니로 자리를 옮겼다. 밖에는 달도 없는 밤하늘이 끝없이 펼쳐져 있었다. 이곳에는 성 이외에 아무것도 없었기 때문에 그야말로 완벽하게 컴컴했다.

그때, 갑자기 밤하늘에 커다란 소리와 함께 큰 꽃이 피었다. 잠시간 호위하는 사람들이 전투 자세를 잡았지만, 내가 손을 들어 안심시켜 주었다.

"저건 불꽃놀이라고 하는 거예요. 보고 즐기는 것으로, 이셴에서는 여름이 되면 밤하늘에 쏘아서 감상한다고 합니다."

야에를 통해 이셴에는 불꽃놀이가 존재한다는 사실을 확인했다. 단지, 이렇게까지 화려하지는 않고, 값싼 1000엔짜리 폭죽에 가까운 것이라는 듯했지만.

밤하늘에 잇달아 불꽃이 꽃을 피웠다. 이건 사실 비밀인데, 이건 실제로 밤하늘에 쏘아 올린 것이 아니라, 스텔스 기능으로 모습을 감춘 바빌론에서 로제타가 폭죽을 투하하는 것이었다. 폭죽은 땅에 닿기 전에 폭발하도록 미리【프로그램】을 해 두었다. 쏘아 올리는 것보다 이게 더 편리하다.

발코니에서 연속으로 펴져 나가는 커다란 꽃. 그 광경을 바라보는 사람들에게 우리 메이드들이 샴페인을 나누어 주어, 모두들 샴페인을 마시면서 밤하늘의 불꽃을 감상했다. 아이들도 잔뜩 상기된 표정으로 불꽃을 올려다보았다.

이렇게 브륀힐드의 친선 파티는 대성공을 거두며 막을 내렸다.

마지막으로 각각의 나라에 오늘 체험했던 것들 중 하나를 선물하겠다고 말하자, 네 나라 모두 마사지 의자를 지정했다. 역시 임금님은 많이 피곤한가 보다······.

▙ 제2장 대수해(大樹海), 대설산(大雪山)

친선 파티도 문제없이 끝나, 브륀힐드도 다시 분위기가 차분해졌다.

이런저런 일이 있어서 늦어졌지만, 나는 루에게 약혼반지를 건네주기로 했다. 이런 일은 확실하게 해 두는 편이 좋다. 이미 늦어 버렸는데, 확실히고 뭐고도 없긴 하지만.

하지만 루는 별로 신경 쓰지 않는다는 듯, 아주 기쁘게 반지를 받아 주었다. 다른 여자아이들과 똑같은 디자인에 똑같은 마법이 부여된 반지였다.

"이제야 겨우 가슴을 펴고 토야 님의 약혼자라고 말을 할 수 있겠어요."

정말로 기쁜 표정을 지으며 반지를 바라보는 루를 보니, 죄책감이……. 더 빨리 건네줬어야 하는데.

발코니에 놓인 의자에 앉아 옆에 있는 루를 바라보는데, 린이 폴라를 데리고 다가왔다.

"프레이즈가 나타났어. 장소는 대수해의 중앙 부근. 그곳에 사는 부족이 미스미드에게 구조를 요청한 상황이야."

우리는 의자에서 벌떡 일어섰다. 혼자서 무슨 일인지 모르겠다는 듯이 어리둥절한 표정을 짓고 있는 루를 제외하고 모두.

"그래서, 프레이즈는 어떻게 됐대? 쓰러뜨린 거야?"

"아니. 부족의 마을을 부수고도 그곳에 계속 머물러 있어. 시야에 들어오는 사람과 아인을 닥치는 대로 죽이면서 말이지. 이번에는 커다란 거미 같은 형태래."

거대한 거미 프레이즈라. 그럼 얼마 전의 쥐가오리와 비슷한 중급, 또는 상급일 가능성이 있다는 얘기다. 아마 【어포트】는 효과가 없겠지. 【그라비티】로 때려 부술 수 있으면 좋을 텐데.

"가자. 쓰러뜨릴 수 있을지 어떨지는 모르겠지만, 그냥 놔둘 수는 없어. 게다가……."

"그 아이를 만날 수도 있을지 모르잖아."

린의 말을 듣고 나는 작게 고개를 끄덕였다.

엔데. 우리가 쓰러뜨리지 못하고 고전했던 쥐가오리형 프레이즈를 아무런 어려움 없이 쓰러뜨린 수수께끼의 소년. 그 소년이 남긴 '프레이즈의 왕' 이라는 말이 마음에 걸렸다. 대체 그건 무슨 말이었을까…….

"아무튼 바빌론을 타고 대수해로 가자."

우리는 프레이즈를 쓰러뜨리기 위해서 각자 준비를 시작했다.

"고대 문명을 멸망시킨 수정 마물이요⋯⋯?"

바빌론으로 이동하는 중, 나는 루에게 지금까지의 자초지종을 대략적으로 설명했다. 대체 프레이즈는 무엇일까.

공간을 파괴하고 나타나는 걸 보면, 무언가 특별한 방법으로 이공간에 봉인되어 있었을지도 모른다. 그런데 그 봉인이 서서히 파괴되어, 5000년 전에 봉인되었던 프레이즈가 틈새 사이로 나타나기 시작했다⋯⋯. 그런 이야기일까.

엔데의 말을 믿는다면, 프레이즈의 목적은 '프레이즈의 왕'을 찾는 것. 하지만 프레이즈의 행동은 일방적인 살육이었다. 그런 행동에 무슨 의미가 있다는 것일까.

그 전에, 5000년 전에는 대체 무슨 일이 있었던 걸까. 프레이즈는 어디에서 온 것인가. 우리는 아무것도 모르는 상태였다. 하지만 아마도 엔데는 모든 것을 알고 있다. 얼마 전에는 미처 묻지 못했지만, 이번에 만나면⋯⋯.

"마스터, 목적지의 상공입니다."

셰스카의 말을 듣고 나는 모노리스에 비치는 지상을 내려다보았다. 대수해(大樹海)의 빽빽한 나무들을 마구 쓰러뜨리면서, 거미처럼 가느다란 여덟 개의 다리를 뻗은 괴물이 대수해에 사는 부족 사람들을 꼬챙이에 꿰듯이 마구 찔렀다.

"크네. 전에 본 쥐가오리 정도는 되겠어."

"하지만 전과는 달리 하늘을 날지 않는 것만 해도 다행입니다."

그건 그렇다. 전에는 하늘을 날았고 장소도 사막 지대여서 싸우는 것만 해도 굉장히 힘겨웠다. 이번엔 숨을 수 있는 장소도 있고 전보다는 유리할 듯했다. 쓰러지는 거목에 깔리지 않게 조심은 해야겠지만.

"아무튼 서두르자. 빨리 안 가면 마을이 전멸할 거야."

지상으로 이동해 보니 부족의 여성들이 활을 쏘거나 마법을 쓰면서 프레이즈에 저항하는 중이었다.

프레이즈에게는 마법이 통하지 않는다. 마력을 포함해 마법을 흡수해 버리기 때문이다. 주변의 마력을 흡수할 뿐 마법을 막지 못하는 '흡마의 팔찌'나 마법을 상쇄하는 데몬즈 로드의 '마법 무효화'와는 달리, 마법 자체를 마력으로 변환할 수 있는 성가신 능력.

갈색 피부를 자랑하는 여자들이 날이 휜 칼을 들고 맞섰지만, 잇달아 프레이즈의 날카로운 팔에 쓰러져 갔다.

"이츠! 미요마나, 타코지카시가리노!"

젊은 부족 소녀가 무언가 명령을 내렸지만, 전혀 알아들을 수 없었다. 공통어가 아닌가? 하느님이 부여해 준 통역 능력도 만능은 아닌 모양이었다.

아무래도 젊은 소녀가 리더인 듯, 소녀의 말을 듣자마자 궁수 부대가 조금씩 후퇴하기 시작했다. 다른 비전투원을 도망치게 할 시간을 버는 중인 듯했다.

거미 프레이즈가 그 소녀를 노리고 다리를 창처럼 내뻗었다.

"【액셀 부스트】!"

나는【스토리지】에서 미스릴 대검을 꺼내 빽빽한 나무의 틈을 누비며 달려가, 소녀에게 빠르게 접근하는 거미 프레이즈의 창 같은 팔을 튕겨 냈다. 그리고 갑자기 나타난 나를 보고 깜짝 놀란 소녀를 안아 올린 뒤, 그대로 뒤쪽으로 점프하여 프레이즈에게서 멀어졌다.

나는 소녀를 땅에 내려 준 다음, 대검을 들고 자세를 잡았다.

"여기는 맡겨 두고 얼른 피난을……. 앗, 말이 안 통했었지?!"

저쪽으로 도망가. 나는 그렇게 말하듯이 숲 안쪽을 손가락으로 가리켰다. 하지만 소녀는 눈을 치켜 올리며 나를 막 다그쳤다.

"에모우, 오루테토토코이치메라코?! 사나토아네코, 보코!"

"으으, 난 말을 못 알아듣는다니까."

소녀를 보고 나는 이 부족 여자들은 매우 용맹하다는 사실을 깨달았다. 눈앞의 소녀는 한 손에 도끼를 들고 있었고, 온몸에 붉은 페인트 같은 것을 바른 모습이었다.

갈색 피부는 건강해 보여 좋았지만, 몸에 두른 의상은 조금 보기가 민망했다. 상반신은 가슴을 가리는 천 한 장뿐이었고, 하반신도 중요 부위만 가리는 띠 같은 천이었기 때문이다. 샌들 같은 신을 신었고, 손에는 팔토시 같은 것을 착용하긴 했지만, 거의 알몸에 가까웠다. 문명사회에서 꽤 멀리 떨어진 곳에서 생활하는 부족인 모양이다.

그리고 이 소녀는 나랑 비슷한 또래인 것 같은데, 그러니까, 상당히 크다. 가슴을 가린 그것이 찢어질 듯한 존재감을 자랑했기 때문에 나도 모르게 자꾸만 눈이 가려고 해서 의도적으로 계속 시선을 피했다.

"에모우메나구리오도! 오아치나쿠오호카코노아! 케레소루리제!"

뭐라고 말을 막 하긴 하는데, 전혀 알아들을 수가 없었다. 힐끔힐끔 본 걸 들킨 건가.

아무튼, 일단은 대검을 들고 거미 프레이즈를 향해 달려갔다. 목표는 다리 하나. 칼을 휘두르는 타이밍에 【그라비티】를 발동. 엄청나게 무거운 병기로 변신한 대검이 프레이즈의 가느다란 다리를 산산조각 냈다.

"【그라비티】면 나름 상대할 수 있을 것 같아."

하지만 산산조각난 다리는 즉시 재생된다. 조금 전의 부족이 사용한 마법을 흡수했었구나. 역시 이 녀석들을 쓰러뜨리려면 핵을 부술 수밖에 없다.

핵은 몸의 중심선에 일정한 간격으로 세 개가 늘어서 있었다. 그리고 쥐가오리 때와 마찬가지로 오렌지색으로 빛났다.

"린제! 린! 이 녀석에게 얼음을 떨어뜨려 줘!"

내 말을 들은 두 사람이 물 마법 【아이스록】을 외워 커다란 얼음 덩어리를 거미의 머리 위에 떨어뜨렸다. 프레이즈는 순간 얼음 덩어리의 무게에 눌려 몸을 낮췄지만, 키기긱 하는 소리를 내면서 그것을 떨쳐 내려고 했다. 하지만 그렇게 둘 수는 없다!

나는 뛰어올라 프레이즈 위에 떨어진 얼음 덩어리 위에 섰다. 그리고 【그라비티】를 발동해 얼음 덩어리의 무게를 몇 십 배나 더 나가게 변화시켰다.

키, 기, 기, 기, 긱, 하고 프레이즈의 몸이 삐걱이는 소리를 내는 동시에, 파직, 파직, 하고 얼음 덩어리에 균열이 가기 시작했다. 아무래도 무게를 높이는 마법에 얼음이 버티지 못하는 듯했다. 정말 왜 이렇게 튼튼한지.

이윽고 얼음이 부서지자, 무게에서 해방된 프레이즈가 크게 뛰어올랐다. 나는 그 타이밍에 【그라비티】를 발동시킨 대검을 프레이즈의 머리를 향해 내리쳤다.

"부서져라!"

내 일격에 프레이즈는 지면에 처박혔다.

그리고 크캬아아아아아! 하는 어마어마한 소리를 내며 부서지는 거미 프레이즈. 나는 후드드득 떨어지는 파편 속에서 이리저리 뒹구는 핵을 찾아 브륀힐드로 세 개 모두 산산조각을 내 버렸다.

"후……."

간신히 성공했구나. 이전과는 비교도 할 수 없을 정도로 쉽게 쓰러뜨렸다. 이게 다 【그라비티】 덕분이다. 프레이즈 본체에 직접 사용할 수 없다는 점이 좀 문제지만. 아~아. 미스릴 대검이 뒤틀렸어.

"에모우……. 노나메네도……?"

조금 전의 갈색 소녀가 어안이 벙벙한 표정을 지으며 그렇게 중얼거렸다. 여전히 무슨 말을 하는지는 모르겠지만, 깜짝 놀랐다는 사실 만큼은 얼굴만 봐도 알 수 있었다.

주변을 돌아보니 다쳐서 쓰러진 사람이 여럿 있었다. 이거 큰일인걸?

"타깃 지정. 반경 500미터 이내의 부상자. 【큐어힐】 발동."

〈알겠습니다. 타깃을 포착하였습니다. 【큐어힐】을 발동합니다.〉

스마트폰의 그런 음성이 흐른 뒤, 쓰러져 있던 부상자들 위에 마법진이 나타나 부드러운 빛을 아래로 쏟아 냈다. 그러자 빛을 받은 부상자들의 상처가 금세 아물며 치료되어 갔다.

그 모습을 본 소녀가 쓰러져 있던 동료들에게 빠르게 달려갔다.

"생각보다 쉽게 해치웠는걸?"

린이 산산조각 난 프레이즈의 잔해에서 뛰어내려 온 나에게 다가왔다. 누가 아니래. 전에는 그렇게나 고전했는데, 그때 일이 마치 거짓말 같았다.

린은 땅에 흩어진 프레이즈의 파편을 한 손에 하나씩 들고 서로 가볍게 두드려 보았다. 그렇게 하니 프레이즈의 파편은 아주 쉽게 부스러졌다.

　뭐 하는 거지?

　"강도가 겨우 유리 정도야. 이 파편으로 무기를 만들 수 있지 않을까 했는데."

　흐음. 맞는 말이다. 프레이즈 정도의 경도를 지닌 무기가 있으면 에르제나 야에도 쉽게 프레이즈를 쓰러뜨릴 수 있을지 모른다. 하지만 죽었을 때 이렇게까지 경도가 내려가니, 소재로서의 가치는 없는 거겠지? 유리 세공품 대신 사용할 수 있는 수준 정도일까?

　"이 녀석들은 대체 왜 그렇게 단단한 걸까? 방어 마법이라도 사용하는 건가……?"

　"……그거야! 경화(硬化) 마법! 이 몸에 마력을 증폭하고 축적하여 방출하는 특성이 있다고 한다면……!"

　린은 한 번 더 양손에 프레이즈의 파편을 든 뒤, 이번에는 그곳에 마력을 흘린 상태로 양쪽을 강하게 부딪쳤다. 카키이이잉. 맑고 높은 소리가 났지만, 이번엔 프레이즈의 파편이 부서지지 않았다.

　"역시 그랬어. 이 재료에는 마석과 비슷한 특성이 있는 거야. 게다가 마력 전도율이 아주 높아. 술식 전환이 거의 100퍼센트인 거지. 마력과 결합하면 이렇게까지 강해지다니, 정말 믿을 수가 없어."

　"무슨 말인지 잘 모르겠는데. 요약해서 말해 주면 안 될까?"

린이 어려운 말을 늘어놓는데, 그래서 결국 어떻다는 건지.

"그러니까 마력을 흘리면 흘릴수록, 이 파편은 그것을 흡수해서 어마어마한 강도를 지니게 된다는 말이야. 게다가 마력을 축적할 수 있으니, 설사 부서져도 다시 스스로 재생해. 축적한 마력이 고갈될 때까지."

뭐?! 그렇다면 이걸로 갑옷 같은 걸 만들면, 마력이 다하지 않는 한, 계속 재생되는 강력한 갑옷을 만들 수 있다는 말이잖아.

그리고 무기도 마력이 다하지 않는 한, 파괴되지 않는다는 이야기이다.

문제는 무게가 상당하다는 것이지만, 【그라비티】를 【인챈트】할 수 있는 나는 전혀 신경 쓸 필요가 없다.

⋯⋯⋯⋯⋯⋯완전히 보물산이네.

"타깃 지정. 프레이즈의 잔해, 파편도 포함. 【스토리지】발동."

〈알겠습니다. 포착 완료. 【스토리지】를 발동합니다.〉

프레이즈의 잔해가 흩어져 있는 지면에 마법진이 펼쳐지더니, 물이 스며드는 것처럼 파편이 땅 아래로 사라졌다. 회수 완료.

쳇. 그런 가치가 있는 줄 알았으면, 유적에 있던 녀석이나 사막에 있던 녀석도 회수를 했을 텐데. 좀 아깝네.

◇　　◇　　◇

"에아, 에모우."

뒤를 돌아보니 조금 전의 그 갈색 소녀가 서 있었다. 뭐지?

"마오노네쿠고와노에사츠키루토네호에모우노네코?"

"난 무슨 말인지 못 알아듣는다니까?"

어떻게 대화를 나누면 될지 몰라 난처해하는 나에게 린이 말했다.

" '우리 동료의 부상을 치료해 준 사람이 너야?' 라고 했어."

"말을 알아들을 수 있어?"

린의 통역을 듣고 나는 무심코 눈을 휘둥그렇게 떴다. 대충 말의 법칙이 있다는 느낌이 들기는 했지만.

"내가 몇 년을 살았는데. 이 소녀가 속한 라우리 족의 언어라면 미스미드에서도 말이 통하는 사람이 꽤 많은 편이야."

그리고 보니 미스미드에 도움을 청했다고 했었지? 말이 안 통했을 리가 없구나.

린이 갈색 소녀에게 말을 걸었다.

"네 이름, 어……. 오노토, 노모우호?"

"팜."

아무래도 갈색 소녀의 이름은 팜인 모양이었다.

말이 안 통하니 불편하네. 린과 대화가 가능하다는 사실을 알고 갈색 소녀가 이것저것 말을 걸고는 있지만, 무슨 말을 하고 있는지 나로서는 전혀 알 수가 없었다. 팜이 이쪽을 힐끔힐끔 바라보는데, 무슨 할 말이라도 있는 걸까?

"결국 엔데는 나타나지 않았구나……."

프레이즈가 있는 곳이면 나타나지 않을까 생각했는데, 꼭 나타나는 건 아닌 모양이었다. 엔데에게는 프레이즈를 쓰러뜨리는 일이 별로 중요하지 않은 것일까.

"그건 그렇고 정말 난장판을 만들었구나."

새삼 주위를 둘러보니, 부서진 집의 잔해가 여기저기 흩어져 있었다.

이 마을은 아무래도 트리하우스처럼 나무 위에 집을 짓는 모양인 듯했다. 나무와 나무 사이에는 로프로 만든 줄사다리도 걸려 있고 말이지.

울창한 정글 한가운데에, 프레이즈가 날뛴 곳만 나무들이 다 쓰러져 태양이 비쳐 들어왔다.

"아무래도 몇 명인가 돌아가신 분이 계신가 봐요."

비통한 표정으로 울부짖는 여성들을 보는 루. 시체를 부여잡고 오열하는 사람들의 모습을 보니, 우리가 더 빨리 도착했더라면……. 하는 생각이 들었다.

"사람을 살릴 수 있는 마법은 없으니……."

내가 그렇게 가만히 중얼거리자, 옆에 있던 린제가 작은 목소리로 대답했다.

"없는 건, 아니지만…….."

"뭐?!"

죽은 사람을 살리는 마법이 있단 말이야? 물론 이미 한 번 죽었던 내가 이런 말을 하는 것도 뭐하지만.

"빛 속성 마법 중에서도 최상급에 해당하는 마법으로, 소생 마법이 존재해요. 단지, 조건을 갖추기가 굉장히 힘들다는 모양이에요."

조건? 사람을 되살리기 위해서는 어떤 요소가 필요하다는 건가? 게임처럼 성직자가 '기부를 해 주십시오.' 라고 말하는 건 아닐 테고. 게다가 그 하느님은 아마 안 받을걸?

"먼저 죽은 지 한 시간 이내일 것. 시체가 생명 기능을 유지하는 데 지장이 없을 것. 그리고 그에 더해 막대한 마력과 생명력이 필요하다고 해요."

"생명력?"

"쉽게 말하면 생명 그 자체, 예요. 즉, 마법을 건 상대가 살아나는 동시에, 마법을 건 사람이 죽을 가능성도 있다, 는 말이죠."

……진짜 리스크가 굉장히 크네. 확실히 자신의 생명을 걸어서라도 살리겠다는 각오가 없으면 사용하기 힘들겠어…….

하지만 사람을 살리는 일이니, 역시 그 정도는 되어야 하는지도 모른다. 나도 살아남는 대신 원래 살던 세계와 작별을 해야 했으니까. 사람을 살리는 일은 그만큼 대단한 일이라는 생각이 새삼 들었다.

"그건 그렇다 치고……."

조금 전부터 신경이 쓰였는데, 이 부족에는 여자가 굉장히 많네. 아니아니, 남자가 한 명도 없어?! 모두 프레이즈에게 살해당한 건가?

그런 생각을 하고 있는데, 어느새인가 돌아온 린이 설명을 해 주었다.

"라우리 족은 여성만으로 구성된 전투 민족으로, 원래 남자는 한 명도 없어. 조금 전의 그 팜이라는 아이가 족장의 손녀인 모양이야."

뭐야. 그럼 아마조네스라는 말? 설마 이런 곳에서 만날 줄이야.

확실히는 모르겠지만, 아이를 낳을 수 있는 나이가 되면, 다른 부족에서 남자를 납치해 '남편'으로 삼는다는 모양이었다.

그리고 아이가 태어났을 때, 남자아이면 남편과 함께 쫓아내고, 여자아이면 마을의 아이로서 싸움을 가르치고 키운다고 한다. 아이가 여자아이일 경우에도 남편은 쫓아낸다. 100년 정도 전에는 남편을 죽였다고 하니, 정말 무섭다.

남자에게는 무시무시한 이야기라 린의 말을 듣고 온몸을 떨고 있는데, 이쪽을 빤————히 바라보는 시선이 느껴졌다. 그 시선의 주인공은 팜이었다.

"왜?"

의심스럽게 마주 보자, 팜이 갑자기 나에게 달려오더니, 속도를 줄이지 않은 채 나에게 안겨 들었다.

"아니……?!"

너무 갑작스러워 당황했지만, 팜이 생각보다 가벼워서 간신히 넘어지지 않고 받아줄 수가 있었다. 물컹, 하는 느낌이 전해져 와서 무심코 헤벌쭉한 표정을 지을 뻔했던 그때. 갑자기 목덜미에서 강렬한 통증이 느껴졌다.

"아야————————?!!"

깨물었어!! 이렇게 세게 깨물다니!! 혹시 원숭이가 키워 준 아이라든가, 그런 거 아니지?!

너무 아파서 팜을 밀어내려고 했는데, 내가 밀기도 전에 팜이 먼저 나에게서 떨어졌다.

"진짜 아팠어! 대, 대체 무슨 짓이야……?!"

물린 목덜미에 손을 대 보니 피가 묻어 나왔다. 진짜 왜 이런 거지?!

팜은 나를 보고 대담하게 웃더니, 그대로 발걸음을 돌려 달려갔다. 진짜 뭐야?!

그 모습을 본 주변 부족 사람들이 술렁거리며 안절부절못했다.

"토야 씨, 괜찮으세요?"

린제가 회복 마법으로 목의 상처를 치료해 주었다. 아~ 죽는 줄 알았어.

"토야가 마음에 들었나 보네."

"어디가?!"

린이 영문을 알 수 없는 소릴 했다. 대체 어딜 어떻게 보면 이게 마음에 들어서 한 행동일까. 보통은 싫어하는 사람에게 하는 행동이잖아? 들개나 야생동물일 경우에도 그렇고.

다른 사람도 물리면 큰일이다. 얼른 철수하자. 아까부터 다른 사람들의 시선도 좀 수상하고 말이야. 왜들 저러지?

나는 【게이트】를 열어 공중 바빌론에 들른 뒤, 셰스카와 로제타를 데리고 곧장 브륀힐드 성으로 돌아갔다.

〈아~ 마스터. 어서 오세요.〉

계단의 층계참에 도착하자 액자 안에서 리플이 상반신만 내밀고 나에게 손을 흔들었다. 이 광경도 꽤 익숙해졌네.

"다녀왔어, 리플. 별일 없었지?"

〈어~ 손님이 오셨어요~.〉

손님? 응? 대체 누구지?

"어? 츠바키 씨?"

"오랜만에 뵙습니다."

모두 목욕을 하고 싶다고 해서 일단 헤어지고 나 혼자 알현실로 갔다.

알현실에는 붉은 양탄자 위에 무릎을 꿇고 이쪽을 올려다보는 이센의 쿠노이치, 츠바키 씨가 있었다.

흰 상의에 검은 머플러, 그리고 검은 퀼로트 차림. 먼 여행을 했다는 사실을 알려 주듯, 많은 곳이 해어져 있었다. 긴 머리카락도 길게 아래로 늘어져 있는 상태이고.

"이런 곳까지 어쩐 일이세요? 무슨 임무인가요?"

타케다의 사천왕, 코사카 마사노부 소속 닌자인 츠바키 씨니 그렇게 생각하는 것이 보통이지만, 이센에서 이곳까지는 거리가 상당하다.

"아니요. 저는 이제 타케다 가문과는 아무런 상관이 없습니다. 혹여 이쪽에서 토야 님을 모실 수 없을까 하여 이렇게 실례를 무릅쓰고 찾아온 참입니다."

"네?"

츠바키 씨의 이야기에 따르면, 새 영주가 타케다의 영지를 다스리기 시작한 지 얼마 되지 않아 코사카 씨가 이렇게 말했다고 한다. "이대로 가다간 타케다의 미래는 없다. 지금 일족을 이끌고 다른 가문을 섬기거라."라고. 츠바키 씨도 처음에는 거절했지만, 이윽고 강제로 해고당했다는 모양이었다.

"그게 언제죠?"

"3개월 정도 전입니다. 그 뒤로 저는 바로 여행을 떠났기 때문에……."

그렇구나……. 코사카 씨는 그 시점에 이미 앞을 내다보았던 거였어. 굉장하네.

바바 씨에게 들은 타케다 씨의 최근 소식을 이야기해 주자, 츠바키 씨는 그러면 그렇지 하고 고개를 끄덕였다.

"그래서 코사카 님은 저를 내쫓으셨던 거군요……."

"그런데 왜 저한테 오셨나요? 토쿠가와 가문이라든가 오다 가문도 있는데."

"토쿠가와도 오다도 결국엔 일개 영주에 지나지 않습니다. 하지만 토야 씨……. 토야 님은 그 힘도 힘이지만, 벨파스트의 차기 국왕이 될지도 모르시는 분. 비교할 것도 없다고 생각했습니다. 단지, 이미 국왕이 되셨을 줄은 몰랐습니다만."

츠바키 씨는 배를 타고 벨파스트로 가는 중에 이 나라에 대한 소문을 들었다고 한다. 자세하게 물어보니 나를 말하는 것이라는 사실을 알고, 급히 가우의 대하를 거슬러 올라 이쪽으로 왔다는 모양이었다.

"음, 이쪽도 참 별일이 다 있었거든요. 그런데, 어떻게 하실 래요? 벨파스트 같은 큰 나라도 아니고, 이제 막 생긴 나라인데."

"네. 토야 님이 받아 주신다면 열심히 모시겠습니다."

츠바키 씨만 괜찮다면 나는 받아 주어도 전혀 상관이 없었다. 동료가 늘어나면 마음이 든든하니까. 게다가 어쩌면 타케다의 사천왕도 브륀힐드로 올지도 모르고.

"그럼 저희 일족을 성 안으로 데리고……."

"……잠깐만요. 일족?"

"네. 타케다 가문을 섬기던 일족 모두가 이쪽으로 왔습니다."

뭣이라?! ……그러고 보니 조금 전에 츠바키 씨가 뭐라고 했더라? "일족을 이끌고 다른 가문을 섬기거라."라는 말을 듣고……. 그게 그런 이야기였어?!

"저어……. 일족이라면 몇 명 정도인지……."

"아이를 포함해 모두 67명 정도입니다."

"유……!"

많아! 그 많은 사람을 이끌고 용케도 여기까지 왔네?! 만약 내가 죽었거나, 나를 발견하지 못했으면 대체 어쩔 셈이었던 건지.

난 츠바키 씨가 혼자인 줄 알고 허락한 건데……. 어쩌지?

"음~ 어떻게 할까……. 이 나라에 사는 건 상관없지만……. 츠바키 씨처럼 모든 사람을 성에 고용할 수는 없으니……."

"그거라면 걱정하지 않으셔도 됩니다. 닌자 일족은 대부분 부업을 따로 하고 있으니, 다들 스스로 먹고살 만한 능력은 됩니다."

……그럼 괜찮지만. 그러고 보니 예전에 책에서 닌자는 다른 나라에 잠입하기 위해 평소에는 다양한 명목상의 직업을

지니고 있다든가 하는 이야기를 읽었던 기억이 있다. 이쪽 세계에서도 비슷한 느낌인 걸까.

이쪽에도 숲과 강이 있으니, 동물이나 생선은 잡을 수 있으리라 생각한다. 그래서 음식은 별로 걱정을 하지 않지만, 그 외에도 많은 물품이 필요하다는 게 문제다.

상인이 필요하려나……? 이 나라를 방문해 물건을 판매하는 그런 상인. 미스미드의 오르바 씨나 리플렛 마을의 자낙 씨한테 상의해 볼까?

"단숨에 국민이 늘었군요."

"그러네요."

옆에 대기하고 있던 라임 씨의 말을 듣고 나는 쓴웃음을 지으며 대답했다. 아무튼 간에, 나는 우리 나라의 세 기사를 불러 츠바키 씨와 일족을 성 안으로 모시라고 명령했다. 일단은 아직 사용하지 않는 병사 숙소를 잠자리로 빌려주자.

우선 레인 씨에게 이상한 행동을 하는 녀석들은 없는지 눈을 번뜩이며 확인해 달라고 부탁했다. 레인 씨라면 눈을 번뜩이기보다는, 그 자랑스러운 토끼 귀로 유심히 소리를 들어서 확인하려나?

"마스터, 편지가 도착했어요."

"응?"

츠바키 씨가 나간 알현실에 셰스카가 편지 한 통을 들고 찾아왔다. 지인이나 동맹국에 건네준 '게이트 미러'를 사용하면 편지를 전달해 바로바로 연락을 할 수 있는데, 대체 누구지?

나는 편지를 받아 안을 대략 훑어보았다. 아차, 하필이면 이럴 때.

"어느 분이 편지를 보내셨는데 그러십니까?"

라임 씨가 물어서, 나는 편지를 건네주며 한번 읽어 보라고 권했다.

"이건……."

"아무래도 또 몇 명인가 사람이 더 늘어날 것 같아요."

편지를 보낸 사람은 코사카 마사노부. 얼마 전, 바바 할아버지에게 건네준 '게이트 미러'를 통해 온 건가?

아쉽지만, 타케다 가문은 당주가 영지의 백성을 소홀하게 대하고, 다른 영지에 과도하게 간섭을 하는 등 몇 번이나 세상을 떠들썩하게 만든 죄로 멸문을 당했다고 한다. 결국 영지를 몰수당했는데, 그 영지는 이센의 왕이 오다와 토쿠가와에 나누어 준 모양이었다.

짧았어……. 안 그래도 칸스케 사건으로 주목을 받고 있었으니 그냥 얌전하게 있었으면 좋았을걸. 집행유예 기간 중에 또 일을 저지른 거나 마찬가지라 반성을 안 했다고 생각을 해도 이상할 게 없다. 당연한 얘기지만.

혹시 그건가? 위대한 아버지를 뛰어넘고 싶어 폭주를 했다든가. 아니면 정말 바보였든가. 아무튼 간에 타케다 카츠요리는 수도로 보내진 뒤, 결국 귀양을 떠났다고 한다.

그리고 사천왕이 논의를 한 결과, 브륀힐드에서 일을 하기로 결정을 했다는 모양이었다.

유능한 인재가 온다니 고맙기는 한데. 코사카 씨에게 조금 전의 그 일을 상의해 볼까. 타케다 사천왕 중, 아직 코사카 씨는 만나 본 적이 없었지?

흐음, 마중하러 갈까. 나는 이센으로 가는 【게이트】를 열었다.

"일단은 가도(街道)부터 정비해야 합니다. 사람이 방문하지 않아서는 도시가 발전할 수 없으니 말입니다."

브륀힐드의 지도를 보면서 코사카 씨가 그렇게 말했다.

코사카 씨는 바바 할아버지보다는 젊었지만, 그래도 60은 넘어 보였다. 흰머리가 섞인 머리카락을 모두 뒤로 넘긴 모습으로, 얼핏 보면 온화하게 보였지만, 역시 타케다 가문의 전성기를 이끌었던 그 눈빛은 여전히 날카로웠다.

편지를 받은 뒤, 바바 할아버지 일행을 비롯한 타케다 사천왕을 맞이하러 갔는데, 조금 예상외의 일이 벌어졌다.

갈 곳을 잃은 몇몇 타케다 병사들도 브륀힐드에 오고 싶다고 말을 꺼낸 것이다. 아마도 사천왕을 잘 따르던 부하들이겠지. 대략 50명이 채 안 되는 숫자지만, 솔직히 말해 우리가 바로 고용을 할 수는 없었다. 아무래도 그 정도까지는 수입이 없기 때문이었다.

'공방'의 양산 기능을 사용하면 고용할 돈은 어떻게든 구할 수 있을지도 모르지만 너무 공방 쪽에 의지하는 것도 좀 그렇다. 일단은 비밀로 해 두고 있기도 하고, 만약에 '공방'이 부서지기라도 하면 그 순간 모든 게 끝장나 버리니까.

"가도라면 제가 흙 마법을 사용해 금방 만들 수 있지만……."

"벨파스트와 레굴루스를 잇는 가도는 급히 필요하니 부탁드립니다. 하지만 그 이외에는 토야 님……. 폐하는 너무 손을 대지 않는 것이 좋습니다. 뭐든 폐하가 완성해 버리면, 사람들은 금방 폐하만 바라보게 됩니다. 사람들이 도저히 손을 쓸 수 없을 때 도와주는 정도면 충분합니다."

그런가? 그래, 사람은 금방 타락하는 동물이니까. 이제 막 생긴 나라인데, 사람들이 타락해 버려선 곤란하다.

"그다음은 나라의 동쪽을 농업지로 개척하겠습니다. 수로를 건설해 강에서 물을 끌어와 논을 몇 개인가 만들 생각입니다. 이쪽 토지와 잘 어울린다면 참 좋겠습니다만. 그 외에는 상인에게 무엇을 팔아 나라의 재정을 확보할 것인가인데……."

정확하게는 국민이 무언가를 만들어 상인에게 판 돈을 몇 퍼센트인가 세금으로 징수하겠다는 말이겠지.

솔직히 말하면 굳이 세금이 필요하지는 않을 것 같았다. 자신과 가족을 부양할 만한 돈은 스스로 다 벌 테니까. 하지만 코사카 씨가 말하길, 나는 좋을지 몰라도 그래서는 나라를 운영할 수 없다는 모양이었다. 그래서 이쪽은 코사카 씨에게 맡겨 두기로 했다. 대신 세금은 최대한 가볍게만 징수해 달라고 말을 해 두었다.

"이 나라에서만 구할 수 있는 특산품이 있었으면 하나, 이곳은 원래 벨파스트와 레굴루스의 토지인 탓에 그런 것이 없습니다. 그러니, 무언가 기술을 팔거나 해야 하는데⋯⋯."

"일단 자전거 제조 기술은 알려 드릴게요. 당분간은 그걸로 돈을 벌 수 있지 않을까요? 물론 금세 다른 나라에게서도 따라 만들기 시작하겠지만요."

자전거 자체는 이곳에서 잘 볼 수 없는 물건이고 편리하지만, 많은 짐을 옮기려고 한다면 마차가 더 좋고, 속도로 따지면 말이 더 빠르다. 하지만 수요는 있으니, 기술을 배우면 나름 장사가 될 거라 생각한다. 물론 내가 만드는 것과 비슷한 수준으로 만들려면 꽤 어렵겠지만.

"아무튼 할 수 있는 것부터 차근차근 하나씩 하죠. 코사카 씨에게는 농경지를 맡길 테니 마음껏 뜻대로 해 보세요. 안 되면 또 그때 가서 생각하고요."

코사카 씨와 헤어지고 연습장에 가 보니, 우리 세 기사들이 또 바바 할아버지에게 혼쭐이 나고 있었다.

우리에게는 아직 기사단이 없기 때문에, 나는 바바 할아버지와 야마가타 아저씨에게 전투 교관으로 활동해 달라고 부탁했다.

"여어, 애송이. 코사카와 할 이야기는 끝난 건가?"

"이제 애송이라는 말은 그만하시면 안 될까요? 바바 할아버지도 일단은 제 가신이 됐잖아요."

"너무 고지식하게 그러지 마라. 일단 공사는 확실히 구별할 테니 말이야. 격식을 차린 장소에서는 반드시 '폐하'라고 불러 주지."

카하하, 하고 웃으면서 바바 할아버지가 내 어깨를 두드렸다. 이거다. 무슨 말을 해도 모두 헛수고일 것 같은 느낌이 든다.

"나와는 달리 바바 님에게는 말해 봐야 입만 아파, 대장."

"당신도 그냥 이름으로 부르다가 겨우 대장이라고 바꿨잖아요, 야마가타 아저씨."

"뭐 어떤가. 대장이란 말, 꽤 잘나 보이지 않나?"

임금님이라든가, 선생님이라든가, 다른 것도 있잖아. 참 나. 이 두 사람은 영 상대하기가 껄끄럽다. 하아, 그래, 맘대로 부르세요.

"그런데 슬슬 점심이라, 식량을 조달하려고 하는데, 훈련도 겸해 레인 씨 일행도 같이 가 줄 수 있을까요?"

"사냥인가? 그건 좋지만, 이 녀석들은 이 꼴인데 괜찮겠나?"

야마가타 아저씨가 가리킨 곳을 보니 세 사람이 지면에 축 늘어져 있었다. 니콜라 씨만은 남자의 오기인지 떨리는 다리로 서 있었지만, 여우 귀는 마구 흐느적거리는 상태였다.

"【빛이여 오너라. 활기찬 숨결, 리프레시】."

내가 주문을 외우자, 부드러운 둥근 빛이 세 사람에게 쏟아졌다. 그리고 잠시 뒤, 세 사람 모두 몸을 일으켜 깡충깡충 뛰거나 검을 휘두르며 몸을 움직이기 시작했다.

"몸이 개운해졌어요……."

"우와아, 폐하의 마법?! 굉장해!"

"큭, 이렇게 한심할 줄이야. 면목이 없습니다, 폐하."

피로 회복 마법 【리프레시】다. 상처는 낫지 않지만, 체력이나 육체적인 피로는 회복된다. 이것을 사용하면 피로를 잊고 힘을 낼 수 있다. 하지만 몸에 무리가 가는 것은 변함없기 때문에 아무래도 너무 많이 사용해서는 안 될 듯했다.

"여전히 엄청나구먼, 우리 대장은……."

야마가타 아저씨가 그렇게 중얼거렸다. 이건 그냥 칭찬을 받았다고 생각하자.

"자, 점심 식사인데 뭘 먹고 싶나요? 일단 후보로는 멧돼지, 새……. 아, 게도……."

""""""게!""""""

만장일치?! 나야 상관없지만. 그럼 블러디 크랩을 잡아야겠네. 성에 있는 모든 사람이 먹을 분량이어야 하니, 두 마리만 사냥하면 되는 건가. 한 마리가 덤프카 정도 크기니까.

"아, 사냥할 블러디 크랩은 모험자 길드 랭크로 따지면 빨간색 정도니까 조심하세요."

"""네?!"""

세 사람 모두 동공이 잔뜩 수축되었다. 당연하다면 당연한가? 빨간색 랭크면 일류 모험자 수준이니 말이야.

"걱정 마세요. 야마가타 아저씨랑, 바바 할아버지도 도와줄 테니까."

"우리도 가야 하는 건가?!"

그야 당연합니다. 실력이 어느 정도인지 보여주세요.

결국 황야에 있던 블러디 크랩 중 한 마리는 【그라비티】를 사용해 내가 쓰러뜨렸다. 1분이나 걸렸을까?

남은 한 마리는 다섯 명에게 맡기고 나는 구경이나…… 할수는 없었다. 때때로 회복 마법을 걸어 주거나, 가벼운 공격 마법으로 지원을 해 주며 다섯 명의 싸움을 바라봤는데…….

다섯 사람이 꼬박 30분을 쉬지 않고 싸우고서야 겨우 블러디 크랩을 쓰러뜨릴 수 있었다. 모두 전사 타입인데 마법사가 없으니 역시나 상대하기가 벅찬 모양이었다. 껍데기가 워낙에 단단하니……. 궁합이 너무 나빴던 건가?

"수고하셨습니다!"

"……대장이…… 얼마나 괴물인지, 알겠군…… ."

야마가타 아저씨가 흐릿한 눈으로 나를 바라보았다. 사람을 괴물 취급하다니.

옛 타케다 가문에 속했던 두 사람은 간신히 서 있을 수 있었지만, 그래도 숨은 매우 거칠었다. 레인 씨를 비롯한 세 기사는 완전히 그로기 상태였다.

나는 재빨리 조금 전과 마찬가지로 【리프레시】를 걸어 주었다.

이러니저러니 해도 빨간색 랭크인 마물을 쓰러뜨릴 정도니, 역시 이 두 사람의 실력은 진짜다. 다른 세 사람은 서포트 역할을 하는 것도 빠듯할 정도였으니.

나는 【스토리지】에 블러디 크랩을 넣고 성으로 돌아갔다. 그리고 곧장 병사 숙소에 들어가 모두에게 게를 선물했다.

근데 조미료가 과연 충분할까? 일단 소금이나 된장은 있는 듯하니 괜찮을 거라 생각하지만. 그런 일도 있으니, 최대한 빨리 행상인이 방문하도록 주선해야 할 것 같다.

게를 손질하는 일은 바바 할아버지에게 맡기고, 나는 벨파스트와 레굴루스를 잇는 가도를 만들기로 했다.

원래 이곳은 위험 지대였기 때문에, 남쪽으로 크게 우회하는 길만 뚫려 있었다. 하지만 이번 기회에 나라를 가로지르도록 새로운 가도를 만들 생각이다.

벨파스트·레굴루스 사이를 여행하는 사람들에게는 시간이 단축되니 나쁜 이야기는 아니리라 생각한다. 원래 가도는 그대로 남으니, 혹시나 우리 나라에 들르기 싫은 사람이 있다면 그쪽을 이용하면 된다.

"국경에 관문을 만들어 두어야 하나? 이상한 녀석들이 와서는 안 되니 말이야."

벨파스트와 레굴루스 쪽 가도도 조금 손을 봐야 하지만, 양쪽 모두에서 이미 허가를 받아 두었기 때문에 아무런 걱정이 없다. 물론 지금 뚫린 가도에 길을 연결하는 것뿐이지만.

일단은 【게이트】로 레굴루스 쪽의 가도에 도착했다.

"이곳에서부터 벨파스트 쪽까지 단숨에 길을 연결할까. 괜히 구불구불하게 만드는 것보다 똑발라야 더 좋겠지?"

일단은 흙 마법. 벨파스트 쪽까지 똑바로 땅을 다졌다. 이것만으로도 충분히 길이라고 할 만하지만, 비가 와도 마차가 달릴 수 있도록 돌을 깔자. 단차가 적고 매끄러운 걸로.

이어서 벨파스트·레굴루스 양국 쪽에 간이 관문용 오두막을 지었다. 나중에 그럴듯한 건물로 다시 짓자. 그리고 이정표를 세워 두었다. [이곳부터 브륀힐드 공국]이면 되겠지?

하지만 이대로 두면 성에 들르지 않고 그냥 갈 것 같아. 가도 도중부터 성이 보이긴 하지만, 과연 '저쪽에 한번 가 보자' 하고 생각할까?

음, 성에서 장사를 할 것도 아니니, 츠바키 씨 일족에게 가도 근처에 가게를 내 보라고 이야기를 해 둘까? 길을 가다가 쉴 수 있는 음식점 관련이 좋으려나? 여행자들에게 정보를 얻을 수 있는 거점이 된다면 더욱 좋을 듯했다.

그건 그렇다 치더라도, 역시 성까지 갈 수 있는 길도 필요하겠지? 나는 마찬가지로 성문 앞까지 돌을 깔아 길을 만들었다.

그렇게 성 앞에 도달하자, 좋은 향기가 풍겨 왔다. 게 전골인가? 배고프다.

오후부터는 자전거 만드는 법을 가르쳐 주었다.

가르쳐 주는 사람은 사실 내가 아니라 로제타지만. 로제타가 나보다 더 잘 아니까……. 마법의 힘을 사용하지 않고 처음부터 만드는 거니, 이건 로제타에게 맡겨 두는 편이 낫다. 멋으로 '공방'의 관리자를 하고 있는 게 아니다. 로제타는 그냥 기술자로서도 일류다.

제작 쪽은 로제타에게 맡겨 두고, 나는 자전거 타는 법을 가르쳐 주었다. 탈 수 없으면 파는 것도 뜻대로 되지 않을 테니까.

아이들이 놀아 주는 것으로 착각을 했는지(당연한가?) 계속 태워 줘, 태워 줘, 하고 보채서, 나는 아이들용 자전거를 몇 대인가 만들어 주었다.

놀랍게도 어른이든 아이든 순식간에 자전거를 완벽하게 타고 다녔다. 균형 감각이 정말 엄청난 모양이다. 타케다 가문의 닌자들은 역시 무시무시해…….

◇　　◇　　◇

"와아, 꽤 그럴듯해졌네요."

"그렇지요?"

길가에 몇 개인가 세워진 가게를 보고 내가 감탄을 하자, 옆에 있던 나이토 아저씨가 기쁜 표정을 지으며 고개를 연신 끄덕였다.

이곳의 현장 지휘는 이 사람, 옛 타케다 사천왕 중 한 명인 나이토 마사토요, 나이토 아저씨가 전부 도맡았다. 있는 듯 없는 듯하면서도, 꽤 수완이 좋은걸? 겉보기에는 피곤에 찌든 회사원 같은데.

아직 찻집과 자전거 가게, 무기 가게, 방어구 가게, 도구 가게밖에 없지만, 그럭저럭 상점가의 틀이 갖춰졌다.

가도에서 조금 벗어난 곳에는 국민들의 집이 건설되기 시작했다. 그러고 보니, 가게나 집 모두 이셴 양식으로 지어질 줄 알았는데, 실제로는 그렇지 않았다. 벨파스트나 서쪽 나라들과 비슷한 벽돌 건물이었다.

"너무 문화가 이질적이면 사람들이 경계를 할 테니까요."

나이토 아저씨의 말씀.

드문드문 여행객도 찾아오기 시작하는 걸 보면, 나름 괜찮은 출발 아닐까. 무기 가게 등에는 이곳에서 보기 힘든 도검을 놓아두기도 했고(수리검까지 진열해 두었다), 찻집에서는 이셴의 요리에 더해, 롤케이크나 아이스크림, 푸딩, 감자튀김 같은 것도 팔았다.

나름 부자라 할 만한 사람들은 자전거를 사기도 하니, 꽤 번성하는 중이라고 할 수 있으려나?

이 정도라면 나름 운영이 잘 될 듯했다. 지금은 국민이 별로 없으니, 많이 벌지 않아도 어떻게든 되겠지.

그런 생각을 하고 있을 때, 옛 타케다 병사 중 한 명이 자전거를 타고 우리에게로 다가왔다.

"폐하, 관문에 폐하와 아는 사람이라는 상인이 와 있습니다."

"상인? 이름은?"

"의복 상인인 자낙이라고 이름을 밝혔습니다."

자낙 씨구나. 리플렛 마을에서 여기까지 어떻게 온 건지.

"알았다. 가 볼게."

나는 【게이트】를 연 뒤, 자전거를 타고 온 병사와 함께 벨파스트 쪽의 관문으로 갔다.

그곳에는 눈에 익숙지 않은 장식이 가득한 마차가 있었고, 그 옆에는 역시나 눈에 익숙지 않은 옷을 입은 자낙 씨가 서 있었다.

"여어, 오랜만이군요. 아니지, 임금님에게 이렇게 말을 걸면 안 되나?"

"상관없어요. 어서 오십시오, 브륀힐드 공국에."

이 사람은 내가 이쪽 세계에 왔을 때 처음으로 친절하게 대해 준 사람이다. 임금님이 되었어도 그건 변함없는 사실이니까. 나는 자낙 씨와 악수를 한 뒤, 말을 꺼냈다.

"그런데 무슨 일이세요? 제국에 무슨 볼일이라도 있으세요?"

"그것도 물론 있습니다. 하지만 가장 큰 목적은 이 나라에서 장사를 시작하기 위해서 입니다. 이곳에 저희 가게의 지점을 내고 싶어서 말입니다. '패션 킹 자낙 브륀힐드 지점'을 말이지요."

아하. 그런 얘기구나. 나름 본격적이네. 아직 사람이 모일지 어떨지도 알 수 없는데.

"아니, 그럴 리가 없습니다. 토야 님이 만든 나라이니, 사람이 안 모일 리가 없지요. 그렇다면 미리 와서 좋은 장소를 확보해 놓는 게 가장 좋지 않겠습니까."

그런 생각이구나. 지금 단계에 의복 가게가 잘 될 거라고는 하기 어렵지만, 그런 가게가 아예 없는 것도 문제다. 지금은 건축이나 농업 일이 많아 옷이 더러워질 때도 많고, 빨리 닳기도 하니, 솔직히 의복 가게가 생겨서 다행이라는 생각이 들었다.

나는 【게이트】를 열어 가도의 중심부로 돌아가 나이토 아저씨에게 자낙 씨를 소개했다. 그리고 토지 할당이나 건축비, 건축에 필요한 인재 파견, 그 외 여러 가지를 두 사람과 상의했다. 사실 그런 쪽으로는 문외한이라 두 사람에게 모두 맡겨 둔 것이나 마찬가지였다.

그건 그렇고 지점이라. 자낙 씨도 나름 수완가인걸? 리플렛 마을에서 여기까지 발을 넓히다니. 물론 나 같은 연고가 있었기 때문이겠지만.

리플렛 하니, 도란 씨나 미카 누나가 생각나네. 다들 잘 있을까……? 어?

잠깐. 지금 떠올랐는데, 이 나라에는 아직 숙소가 없네? 이곳은 통과 지점에 불과하긴 하지만, 그렇더라도 여행객이나 행상인이 숙박할 시설은 꼭 필요하지 않을까?

음……. 숙소라. 될 수 있으면 이곳에서 식사도 하고, 정보도 얻을 수 있는 장소로 만들고 싶은데. 그러려면 프로가 필요해……. 밑져야 본전이니 부탁해 볼까.

"들으신 것처럼, '은월(銀月)'의 지점을 우리 나라에 내고 싶어서요."

"……정말 갑작스럽군, 응?"

도란 씨가 팔짱을 기고 한숨을 내쉬었다. 당연하다면 당연하다. 나도 너무 갑작스럽다고는 생각 중이다.

"숙소는 저희가 세울게요. 도란 씨에게는 경영을 맡기고 싶어요. 한마디로 고용 점장 같은 거죠."

"그런 걸 지점이라고 할 수 있는 건가……?"

도란 씨가 고개를 갸웃했다. 음, 너무 세세한 건 안 따져 줬으면 한다.

"그래, 그 지점에 미카를 보내 달라, 그 말이지?"

"좋은걸? 가고 싶어! 재미있을 것도 같고!"

'은월' 식당에서 내 맞은편의 도란 씨 옆에 있던 미카 누나가 그렇게 말하며 끼어들었다. 아무래도 미카 누나는 기꺼이 받아들일 생각인 듯했다.

"음~ 하지만 말이야, 미카가 없으면 우리도 경영이 힘들어."

"어머, 그럴까? 타니아 씨한테 도와 달라고 하면 되잖아. 지금도 굉장히 많은 도움을 받고 있으면서."

"아니, 너, 그러니까 그 사람은……!"

도란 씨가 갑자기 당황스러운 표정을 지었다. 타니아 씨라면 그 사람인가? 마을 북쪽에 사는 미망인. 몇 번인가 나한테 인사를 건넨 적이 있는데. 뭐? 도란 씨와 그런 사이가 됐어?

"내가 없어야 오히려 더 좋은 거 아냐~? 아무튼, 한 나라의 국왕님이 직접 부탁을 하러 오셨는데, 어떻게 거절을 할 수 있겠어?"

"윽……! 그래~ 좋다! 갔다 와! 나중에 울지는 말고!"

될 대로 되라는 듯이 도란 씨가 허락을 하자 미카 누나가 야호! 하고 작게 승리 포즈를 취했다.

이렇게 됐으니 그쪽 숙소에도 목욕탕을 만들고 싶지만, 그러기엔 조금 문제가 있었다. 도란 씨네 가게의 온천물은 벨파스트의 비밀 온천에서 가지고 온 거라 말이지. 아무리 그래도 다른 나라의 것을 끌어오는 거니, 자칫 이상한 오해를 받을 수도 있다.

브륀힐드에는 수로가 있으니, 그쪽의 물을 끌어와서 데우면 되려나? 온천 효능은 없지만, 큰 목욕탕을 만드는 데는 충분할 테니까. 【리프레시】나 【리커버리】를 녹여 놓는 것 자체는 온천이 아니라도 가능하기도 하고.

일단은 미카 누나를 데리고 브륀힐드의 나이토 아저씨가 있는 곳으로 돌아갔다.

"응? 미카 씨 아니십니까? 혹시 '은월'도 이곳에 지점을 내시는 건가요?"

나이토 아저씨와 한참 이야기를 하던 자낙 씨가 이쪽을 보고 미소를 지으며 말했다.

"국영으로 숙소를 만들려고 하는데, 점장님으로 모시려고 스카우트해 왔어요."

"이거 참, 부럽습니다. 점원의 유니폼을 만들 생각이 있으면 꼭 저희 가게에 주문해 주십시오."

"장사 잘하시네요."

자낙 씨의 이야기를 농담이라고 생각했는지, 미카 누나가 막 웃었다. 아마 농담이 아닐 텐데……. 딱 보니 장사를 하는 사람 특유의 눈이었다.

나이토 아저씨와 미카 누나가 의논해서 숙소를 지을 만한 적당한 곳을 결정해 달라고 하자. 일단은 국영이니 좀 크게 지어도 되겠지? 욕실을 만들 공간도 필요하니까. 나는 미카 누나에게 나중에 방을 준비해 줄 테니 성으로 와 달라고 말을 한 뒤 헤어졌다.

성으로 이어진 가도를 산책하면서 걷는데, 저편에서 자전거를 타고 어린아이 남매가 달려오는 모습이 작게 보였다.

"아, 폐하~! 안녕하세요~!"

"안녕하세요~! 폐하~!"

"응, 안녕."

인사를 하면서 아이들은 곧장 내 옆으로 달려왔다. 힘이 넘치네~. 자전거를 마음에 들어 해서 정말 다행이었다. 이렇게 천진난만한 아이들이 닌자 일족이라는 것도 잘 믿기지 않지만.

아이들의 뒷모습을 바라본 뒤, 다시 걷기 시작하려고 하는데, 이번엔 앞에서 낯이 익은 소녀가 손에 무언가를 들고 달려왔다.

"토야 님!"

"어? 루. 무슨 일이야?"

잔달음으로 다가온 루는 숨을 헐떡이면서, 손에 들고 있던 것을 나에게 내밀었다. 2단 찬합이랑 물통?

"도시락이에요. 점심때 돌아오지 않으셔서요……."

"아……. 그러고 보니, 아직 점심을 안 먹었었네."

나는 도시락을 들고 길가로 나가 나무그늘에 【스토리지】에서 의자와 테이블을 꺼내 세팅했다.

　루가 준 도시락을 열어 보니, 밥과 고기야채볶음, 우엉조림, 고기감자조림, 달걀프라이, 생선조림 등, 다채로운 반찬이 가득했다. 모양이 조금 찌그러지기는 했지만.

　"어? 이건 클레아 씨가 만든 게 아닌 거 같네?"

　"아, 네. 이건……. 제가 만들었어요. 클레아 씨가 토야 님은 이셴 요리를 좋아하신다는 말을 듣고, 츠바키 씨한테도 좀 도움을 받아서요……. 처음으로 해 보는 거라 조금 볼품이 없긴 하지만……."

　"와아."

　처음인데 이 정도면 충분하지 않을까. 나는 젓가락으로 고기감자조림을 먹어 보았다. 응, 맛있어.

　"맛있다. 전혀 처음 같지 않아."

　"그런가요?! 다행이에요!"

　환하게 웃으며 기쁨을 솔직히 표현하는 루. 호들갑스럽긴. 이 아이는 감정 표현이 참 풍부하네? 그런 면도 참 귀엽지만. 유미나도 루도, 평소에는 공주님답게 새침한 느낌이지만, 이런 모습을 보면 역시 그 나이 또래다워서 매우 흐뭇했다.

　"……왜 그러시죠?"

　"응? 아니, 참 귀여워서."

　"후엣?!"

아이고, 본심이 나와 버렸다. 급격하게 얼굴이 빨개지는 루를 최대한 보지 않으려고 노력하면서 나는 도시락을 먹었다. 조금 쑥스럽네. 그건 그렇고 참 맛있다. 이 고기감자조림이라든가, 꽤 내 입맛에 잘 맞아.

"저, 저어, 토야 님, 은, 싫어하는 음식이라든가, 있으신가요?"

"아니? 특별히 없는데. 아, 엄청나게 매운 음식은 잘 못 먹지만."

에르제의 엄청나게 매운 치킨은 정말 너무했었다……. 그걸 아무렇지도 않게 먹을 수 있는 사람은 본인 이외에 없지 않을지.

"그럼 좋아하는 음식은요?"

"음~ 역시 일본식……. 이셴 음식일까? 밥이랑 같이 먹을 수 있는 음식이라면 뭐든지 좋지만……. 아, 이 고기감자조림은 내 입맛에 딱 맞아. 최고야."

"가, 감사합니다하~."

요리를 칭찬하자, 이제 좀 안정되었던 루의 얼굴이 다시 빨개지기 시작했다. 참 분주하네.

"옛날부터 요리에 흥미가 있었는데, 성에서는 요리를 못 하게 했었어요……. 그래서 토야 님과 만난 뒤로는 하루하루가 정말 즐겁답니다."

당연하지. 공주님이니까. 요리를 하게 해 줄 리가 없다.

하지만 좀 아깝기도 했다. 이런 재능을 그냥 썩힌 거니까.

도시락을 다 먹고 의자와 테이블을 【스토리지】에 넣은 뒤, 우리는 같이 성을 향해 걷기 시작했다.

옆을 걷던 루가 이쪽을 힐끔힐끔 바라보면서 손을 뻗었다가 거두고, 뻗었다가 거두고를 반복해서 내가 손을 뻗어 그 작은 손을 잡아 주었다.

루는 깜짝 놀라면서도 내 손을 꼭 마주 잡아 주었다.

"에헤헤."

쑥스럽게 웃는 루와 손을 잡고 성으로 돌아갔다. 다른 사람들이 보면 그냥 남매로밖에 보이지 않겠지? 아무튼, 서두를 이유는 없다. 시간이 지나면 애인이라든가, 부부처럼 보일 날이 오겠지.

우리는 이 나라에서 계속 살아갈 예정이니까.

자낙 씨의 옷가게와 '은월' 브륀힐드 지점의 건축이 시작되니, 이곳도 나름 상점가 같은 분위기가 물씬 풍겼다. 아직 물자가 좀 부족하지만, 그쪽은 우리가 어떻게든 보충을 했다.

다행히 국민이 적어서 식량 사정은 별로 급박하지 않았다. 숲 안에 들어가면 산채나 나무 열매, 뿌리채소 등을 구할 수 있었고, 멧돼지나 토끼 같은 동물도 있었기 때문이다. 강에서도 생선을 잔뜩 잡을 수 있는 등, 벨파스트와 레굴루스 양 폐하가 말씀하신 대로, 이곳은 매우 비옥한 토지인 듯했다. 물론 그렇기 때문에 마수가 굉장히 많은 거겠지만.

그래도 나라 만들기는 대체로 순조롭다고 할 수 있었다. 그런 가운데, 츠바키 씨가 어떤 정보를 제공해 주었다.

"제국의 북쪽, 혹한의 동토가 펼쳐진 엘프라우 왕국에 폐하께서 말씀하신 전송진 비슷한 것이 있다고 들었습니다."

우와. 츠바키 씨가 엘프라우에서 이쪽으로 온 여행하는 상인에게서 얻은 정보라는 듯했다. 얼음 안에 갇힌 동굴에 아무도 들어갈 수 없는 신비한 원통형 물체가 있다고. 아하, 사막의 유적과 마찬가지구나. 형태는 다른 듯하지만.

그 박사도 참. 통일을 해 뒀으면 검색 마법으로 쉽게 찾았을 텐데. '전송진' 같은 검색 키워드로 말이지. 항상 외관이 바뀌니 아무래도 유적으로밖에 안 보인다. 정말로 사람을 괴롭히려고 그런 게 아닌지, 자꾸만 의심이 들었다.

물론 그 동굴 안의 그것이 전송진이라고 확정된 것은 아니지만.

그건 그렇고 참 용케도 알아냈다. 역시 닌자. 정보 수집 능력이 뛰어나다.

"이걸로 마스터의 애완 인형이 하나 더 늘어나겠군요."

"……너 같은 애가 또 늘어난다고 생각하니, 그것만으로도 우울해져."

태연한 표정으로 그렇게 중얼거리는 셰스카에게 나는 씁쓸한 감정을 담아 그렇게 대답해 주었다.

역시 이 녀석들은 박사의 인격이 일부 반영된 성격인 듯했다. 물건을 만들 때의 자세는 로제타가, 야한 농담을 하는 성격은 셰스카가 이어받은 게 아닐지.

일단은 지도 어플리케이션을 실행시켜, 츠바키 씨가 이야기를 들은 장소가 어디인지 확인을 해 보았다. ……머네. 북쪽 중에서도 북쪽. 거의 끝에 가깝잖아. 많이 춥겠지?

"로제타와 셰스카. 바빌론을 타고 먼저 가 줘. 혹시 추우면 '정원'의 집 안에 들어가 있고."

"걱정 마세요. 바빌론은 항상 적정 온도를 유지하도록 장벽이 쳐져 있으니, 덥든 춥든 아무렇지도 않습니다."

그러고 보니, 사막에 갔을 때도 별로 덥지 않았다. 완벽한 온도 조절 능력인가. 편리하네.

어쩌면 정원의 식물들에게도 꼭 필요한 기능일지도 모른다는 생각이 들었다. 더위나 추위에 약한 종도 있을 테니까.

셰스카와 로제타를 보낸 뒤, 전송진이 발견됐다고 알려 주자 린은 펄쩍 뛰듯이 기뻐했다. 솔직히 가르쳐 줄 필요는 없지만, 안 가르쳐 주면 후환이 두렵다.

굉장히 추운 곳으로 가야 하기 때문에, 모두 방으로 들어가 준비를 하기 시작했다. 나는 이 코트가 있으니 문제없다. 추위, 더위, 내진, 타격, 마수를 막는 효과가 부여되어 있으니까. 사막에서도 그다지 덥지 않았으니 아마 괜찮지 않을까 생각한다.

이번에는 코하쿠만 데려가고 산고와 코쿠요는 집을 지키게 했다.

〈우리는 추위에 약하거든요. 움직이지 못하진 않지만, 이번엔 좀 사양하고 싶네요.〉

아하. 뱀과 거북이니까 이해 못 할 건 없다. 불편하네. 사람은 그렇게까지 민감하지 않으니 정말 다행이야.

……생각이 너무 짧았다. 극한(極寒) 지대를 너무 얕봤다. 왜 이렇게 추워?! 이 코트는 추위를 막는 기능이 있었던 거 아니었나?!

엘프라우 땅에 내려선 나는 잔뜩 쌓인 눈 속에서 너무 추워 벌벌 떨었다. 대체 영하 몇 도야? 그런데 다른 사람들은 모두 태연한 표정으로 주변을 둘러보았다. 대체 어떻게 된 거지?!

"어떻게 다들 아무렇지도 않은 거야? 아, 안 추워?"

"온난 마법을 사용하고 있거든. 너 이외에는 모두 평균온도를 유지하는 중이야."

린이 태연하게 이유를 밝혀 주었다. 뭐야, 치사하게. 왜 나만 왕따야?!

"네가 방한 대책은 완벽하다고 말했잖아."

그렇게 말은 했지만! 죄송합니다! 너무 오만했어요! 그러니까 나한테도 그 마법을!! 플리즈!!

"【열이여 오너라. 온기의 방벽, 워밍】."

린의 마법이 내 몸을 감쌌다. 오오, 따뜻해졌어.

시험 삼아 쌓인 눈을 손으로 만져 보았지만 별로 차갑지 않았다. 눈이 급속히 녹는 일도 없었다. 아무래도 이 마법은 온도를 올리는 것이 아니라, 추위에서 몸을 보호하는 배리어 같은 역할을 하는 듯했다.

추위가 가서서 나는 주변을 둘러보았다. 침엽수가 가득한 산중턱에 커다란 얼음 구멍이 펼쳐져 있었다. 얼음으로 뒤덮인 끝없는 이 동굴 안에 그 유적이란 것이 있는 모양이었다.

나는 동굴에 발을 들였다. 【워밍】이 효과를 발휘하고 있는데도, 오싹한 한기가 등을 타고 빠져나갔다. 【라이트】 마법을 사용해 주변을 밝힌 뒤 조금씩 앞으로 나아갔다.

"미끄러우니까 조심해. 발밑을 주의하면서 천천히……."

주의를 주려고 뒤를 돌아선 순간, 얼음에 미끄러져 내가 넘어지고 말았다. 아야야. 항상 적에게 슬립을 거는데, 그 저주가 나한테 온 건가?

"토야, 뭐 하는 거야?"

"괜찮으십니까, 토야 님."

에르제와 야에가 손을 내밀어 나를 일으켜 세워 주었다. 절대로 미끄러지지 않는 신발 같은 거 없나? 슬립의 정반대인 마법을 걸면 얼음 위에서도 미끄러지지 않는 걸까.

엄청 미끄러운데도 폴라는 가벼운 발걸음으로 얼음 동굴 안을 마구 뛰어서 내려갔다. 당연히 미끄러지고, 유쾌하게 데굴데굴 굴렀다. 대체 뭐 하는 거지, 저 녀석?

그 모습을 본 우리는 더욱 조심해서 동굴 아래로 내려갔다. 몇 번인가 넘어질 뻔했지만, 간신히 넘어지지 않은 채 아래까지 내려가는 데 성공했다.

"……높네요."

린제가 위를 올려다보며 중얼거렸다. 얼음 구멍 안은 높고 넓은 동굴로, 많은 얼음 기둥이 천장과 지면을 연결했다. 동굴 안쪽은 어두워서 뭐가 있는지 알 수 없었다.

【라이트】를 앞에 두고 코하쿠가 먼저 앞으로 나아갔다. 코하쿠라면 냄새나 소리로 뭐가 있는지 쉽게 알 수 있으니까.

〈주인님. 앞쪽에 뭔가가 있습니다. 전의 그 유적으로 보이지만, 조금 나아가기가 번거로울 듯합니다…….〉

응? 유적이 있어? 코하쿠는 밤눈도 밝으니까. 벌써 앞에 뭐가 있는지 보이는 거겠지. 그건 그렇고 번거로울 듯하다고?

발밑을 조심하면서 앞으로 나아간 나는 코하쿠의 말을 겨우 이해했다. 어둡게 빛나는 원통형의 큰 물체가 엄청나게 두꺼운 얼음으로 뒤덮여 있었다. 이게 뭐야? 영구 빙벽인가?

동굴에 나타난 얼음 벽. 그 안에 원통형 유적이 투명하게 비쳐 보였다.

"단단하네……. 이거, 부술 수 있을까……?"

바로 앞에서 브륀힐드로 총알을 쏘아 보았지만, 그냥 밖으로 튕겨 나올 뿐이었다. 안 되네. 거의 프레이즈급으로 단단해.

"린……. 이거, 마법으로 녹일 수 없을까?"

"음~ 해 보기야 하겠지만……."

린의 손끝에서 화염방사기 같은 불꽃이 뿜어져 나왔지만 얼음은 녹지 않았다. 어떻게 된 거지?

"역시 안 돼. 이 얼음은 평범한 얼음이 아니라, 마빙(魔氷)이거든."

"마빙?"

"자연적으로 마소(魔素)가 축적된 얼음. 어중간한 힘으로는 부술 수 없고, 마법의 불꽃으로도 쉽게 녹일 수 없어."

흐으음. 【그라비티】로 부서뜨릴 수 있지 않을까 생각했는데, 그래선 안의 유적까지 부서질 것 같으니……. 【게이트】로 얼음만 이동시키려 해도, 주변 지형이랑 완전히 들러붙어 있고 말이야.

역시 녹이는 게 제일인가? 아니, 뜨거운 열로 녹이면 이 동굴 자체가 붕괴될 위험이 있어. 그렇다면, 어떻게 해야 할까.

"음~ 좋은 방법이 없을까."

빙벽에 손을 대 보았다. 굉장히 차가웠다. 하지만 이 정도도 【워밍】 효과로 그 차가운 느낌이 모두 전달되고 있는 건 아니다. 사실은 살결이 얼어붙을 듯이 차갑겠지.

"바로 눈앞에 보이는데 말이야."

"터널이라도 뚫으면 바로 들어갈 수 있을 텐데요……."

"터널……? 아!"

유미나의 중얼거리는 소리를 듣고 내 머릿속에서 무언가가 번뜩였다. 나는 손바닥에 마력을 모았다. 아~아~ 그 수가 있었구나.

"【모델링】."

흐물~ 하고 얼음이 일그러지더니, 정면의 벽이 움푹 들어갔다. 대신에 그 주변이 밖으로 튀어나와 마치 터널 같은 모양이 됐다.

녹일 수도 없고, 부술 수도 없다면, 변형시키면 그만이다. 꼭 제거를 할 필요는 없으니까. 이셴에서 바바 할아버지 일행을 감옥에서 빼내 줄 때와 비슷한 요령이었다.

나는 점점 마빙을 변형시켜 갔다. 이윽고 정면의 원통형 물체가 얼음 안에서 모습을 드러냈다.

"자, 이게 바빌론으로 보내 주는 전송진일지 어떨지……."

"크네요."

루의 말대로, 원통형 유적의 크기는 직경 6~7미터, 높이는

3미터 정도였다. 그리고 꼭 참치캔 같은 모양이었다.

【모델링】으로 얼음을 변형시키면서 주변을 둘러보았는데, 아무리 찾아도 입구가 없었다. 문처럼 보이는 것도 없고, 사막 때처럼 만지면 그대로 통과되는 곳도 없었다.

으음~? 대체 어떻게 된 거지?

문득 참치캔 같은 형태라는 생각과 함께 캔을 여는 모습이 떠올랐다. 위인가?

나는 얼음을 계단처럼 변형시킨 뒤, 미끄러지지 않게 조심하면서 위로 올라갔다. 일행에게는 아래에서 기다려 달라고 부탁했다.

유적 위에는 아무것도 없었지만, 딱 하나, 중앙에 직경 1미터 정도 움푹 팬 곳이 있었다. 혹시 이건가? 조심조심 발을 내밀어 보니, 발이 그냥 그곳을 통과했다. 역시 이곳이 입구인 모양이었다. 모든 속성을 지닌 사람만이 통과할 수 있는 그 신기한 벽이었다.

"입구 같은 곳을 발견했어. 지금 들어가 볼게. 다들 여기서 좀 기다려 줘. 무슨 일이 있으면 코하쿠한테 연락할 테니까."

아래에서 기다리는 여자아이들에게 그렇게 말을 한 뒤, 나는 각오를 단단히 하고 움푹 팬 곳 위로 몸을 던졌다. 그리고 천장을 그대로 통과해 안쪽에 착지했다. 어렴풋한 빛과, 여섯 개의 돌기둥으로 이루어진 전송진. 역시 바빌론의 유적이었구나.

나는 각각의 돌기둥에 속성에 맞는 마력을 흘렸다. 여섯 마력을 모두 흘리자, 전송진이 흐릿한 빛을 발하기 시작했다. 그리고 마지막으로 중앙에 서서 무속성 마력을 흘렸다. 그러자 눈부시고 아름다운 빛과 함께 나는 어딘가로 이동했다.

눈앞에는 이번에도 바빌론의 풍경이 펼쳐져 있었다. 아름다운 나무와 탁 트인 푸른 하늘. 흐르는 수로에 파란 잔디. 아무래도 무사히 이동해 온 듯했다.

이곳이 '도서관'이나 '격납고'면 좋을 텐데. 아, '창고'라도 좋다. 아주 귀찮은 일을 많이 만들어 줬으니 보답도 할 겸 벌을 주고 싶으니까.

주변을 산책해 보니 많은 나무 사이에서 어떤 건물이 하나 보였다. 높이는 3층 정도. 스테인드글라스 같은 창문이 달려 있어서 얼핏 교회처럼 보이는 건물이었다. 당연하지만 지붕에 십자가는 달려 있지 않았다.

벽돌로 만들어진 듯한 벽에, 붉은 지붕. 그 옆에는 팔각형 고깔모자 같은 형태의 탑이 솟아 있었다.

"분명히 바빌론 시설은 맞는데……."

"그렇습니다. 어서 오세요, 저의 '연금동(鍊金棟)'에."

갑자기 목소리가 들려서 뒤를 돌아보니, 그곳에는 금색 눈동자에 흰 피부, 찰랑거리는 핑크색 머리카락을 사이드테일로 묶은 소녀가 서 있었다. 나이는 셰스카보다 많아 보였다.

언제나 그렇듯 검은 상의와 커다란 분홍색 리본이 달린 가슴. 흰 스커트와 검은 타이츠 등, 처음 만났을 때의 셰스카 일행과 거의 비슷한 차림이었다. 다른 점이 하나 있다면, 리본 아래의 봉우리가 비교할 수 없을 만큼 강한 존재감을 과시하고 있다는 것 정도인가. ……세실 씨 급이잖아, 완전히…….

"저는 이곳 '연금동'을 관리하는 단말, 벨플로라예요. 플로라라고 불러 주세요."

'벨플로라'면 '벨'이라고 부르는 게 좋지 않나……? 그러고 보니 셰스카도 풀네임은 프란셰스카였지? 혹시 그건가? 고대 문명 시대에는 이름의 뒷부분으로 부르는 습관이 있었다든가.

그건 그렇고, '연금동'이라니. 또 바라던 곳과는 다른 곳이었다.

"이곳에 오셨다는 것은 박사님과 똑같이 모든 속성을 지닌 분이겠죠. 하지만, '연금동'의 사용 허가는 '적합자'에게만 주어져요."

"알아. 참고로 '정원'과 '공방'의 관리인에게는 이미 인정을 받았어."

" '정원'과 '공방'……. 셰스카와 로제타인가요? 어머나, 4907년 만이네요. 그리워라."

양손을 가슴 앞에서 맞대고 기쁜 표정을 짓는 플로라. 흔들렸다. 지금 살짝 흔들렸어.

시선이 자꾸 그쪽으로 향하는데, 틀림없이 무슨 마법을 사용하고 있기 때문이겠지. 그래. 뻔해. 상당히 강력한 마법인가 봐!

"두 사람에게 인정을 받았다면 '적합자' 자격은 충분하다고 생각해요. 하지만 일단은 저도 판단을 해 보겠어요."

판단? 그러고 보니 셰스카랑 로제타도……. 헉, 이 흐름은?! 엄청 불길해!

하지만 그렇게 생각했을 때는 이미 내가 어떻게 해 볼 도리도 없이, 플로라가 내 손을 꽉 붙들고 자신의 양쪽 가슴에 갖다 댄 상태였다.

물컹.

부드러운 감촉이 손바닥에 전해졌다. 그리고 그러면서도 탄력적이었는데, 탄력적이란 게 어떤 상태를 말하는 거더라? 플로라의 갑작스러운 행동 탓에 나는 순간적으로 손가락에 힘을 주고 말았다. 불가항력, 이건 불가항력이야! 마치 주무르는 것 같은 행동도 그냥 어쩌다 보니 그렇게 된 거라고요!

"앙, 소리가 절로 나네요……."

요염한 목소리를 내는 플로라를 보고 나는 번뜩 정신이 들어 급히 손을 놓았다. 대체 뭐 하는 거야, 애는?!

"지, 지, 지금?!"

으악, 말이 제대로 안 나와. 침착해라, 침착해라, 토야!!

"우후후. 합격이에요. 이럴 때 야수로 변하는 분은 자격이 없는 것으로 간주하거든요."

판단 기준이 뭐 그래?! 이 녀석들이 하는 건 남녀만 바뀌었을 뿐, 완전 성희롱이잖아!! 물론 고소는 하지 않겠지만!

플로라는 그 상태에서 가슴의 리본을 스륵스륵 풀더니, 이어서 상의의 단추까지 풀기 시작했다. 으악. 또 뭐 하는 거야?!

"다음은 맨 가슴을 만지게 해 드릴게요. 그래도 야수로 변하지 않는다면……."

출렁출렁, 흔들, 블라우스 안에서 튀어나온 그것을 보고, 나는 순간 눈을 의심했다. 이런 걸 직접 보게 되다니?!

나는 무심코 시선을 피했다. 왜……. 브래지어도 안 한 거야?!

"제발 좀! 어서 옷 좀 추슬러! 알았으니까! 야수로 안 변할 테니까 제발!!"

"그런가요? 모처럼 꺼냈으니 마음대로 만지셔도……."

"됐으니까!! 이제 충분해!!"

대체 뭐가 충분한지는 모르겠지만. 입에서 나오는 대로 계속 말을 하는 것뿐이라고 해야 할지, 동요하고 있는 거예요!

젠장. 그 박사의 웃음소리가 들리는 것 같아! 타임머신이 있었으면 반드시 혼쭐내러 갔을 텐데!

"……사이에 넣어 보실래요?"

"됐으니까 얼른 옷 좀 추슬러!!"

반쯤 화가 나가 소리를 쳤다. 역시 이 녀석도 그 변태 박사의 성격을 일부 물려받은 몸이다. 정상이 아냐.

"당신을 적합자에 어울리는 사람으로 인정하여 지금부터 기체 넘버 21, 개체명 '벨플로라'를 당신에게 양도합니다. 아무쪼록 잘 부탁합니다, 마스터."

옷을 딱 추스르고 생긋 웃는 플로라.

하아……. 역시 성가신 녀석이 또 늘어나고 말았어. 그런 생각을 하는데, 플로라가 갑자기 내 얼굴을 잡더니 강제로 입술을 빼앗았다. 아차! 이게 있었지?!

"크우웁!"

이번에도 셰스카 때와 마찬가지로 미끄르르 혀가 안으로 침입했다. 우와, 저항을 못 하겠어! 이 녀석들은 왜 이렇게 힘이 센 거야?! 플로라는 한바탕 내 입안을 유린한 뒤에야 겨우 입술을 떼었다.

"등록 완료. 마스터의 유전자를 기억했어요. 이제부터 '연금동'의 소유자는 마스터에게 이양될 거예요."

나는 흐늘한 상태로 플로라의 목소리를 들었다. 이거…….
남자랑 여자가 반대였으면 정말 난리가 날 상황이거든……?

"'연금동'은 다른 물질이나 마법을 뒤섞어 새로운 것을 만들어 내는 시설이에요. 주로 약품이나 식품, 합성 소재 등을 만들죠."

연금동으로 가는 중에 플로라의 설명을 듣고 보니, 즉, 【인챈트】의 두목 같은 것이 아닐까 하는 생각이 들었다. 이전에 '은월'의 온천에 【리커버리】 효과를 부여했었는데, 그런 것과 비슷한 것일까.

"참고로 어떤 걸 만들 수 있는데?"

"가장 쉽게 만들 수 있는 거라고 한다면, 상처를 낫게 하는 포션이죠. 또, 열매를 많이 맺는 품종과 병충해에 강한 품종을 섞어, 양쪽의 특성을 모두 갖춘 식물도 만들 수 있어요."

호오? 그건 꽤 쓸 만할 것 같았다. 브륀힐드에 농업 혁명을 일으킬 수 있을지도 몰라.

"의료 시설의 기능도 갖추고 있으니, 팔 하나, 다리 하나 정도는 재생할 수 있어요."

바이오테크놀로지라고 해야 할지, 생물 관련 마법 시설이라 봐도 될까? 그러고 보니, 술이라든가, 간장, 낫토, 된장, 요구

르트 같은 발효 식품도 바이오테크놀로지의 일부였지? 품종 개량이라고 하면 유전자 조작이 바로 머리에 떠오르지만 말이야.

　설마 클론이나, 호문클루스도 만들 수 있는 건…….

　잠깐. 눈앞에 있는 플로라도 이른바 인조인간이잖아? 혹시 이 녀석들을 만들어 낸 과정도…….

　아니, 웬만하면 그런 건 생각하지 말자.

　"혹시 사과나 귤을 조합해 다른 과일을 만들 수 있기도 하고 그래?"

　"할 수 있어요. 사과 맛 귤도 만들 수 있고, 그 반대도 가능해요. 두 개의 맛을 합친 것도 만들 수 있고요."

　굉장하네. 유전자라든가, 아예 관계가 없구나. 마늘이랑 쌀의 모종을 합치면 갈릭라이스 같은 것도 만들 수 있는 건가? 사용하기에 따라서는 엄청난 걸 만들 수 있는 시설이야…….

연금술이라기보다는 합성 마법에 가까운 게 아닐까. 참 나. 전혀 과학적이지 않아.

　"대부분 마법으로 조정하지만, 씨앗 때부터 관리를 해야 하기 때문에, 역시 재배할 때는 사람의 손을 타요. 그리고, 맛도 어떻게 재배하는가에 따라 다르고요."

　그야 그렇겠지. 아직 이 세상에 존재하지 않는 품종이니까. 잘 자라는지는 결국 끝까지 재배해 보지 않으면 알 수 없다. 어쩌면 실제 농장이 필요해질지도 모르겠는데?

나는 플로라의 설명을 들으면서 연금동 안으로 들어갔다. 안에는 크기가 다양한 원통형의 유리그릇이 벽에 쭉 늘어서 있었고, 반대편에는 작은 서랍 같은 것이 쭈욱 늘어서 있었다.

그리고 중앙에는 컨트롤 패널 같은 것이 있었고, 그 앞에는 또 몇 개인가의 커다란 원통형 유리 케이스가 있었다. 이건 그것과 닮았다. 뭐냐, SF 영화에서 나오는 냉동 캡슐 같은 거. 치료 캡슐인가?

"이쪽 선반에는 다양한 약품이 갖춰져 있어요. 박사님이 만든 약도 몇 개인가 있고요."

"그래? 연구도 열심히 하긴 했구나."

"미약, 최음제, 흥분제, 정력제, 자양강장제, 발정제, 성욕증강제 같은 거예요. 부작용이 없어 안전한 제품으로……."

"감탄을 했던 내가 바보였어!"

완전히 정욕 덩어리잖아! 안전하다는 점은 평가를 해 줄 수 있는 요인이지만!

"효과가 정말 엄청나요. 그야말로 승천하는 기분이라고 할까요? 저는 시험해 본 적이 없지만. 마스터만 좋다면 저와."

"난 목숨이 한 개라 그런 짓은 거절하겠어!"

농담 좀 하지 마. 게다가 정말 안전하긴 해? 의심스러워졌다. 어차피 쓰지 않을 거니 안전하든 말든 상관없지만. ……안 쓸 거야, 아마도.

"박사가 만든 평범한 약은 없어?"

"없어요."

그렇게 딱 잘라서 말하다니. 이 시설은 안 되겠어. 완전 욕망이 굼실대는 복마전이잖아. 과연 이곳에 나의 소중한 색시들을 데리고 와도 되는 건지…….

'연금동'을 나와 바람을 맞으면서 나는 그런 생각을 해 보았다. 물론 부를 수밖에 없겠지만…….

"'연금동'……. 브륀힐드 공국 입장에서는 나름 활용할 수 있을 만한 시설인 것 같아……."

한숨을 내쉬면서 린이 그렇게 중얼거렸다. 그렇게 노골적으로 실망할 필요는 없잖아.

여자아이들을 모두 부른 뒤, 바빌론에 합류하기 위해 '연금동'은 브륀힐드로 가는 중이었다.

"저어……. 제가 뭐 이상한 짓이라도 했나요?"

"아니, 신경 쓰지 마."

플로라가 난처한 표정을 지으며 이쪽을 바라보았다. '도서관'이 발견될 때까지 매번 이렇게 실망한 표정을 지으면 내가 엄청 난처한데. 어깨를 늘어뜨리는 린 옆의 플로라에게 모두의 시선이 한데 모였다.

"저어, '연금동'의 관리인인가요……?"

"플로라라고 불러 주세요."

"크다……!"

유미나와 루는 인사를 하는 플로라 본인보다도 탱글거리며 흔들리는 두 개의 복숭아를 유심히 바라보았다.

"큭……. 엄청난 존재감이야……."

"못 이겨. 저래서는……. 도저히 이길 수가 없어……."

쌍둥이 자매도 어쩐 일인지 몸을 부르르 떨었다. 아무렇지도 않은 사람은 야에와 린뿐이었다. 야에는 플로라와 거의 비슷한 정도이고, 린은 달관한 듯한 느낌이었다.

그렇게 신경을 쓸 일인가……? 물론 남자라면 그곳에 절로 눈이 가는 거야 이해할 만하지만. 나는 크든 작든 별로 상관없는데 말이야. 물론 눈이 절로 가긴 하지만.

"토야 님도 큰 편이 좋으신가요……?"

루가 눈물을 쏟을 것 같은 표정을 지으며 이쪽을 바라보았다. 아니아니아니, 플로라가 가슴이 큰 건 내 취향이랑은 관계없는 일이야! 물론 눈이 자꾸만 절로 돌아가긴 하지만, 기본적으로는 신경을 쓰지 않는다.

"괘, 괜찮습니다. 루 님도 유미나 님도 아직 성장기니까요. 소인도 두 사람과 비슷한 나이 때에는 이렇게 상당히~."

야에의 위로를 듣고 희망을 발견해 눈을 반짝이는 유미나와 루와는 달리, 에르제와 린제 자매는 절망했다는 듯이 눈빛이 흐려졌다.

"……주물러 주지?"

"야……! 할 수 있을 리가 없잖아!"

린이 중얼거린 말을 듣고 나는 그만 과잉 반응을 하고 말았다. 이 요정 누님은 대체 무슨 소릴 하는 거야?!

문득 주변을 둘러보니, 다 들렸는지 플로라 이외에는 다들 얼굴을 새빨갛게 물들인 채 눈을 이리저리 움직이는 중이었다. 그 모습을 본 플로라가 히죽거리며 불길한 미소를 지었다. 어?

"마스터가 조금 전에 제 가슴을 주물러 줬어요."

쓸데없는 소릴! 그건 굳이 말할 필요 없잖아!

린 이외에 모든 사람이 휙 하고 이쪽을 향해 고개를 돌렸다. 그리고 거기에 기름을 붓듯이 플로라가 계속 말을 이었다. 너무 재미있어서 참을 수 없다는 듯이 미소를 지으며.

"키스도 당했어요."

으아아! 이 자식, 완전히 일부러잖아! 이 상황을 즐기고 있어! 당한 쪽은 오히려 이쪽인데! 플로라의 미소에서 변태 박사의 그림자가 느껴졌다.

"토야 오빠, 조금 할 얘기가 있어요."

유미나가 나를 보고 웃으며 그렇게 이야기했지만, 눈은 전혀 웃고 있지 않았다. 다른 여자아이들도 거의 비슷한 표정이었다. 그러니까, 오해라니까요! 난 억울해!

그 뒤로 상당히 오랫동안 무릎을 꿇은 채, 다섯 명에게 엄청나게 많은 설교를 들었다. 이건 말도 안 돼! 이래서 바빌론을 찾기 싫었던 거야…….

축 늘어져 있는 내 어깨를 토닥이며 위로해 주는 폴라의 다정함이 유난히 마음에 사무쳤다…….

'연금동'을 브륀힐드 상공에서 '정원', '공방'과 도킹시켰다. 이렇게까지 되고 보니, 이제는 거의 성(城)이라고 해도 될 정도의 넓이였다. 건물은 거의 없었지만.

셰스카는 메이드복, 로제타는 작업복. 이렇게 각각 자신이 좋아하는 옷을 입고 있었는데, 플로라가 선택한 옷은 간호사복이었다. 왜 그런 걸 고르고 그래?! 아니, '연금동'은 의료와도 관련이 있으니 완전히 관계없는 건 아닐지도 모르지만.

아무리 그래도 기장이 짧고 연한 핑크색 옷에 흰 스타킹, 가터벨트는 아무리 생각해도 너무 지나치다는 생각이 들었다. 그래선 그냥 코스튬플레이잖아. 게다가 가슴만 빵빵하게 강조된 거 아닌가? 솔직히 눈을 어디다 두면 좋을지 모르겠다.

의료 지식과 의료 기술도 어느 정도 갖추고 있다고 해서, 일단은 성 안에 의무실 비슷한 공간을 마련했다. 내가 있으면 마법으로 고칠 수 있지만, 만약을 위해서.

일단 '연금동'에서 만든 것은 신종 벼였다. 이센에서 가져온 볏모를 병에 강하고 알이 많이 맺히도록 개량해 보았다. 동부 지방에 만든 논에 실험적으로 심어서 키우기 위해서다. 잘 자랐으면 좋겠는데 말이지.

가도의 길거리도 조금씩 풍성해졌다. 나이토 아저씨가 열심히 노력해 줬으니까. 꽤 보기가 좋다.

'은월'의 브륀힐드 지점도 무사히 문을 열어, 여행자에게는 휴식 공간으로, 국민에게는 피로를 푸는 목욕탕으로서 상당히 성황이었다. 미카 누나도 많은 종업원(거의 대부분이 옛 타케다 가문의 닌자였지만)을 고용하는 등, 장사에 열심이었다.

"브륀힐드는 꽤 순조롭게 발전하고 있는 것 같군. 음……."

탁.

"토야가 만든 나라가 아닌가. 걱정은 처음부터 필요 없었던 게 아닐지……."

탁.

"앗, 수왕 폐하. 그건, 영차, 탁~."

탁.

"후후후. 너무 기뻐 울면서 뛰쳐나간다는 패(牌)군. 황왕, 어떤가. 탕야오 핑후 이페코, 3900."

아, 리프리스 황왕 폐하가 레굴루스 황제 폐하에게 좋은 패를 헌납했다. 근데 이 사람들 대체 뭐 하는 거지?

브륀힐드 성의 유희장. 마작 탁자를 둘러싸고 서쪽 나라의 왕이 잔뜩 모여 있었다. 앗, 나는 아냐. 나는 마작을 하는 중이 아니다.

"저어, 오늘 모이신 이유가……?"

"응? 아니, 그냥 마작을 하고 싶었기 때문이다만."

벨파스트 국왕 폐하가 태연하게 대답했다. 뭐~?! 그런 이유 때문에?

일부러 【게이트】까지 열어서 맞이하러 갔는데……. 저기요, 위기관리를 좀…….

잘그락잘그락 하고 패를 탁자 중앙에 놓으면, 전자동으로 다음 패가 탁자 위로 올라온다. 그리고 휙휙휙 하고 재빨리 패를 가져가며 다음 승부로 바로 이동하는 흐름인데, 어느새 다들 아주 손놀림이 익숙했다…….

"물론 작으나마 정보 교환은 하고 있지만 말이지."

황제 폐하가 웃으면서 패를 버렸다. 사이가 좋은 건 좋지만, 조금 걱정인걸. 국정을 내팽개치고 마작을 하는 건 아무래도 문제야.

"정보 교환이라니요?"

"흐음, 최근의 화제라면 역시 라밋슈 교국인가."

패를 정리하면서 벨파스트 국왕 폐하가 중얼거렸다. 라밋슈 교국? 레굴루스 남동쪽에 있는 나라였던가? 미스미드랑도 가까웠지? 사이에 있는 가우의 대하를 건너면 도착할 수 있는 곳이다. 그리고 강을 더 거슬러 내려가면 벨파스트에도 도착할 수 있다.

"라밋슈 교국에 무슨 일이라도 있나요?"

"교국의 수도인 이스라에서 흡혈귀가 나온다는 모양이야."

"흡혈귀?"

그건 또 참 수상한 이야기다. 아니, 잠깐만. 내가 모를 뿐, 이쪽 세계에는 '흡혈귀'라는 종족이 예전부터 존재했던 건가? 힐끔, 나는 수왕 폐하를 바라보았다. 수인이 있을 정도니…….

"들기론 밤이면 밤마다 희생자가 나온다더군. 온몸의 피를 다 빨려 삐쩍 마른 시체가 발견된다는 모양이다."

무섭게. 엽기 살인 사건인가?

"그래서 흡혈귀……. 뱀파이어족의 짓이 아닌가 하는 소문이 떠도는 거다."

황왕이 나에게 말을 하면서 패를 버렸다. 뱀파이어족. 아무래도 흡혈귀는 그냥 호칭이 아니라, 정말 종족이 존재하는 모양이었다. 분명히 미스미드에도 수서족이라고 해서 인어 같은 종족이 존재한다고 하는 것도 그렇고, 이쪽 세계에는 정말 종족이 다양하구나.

"라밋슈에서 그런 사건이 일어났다는 것이 아주 귀찮은 점이지. 그곳은 빛의 신, 라루스를 숭배하는 나라다. 어둠에 속하는 사람에 대한 적개심이 보통이 아니야. 들기론 속성에 어둠 마법 적성이 있다는 것만으로도, 아주 냉담한 눈으로 본다더군."

수왕이 씁쓸한 표정을 지으며 패를 버렸다. 그건 또 무슨 말이지? 그래서는 신앙이라기보다는 광신적인 느낌이 드는데.

"빛의 신, 라루스라니 뭐죠?"

"응? 아, 토야는 모르는 건가? 라루스란, 라밋슈의 건국과 관련된 일화에 나오는 신이네. 1000년 정도 전, 라밋슈는 마수와 사령(死靈), 마물이 사는 땅이었는데, 그곳을 찾은 빛의 신관이 빛의 신인 라루스를 불러 그 땅을 정화하고 빛의 신의 가르침을 퍼뜨려 라밋슈 교국을 건설했다……라는 이야기지."

벨파스트 국왕이 그렇게 설명을 해 주었지만, 나는 고개를 갸웃했다. 빛의 신이라. 일단 내가 아는 신이 둘 있는데, 연애의 신은 아닐 테고, 세계의 신인 그 하느님을 말하는 걸까. 별로 그런 이미지는 아니지만.

게다가 하느님은 지상에 너무 참견을 해서는 안 된다고 하기도 했고, 그 하느님은 관리하는 세계가 여러 군데인 듯하니, 일일이 뭐라고 하지는 않을 것 같은데.

전화를 해서 물어보는 것도 좋지만, 상관없는 일이라고 한다면 상관없는 일이기도 하니. 그 정도로 전화를 하는 건 아무래도 내키지 않았다. 아무튼 하느님이기도 하니까.

"그 나라는 교류를 하기가 껄끄럽단 말이야. 뭐든 교리를 우선적으로 내걸기 때문일까. 뭐든 '빛과 정의의 이름으로' 여서 참 답답하기 그지없네. 특히 그 교황은 별로 상대하고 싶지 않아."

"그래, 나도 싫다. 그 교황님은 설교를 너무 많이 하거든. 너무 답답해. 그 할머니, 특별히 나쁜 뜻은 없는 것 같지만."

황제와 수왕이 얼굴을 마주 보며 쓴웃음을 지었다. 교황?

"죄송한데요, 교황이라니요?"

"라밋슈 교국은 왕가가 세습제인 나라가 아니라 고위 사제 중에서 최고위인 교황이 선발되지. 임기는 죽든가, 스스로 사퇴할 때까지. 그리고 현재, 라밋슈 최고위에 위치한 교황이 엘리어스 올트라. 여자 교황이다. 분명히 얼마 전에 즉위 20주년을 맞았으니, 예순을 넘었을 거야⋯⋯. 앗."

탁. 리프리스 황왕이 탁자 위에 패를 버렸다.

"황왕, 그건 론이네. 핑후, 도라2. 3900."

"또인가?!"

리프리스 황왕 폐하가 또 레굴루스 황제 폐하에게 좋은 패를 헌납했다. 그 모습을 보고 수왕 폐하가 하늘을 올려다보았다.

"아~ 청일까지 조금만 더 가면 됐는데⋯⋯. 조금 전부터 계속 이기기는 하는데 참 너무 별것 없는 수로 이기는 게 아닌가, 황제 폐하?"

"이것도 승리하는 법 중 하나지. 한 번 크게 이기지 않더라도, 아무튼 이기면 그만 아닌가."

수왕의 말을 듣고 황제가 그렇게 중얼거렸다. 물론 그것도 마작의 진수 중 하나긴 하지만. 마작을 어떻게 두는가에 따라 그 사람의 생각을 알 수 있다는 점도 묘미다. 패를 탁자 중앙에 몰아서 떨구며 벨파스트 국왕이 말했다.

"원래 뱀파이어족 자체가 마족이라고 불리는 부류에 속할 만큼 소수 종족이지. 존재 자체는 드물지 않지만, 라밋슈에서 그런 짓을 하면 어떻게 될지 정도는 잘 알고 있을 거네. 아무래도 수상쩍어. 뭔가가 맞물리지 않는 부자연스러움이 느껴진다고 할까?"

확실히 자살 행위에 가까웠다. 하지만 아직 해결되지 않았다는 것은, 감쪽같이 도망 다니고 있다는 말인데. 음~ 확실히 이상한 사건이긴 하지만…….

"어떻게 되든 이쪽에 불똥이 튀지만 않으면 상관없지만 말이야. 뱀파이어 일족 전체가 죄를 짓고 있는 것도 아니니, 만약 뱀파이어라는 이유만으로 박해를 한다면, 나는 뱀파이어 편에 설 생각이다."

수왕 폐하가 팔짱을 끼고 흐음~ 하고 숨을 내쉬었다. 수인이 차별을 받고 있는 지역도 아직 많다고 하니……. 종족이나 출신으로 차별을 하거나 비난을 하는 것은 역시 이해하기 어렵다. 어둠 속성을 지니고 있다는 것만으로 사악하다고 단정 짓는 것은 잘못된 정의이다.

라밋슈 교국이라…….

별로 가까이하고 싶지 않은걸. 나는 신을 믿는다. 게다가 나야말로 세계에서 가장 신에게 감사하고 있다 해도 과언이 아니다. 하지만 종교에는 관심이 없다.

결국 마작은 리프리스 황왕이 혼자 독박을 썼고, 레굴루스 황제가 1등으로 올라섰다. 그리고 임금님 네 사람은 또 다음 달에 대결을 하기로 약속하고 각자 자신의 나라로 돌아갔다.

　어? 다음 달에도 할 거야? 이걸?

"아~ 또 졌어~!"

"폐하~. 다음은 나! 내 차례예요!"

가도 구석에서 아이들의 웃음소리가 들렸다.

대전 상대인 아이가 날린 작은 철제 팽이를 들어 올렸다. 아이들이 가지고 놀라고 만들어 준 쇠팽이다.

노는 방법을 알려 주자, 아이들은 순식간에 팽이 돌리는 법을 터득했다. 지금은 천을 깐 나무통 위에서 뜨거운 대결을 펼치는 중이다.

당연히 내가 제일 강했고, 어느새인가 아이들의 가장 큰 목표는 나를 쓰러뜨리는 것이 되었다. 참고로 아직도 나는 무패다. 후하하, 할아버지에게 배운 실력을 얕보지 마라.

"오늘은 여기까지. 자, 모두에게 하나씩 쇠팽이를 줄 테니까, 오늘은 이걸로 끝이야."

"정말로?!"

"야호~!"

"난 나중에 크면 폐하의 가신이 될래!"

쇠팽이 하나로 가신이 되어 주다니, 그거 참 이득인걸?

기쁜 표정을 지으며 멀어져 가는 아이들을 배웅한 뒤 보니, 그곳에 낯익은 사람이 서 있었다.

흰 수염을 기르고 생글거리는 얼굴에 풍채가 좋은 신사. 그리고 머리에는 쫑긋 여우 귀가 뻗어 있고, 굵고 긴 꼬리가 흔들리는 모습.

"오르바 씨! 여기엔 언제 오셨나요?"

"오랜만입니다, 토야 님. 아니, 브륀힐드의 공왕 폐하."

미스미드의 교역상인, 오르바 씨였다. 오리가 씨와 아루마의 아버지로, 우리 나라의 기사, 니콜라 씨의 백부에 해당했다.

"설마 공왕 폐하가 직접 아이들과 이런 길가에서 놀아 주실 줄이야. 저도 모르게 멈춰 서서 그 모습을 구경하고 말았습니다. 그건 그렇고……."

오르바 씨는 웃으면서 천을 깐 나무통에서 쇠팽이를 하나 손에 들었다.

"이건 또 처음 보는 장난감이군요. 게다가 만듦새도 아주 단순하고요. 어떻습니까. 이걸 제가 상회에서 한번 팔아 볼까 하는데, 괜찮겠습니까?"

"그러세요. 제가 생각한 놀이도 아니고, 만드는 비밀 기법 같은 게 있는 것도 아니니까요. 아, 될 수 있으면 아이들이 용돈만으로도 살 수 있는 가격으로 부탁드릴게요."

"으으음. 그래서는 아이들이 하나만 사고, 다시는 사지 않을

지도 모르겠군요. 그렇다면…….”

역시 상인. 손해득실을 따지기 시작한 건가. 값싼 가격에 내놨는데 많이 사가지 않으면 수익이 나지 않는다. 아무런 이득이 없으면 만들어도 아무런 의미가 없다.

보통, 부서지거나 하면 새것을 사기도 하고 하지만, 쇠팽이라, 쉽게 부서지지도 않는다. 당연한 얘기지만, 그렇다면…….

“컬렉션……. 수집하는 재미. 그런 특성을 부여해 파는 건 어떤가요? 예를 들면 다양한 색상을 낸다든가, 각각 가문의 문장, 그러니까 드래곤이나 기사단 같은 각인이 새겨져 있다든가. 다양한 종류를 만들면 모으고 싶어지지 않을까요?”

“?! 아하! 그렇게 하면 한 사람이 여러 개를 사고 싶어지겠군요! 모으고 싶어진다라……. 그런 점을 이용하면, 이거 참, 정말 좋은 생각입니다!”

이용한다라. 듣기가 좀 그러네. 컬렉터의 마음을 자극해 끝없이 상품을 사게 하는 거니……. 그래도 노는 게 목적인 아이들은 하나만 있어도 충분하고, 컬렉터는 대부분 어른이라 돈도 충분할 테니, 상관없으려나?

“이 나라는 정말 대단합니다. 제품이 될 만한 소재가 넘쳐 나거든요. 게다가 상인들은 아직 그 가치를 제대로 파악하지 못하고 있으니, 그게 또 매력적입니다!”

오오. 역시 상인! 아무래도 오르바 씨의 ‘스트랜드 상회’가

우리 나라에 지점을 내고 싶다는 모양이다. 오르바 씨는 그 허가를 받을 겸, 지점을 낼 만한 곳을 물색하기 위해 찾아왔다고.

스트랜드 상회는 교역상이기 때문에, 들어만 온다면 앞으로 다양한 나라의 물건을 구입할 수 있을 테고, 이쪽이 수출을 하기도 편해진다. 허가를 해 줘도 손해는 없다.

나이토 아저씨와 조카인 니콜라 씨를 불러서, 지점을 낼 장소를 비롯해 세세한 논의를 해 보자. 니콜라 씨는 일단 경호 담당이라는 명목이었지만, 사실은 백부와 모처럼 만나 이야기를 하라는 내 나름의 배려였다.

쇠팽이는 자유롭게 만들어서 팔아도 좋다고 말했다. 일단 매상의 10퍼센트는 나라에 납부해 주겠다고 했으니까.

나중에 내가 만든 프로토타입 쇠팽이가 귀족들 사이에서 어마어마하게 높은 가격으로 거래될 줄은 꿈에도 몰랐지만.

"음~ 마력으로 경도를 계속 유지할 수 있구나. 그렇다면 만에 하나 부서져도 마력을 이용해 재생할 수 있도록 하자. 여기에 외부의 마력을 가둘 수 있도록 【프로텍트】를 걸면……."

나는 지금 손에 넣은 프레이즈의 결정으로 무기를 만드는 중이었다.

간단히 말해 이건 마력을 경도로 바꾸는 아이템이라 할 수 있었다. 마력을 주입하면 주입할수록 경도가 올라가는데, 그에 더해 칼 모양으로 만들었을 때, 절단력까지 마력량에 비례해 변화했다. 프레이즈의 그 날카로운 팔은 이런 원리였던 건가?

나는 마력을 상당히 많이 주입해 수정의 경도를 높였다. 마력을 사용해 경도와 절단력을 높이고, 재생 능력까지 갖춘 프레이즈의 능력을 재현하기 위해서였다.

"그래서 만들어 봤습니다. 이게 제1호야. 이름은 '투화(透花)'."

"투화……."

야에가 칼집에서 무색투명한 칼을 빼냈다. 도신은 유리나 수정, 얼음처럼 다 비쳐 보일 만큼 투명했고, '공방'의 빛을 받아 아름다운 빛을 발했다.

"일단은 외부의 마력을 주로 대기 같은 것에서 자동으로 흡수하게 만들어 두었으니까, 아마 마력이 고갈되는 일은 없을 거야. 그리고 혹시나 날이 무뎌진다고 해도 마력을 다시 주입하면 원래대로 돌아가."

테스트를 위해 준비해 둔 철 덩어리는 칼날을 살짝 올리기만 했을 뿐인데도 그 무게에 종이처럼 가볍게 잘려 나갔다. 정말 무시무시할 정도로 날카롭다.

"이거라면 그 프레이즈도 잘라 낼 수 있을 듯합니다. 토야 님, 감사합니다."

'투화'를 칼과 똑같이 프레이즈의 파편으로 만든 수정 칼집(표면에 도료를 섞어 불투명하게 만들었다)에 넣고, 기쁘게 나를 보며 미소 짓는 야에. 그런 말을 들으니 만든 보람이 절로 느껴졌다.

그리고 야에의 생글거리는 얼굴 너머에서 입을 삐죽이는 얼굴이 넷.

"……너희 것도 있으니까 너무 그런 표정은 짓지 마."

먼저 루는 쌍검사이니 쇼트소드를 두 개. 기본적으로는 야에에게 준 '투화'와 마찬가지였다.

유미나와 린제에게는 직접적인 무기는 아니지만, 프레이즈의 파편으로 만든 수정 총알을 건네주었다. 발사되어 무언가에 닿는 순간【익스플로전】이 뒤쪽에서 폭발해 프레이즈의 쐐기처럼 박히도록 만든 총알이었다.

【익스플로전】자체는 효과가 별로 없을지 몰라도, 총알 추진제로서의 역할로는 충분했다. 철저하게 박히도록 끝을 뾰족하게 만들었고, 거기에 마력까지 더해 위력이 매우 강해졌다. 참고한 것은 철못을 작약(炸藥) 등으로 강하게 박아 넣는 가공의 병기, 파일벙커다.

그다음은 에르제의 곤틀릿인데, 이거야말로 경도가 빛을 발하는 무기였다.

힘을 얼마나 한곳에 집중시킬 수 있을까 생각하다 보니, 주먹 앞에 어태치먼트로서 흉악한 원뿔형 돌기를 붙이는 형태가 되었다. 한곳에 힘을 모을 수 있도록 끝에 날카롭게 튀어나온 뿔이 좌우에 각각 하나씩. 저걸로 때리면 뭐든지 파괴할 수 있을 것 같은 느낌이 든다…….

평소에는 손등에 올려놓고 있다가, 분쇄 모드일 때 앞면으로 내려 활용할 수 있는 구조다.

"일단 전투 이외에는 위험하니까 그 상태로 해 두고……."

콰아앙!

내가 말을 다 마치기도 전에 에르제가 '공방' 부지에 놓여 있던 징검돌을 산산조각 냈다. 으악, 얘가! 테스트를 해 보고 싶은 마음은 알겠지만, 이렇게 된 모습을 로제타가 보고 울면 어쩌려고!

"굉장하다. 평소보다 훨씬 부수기 쉬워."

"그렇게 만들었으니 당연히……. 아~아."

부서진 징검돌을 보고 로제타에게 뭐라고 변명하면 좋을까 생각하는데, 저편에서 나무가 쓰러지는 소리가 들려왔다.

"정말 날카롭게 잘리는군요."

"굉장해! 이렇게 굵은 나무가 무처럼 잘려요!"

야에와 루가 검과 쌍검을 들고 상기된 표정을 지었지만, 쓰러진 나무 두 그루를 보고, 나는 더 이상 변명이 통하지 않을 거라는 사실을 깨달았다.

얌전히 혼날 수밖에……. 로제타, 미안. 이상하네. 대체 왜 이렇게 되는 거지?

유미나와 린제도 수정탄을 총에 장전하기 시작했는데, 이번에는 간신히 말렸다. 더 이상 피해가 커지면 정말 큰일이야. 왜 내 색시들은 다들 폭력적인지. 참 나.

무기 성능 테스트를 일단 마친 우리가 성으로 돌아가 보니, 라피스 씨가 당황한 모습으로 달려왔다. 무슨 일이 있었던 건가?

"주인어른, 아니, 폐하. 다른 나라에서 사절이 오셨어요. 정장으로 빨리 갈아입고 코사카 님이 있는 곳으로 가 주세요."

응? 다른 나라에서 사절이? 뭐지? 처음인데. 대체 어느 나라에서 온 사절일까……?

우리 브륀힐드 공국도 점차 나라로서의 체재를 정비해 가는 중이다. 그렇다면 이제 준비해야 할 것이 외교인데, 공교롭게도 그에 관해서는 별 준비를 하지 않았다.

브륀힐드 공국의 경우, 동쪽은 레굴루스, 서쪽은 벨파스트로 둘러싸여 있다. 즉, 두 나라와 사이좋게 지내는 한 직접적인 침략을 받을 일이 없었다.

하지만 그렇다고 해서 다른 나라와 사이좋게 지내지 않아도 된다는 말은 아니었다. 각각의 나라마다 나름의 사정이 있기 때문에, 우회적으로 우리를 괴롭힐 가능성도 전혀 없는 것은 아니었다.

단지 지금까지는 이제 막 생긴 나라였기 때문에, 다른 나라가 우리를 전혀 신경도 안 썼을 뿐이었다. 서쪽 동맹국들은 나에 대해서 잘 알고 있었기 때문에 나라끼리의 교류가 이어졌지만, 전혀 모르는 나라에서 사절이 왔다면 솔직히 어떻게 대처해야 할지 막막했다.

"처음 뵙겠습니다. 브륀힐드 공국 공왕 폐하. 라밋슈 교국의 교황, 엘리어스 올트라의 사절인 네스트 레나드라고 합니다."

"마찬가지로 사절인 필리스 루기트입니다."

"그래."

나는 알현실에 놓인 옥좌에 앉아 짧게 대답했다. 그러자 내 옆에 대기하고 있던 옛 타케다 사천왕인 코사카 씨가 나를 힐끔 바라보았다.

알고 있다니까요. 별로 말하지 말고, 일단은 코사카 씨에게 맡기면 되는 거죠?

아무튼 간에 아직 상대의 의도를 확실히 알 수 없었다. 쓸데없는 말을 하는 것보다는 아무 말 없이 가만히 있는 게 상책이었다. 웅변은 은, 침묵은 금. 딱 그런 거라고 할 수 있을까. 게다가 나한테는 위엄이라는 요소가 결여되어 있기 때문에, 자칫 상대에게 얕보이는 위험을 제거하기 위한 것이기도 했다.

"정중한 인사, 참으로 감사합니다. 그런데 라밋슈 교국에서 무슨 이유가 있어 여기까지 오셨는지요?"

옆에 대기하고 있던 코사카 씨가 말했다. 알현실에서 무릎을 꿇고 있는 네스트라는 사람은 소매가 금색 실로 자수가 된 화려하고 흰 로브를 걸친 차림으로, 머리카락이 짧고 금색인 아저씨였다. 딱 보니 신관이나 사제인 듯했다. 나이는 마흔이 넘은 정도일까? ……머리카락이 좀 이상한 느낌이 들지만.

옆에서 무릎을 꿇고 있는 필리스는 연보라색 머리카락을 보브커트로 자른 조용한 분위기의 여자아이였다. 나이는 나랑 비슷한 또래인가? 네스트와 똑같이 흰 로브를 걸친 차림이었다. 이쪽은 자수도 없어 수수한 편이었지만.

두 사람 모두 라밋슈 교국의 사제인 모양이었다. 빛의 신……. 라루스였나? 그 라루스교의 사제라고 한다면, 라밋슈 교국에서는 나름대로 권력자에 해당하겠지만.

그 사제, 네스트가 입을 열었다.

"우리 교국의 교황, 엘리어스 올트라는 브륀힐드 공국과 깊은 친교를 맺고 싶어 하십니다. 그러니 이 땅에 우리 라루스교를 넓게 포교하기 위해, 부디 라루스교를 국교로 인정해 주셨으면 합니다. 그렇게 하신다면 저희 라밋슈는 자매국으로서 공국에 많은 원조를 아끼지 않을 것입니다."

……뭐?

국교라면 그건가? 국가가 인정하고, 법률로 제정하여 보호하는 그?

"공왕 폐하도 세례를 받으시고, 이 나라에 교회를 건설하는 데 힘을 보태 주셨으면 합니다. 빛의 신 라루스님의 가르침이 널리 퍼지면, 이 땅은 더욱 풍성하게 발전을 할 것입니다."

자못 멋진 제안을 한다는 듯이 말을 하는 네스트 아저씨. 하지만 내 마음은 계속 식어만 갔다. 이 사람 대체 무슨 소리 하는 거야? 내가 왜 그렇게 뭐가 뭔지도 모르는 종교의 세례를 받아야 하지?

"우리의 신, 라루스님의 가르침은 사악한 힘을 멸망시키고, 빛과 정의의 이름하에⋯⋯."

"필요 없다."

"⋯⋯⋯⋯네?"

열변을 토하던 네스트의 입이 내 말을 듣자마자 딱 멈췄다.

"필요 없다고⋯⋯하시면?"

"그러니까, 종교. 우리 나라엔 필요 없어."

장황하게 이야기를 했지만, 결국엔 포교잖아? 솔직히 굉장히 수상해. 빛의 신이었나? 그런 녀석이 정말 있어?

"우리 나라의 신이신 라루스의 가르침이 필요 없다고 하시는 것입니까? 폐하는 신을 믿지 않는다, 그 말이신지?"

"바보 같은 소리 마. 나처럼 신을 강하게 믿는 사람도 없을 거야. 난 매일 신에게 감사하고 있거든."

나는 노려보는 네스트에게 말했다. 당신들의 신과는 다르지만 말이지.

내 말을 듣고 움찔하듯이 네스트 아저씨 옆에 대기하고 있던 필리스가 대화에 끼어들었다. 이쪽은 별로 화가 안 난 것처럼 보이네. 꼭 신기하다는 듯한 얼굴이다.

"그럼 왜죠? 신을 믿고 있으면서 그 가르침을 널리 퍼뜨리려 하지 않다니. 모순되지 않습니까?"

"모순은 무슨. 애초에 당신들의 하느님은 빛의 신 라루스였지? 빛이 있으면 어둠의 신은? 다른 신은 없는 건가?"

필리스의 질문에 내가 질문으로 대답했다. 그러자 네스트 아저씨가 가슴을 펴며 대답했다.

"바다의 신, 산의 신, 대지의 신 등, 다양한 신이 계십니다. 하지만 모든 신들의 정점에 선 최고의 신이 바로 빛의 신, 라루스님입니다. 어둠의 신조차도 대적할 수 없을 만큼 정의로우신 절대신이시지요."

"그런 것치고는 별 힘이 없어 보이는데?"

"뭐라고요?!"

네스트는 노려보는 것 정도가 아니라, 거친 목소리까지 내면서 벌떡 일어나는 등, 분노를 숨길 생각이 없어 보였다. 화내는 거야 뭐, 당연하겠지.

"폐하는 우리의 신을 무능하다고 말씀하시는 겁니까?!"

"정의로운 절대신이잖아? 그런데 이 세상에는 왜 범죄자나 악한 사람이 있을까?"

"그, 그건……. 그래서 저희가 있는 것입니다! 신을 대신해 악을 재판하고 멸망시키는 그 역할을 저희가 짊어지고 있습니다! 신의 손과 발이 되어……."

"그건 당신들의 힘이잖아? 신의 힘이 아니라. 그걸 착각하면 안 되지."

네스트 아저씨는 얼굴을 빨갛게 물들이며 어깨를 떨었다. 말이 너무 심했나? 하지만 그렇지 않아?

"그렇다면 폐하가 믿는 신은 우리에게 무엇을 베풀어 주셨습니까?!"

"아무것도 안 해 줬어. 바쁜 사람이거든. 자신의 일은 스스로 어떻게든 해 보라는 그런 말 아닐까? 웬만한 일이 아니면 개입하지 않는 모양이고 말이야. 말해 두지만, 당신들의 가르침을 부정하는 건 아니야. 그러니까 당신들끼리 그 신을 믿으면 그걸로 충분하지 않겠어?"

모두 마음속에는 각각의 신이 있다. 믿을 것인지 믿지 않을 것인지는 모두 각자에게 달려 있을 뿐이다. 그거면 충분하지 않나? 나는 단지 국가가 나서서 신앙을 이용하지 말아 줬으면 하는 것뿐이었다.

네스트 아저씨가 증오스럽다는 듯한 눈빛으로 이쪽을 노려보면서 말했다.

"······아무래도 폐하는 나쁜 신에게 씌어 있는 듯하군요. 정화를 위한 세례가 필요할 듯싶습니다."

"앙?"

지금 뭐라고 했지?

"코하쿠. 저 녀석을 제압해."

〈알겠습니다.〉

"으아악?!"

코하쿠는 내 말에 따라 네스트를 뒤에서 습격해, 등을 앞발로 누르며 제압했다. 본래의 모습인 백호(白虎) 모드다.

나는 제압당한 네스트 앞까지 걸어간 뒤, 웅크리고 앉아 코하쿠를 보고 벌벌 떠는 아저씨와 눈을 마주쳤다.

"당신이 무슨 신을 믿든 내가 알 바 아니야. 있는지 없는지도 모르는 신에게 기도를 하든 소원을 빌든, 당신 마음이지. 하지만 나의 신을 사악한 신이라고 말하는 건 용서할 수 없어. 그 사람에 대해 아무것도 모르는 주제에 함부로 말을 내뱉지 마."

네스트를 노려본 뒤, 나는 바닥에 【게이트】를 열어 아래로 떨어뜨렸다. 성 밖의 강 속으로.

네스트 아저씨가 사라진 그곳에는 금발만이 남아 있었다. 역시 가발이었구나.

문득 옆을 보니, 남은 필리스는 너무 놀라 목소리조차 나오지 않는 모습이었다.

아.

이런. 너무 심했어. 어쨌든 다른 나라의 사절인데. 내쫓는다고 해도 다른 방법도 있었을 것을. 하느님을 험담하는 소리를 들었더니, 나도 모르게 화가 치솟았다. 그 사람 좋아 보이는 할아버지가 나쁜 신일 리가 없지.

아무리 그렇다고는 하지만, 역시 너무 지나쳤던 건가……. 뒤돌아보니 코사카 씨가 이마를 손으로 짚은 채, 긴 한숨을 내쉬고 있었다. 아······. 역시 이러면 안 됐던 건가? 될 수 있으면 말하지 말라고 했으니까.

"저어······. 네스트 사제는······."

"아~······성 밖으로 이동시켰어. 괜찮아, 다친 곳은 없을 테니까."

흠뻑 젖어 있기는 할 테니, 어쩌면 감기 정도는 걸릴지도 모른다. 내가 알 바 아니지만.

"죄송합니다. 오늘의 무례는 부디 용서해 주십시오. 원래 이번 알현은 네스트 사제의 강한 요청으로 진행된 일로, 교황님은 별로 내키지 않아 하셨습니다."

필리스가 고개를 숙이며 말했다. 그래?

"이 나라의 국교를 라루스교로 만들 수만 있다면 그보다 큰 공적은 없습니다. 아마 네스트 사제는 그걸 노렸던 거겠죠."

뭐야, 결국 출세를 노리고 한 짓이었어? 아무리 사제라도 속물 근성을 버리기는 쉽지 않구나.

"아무튼, 우리 나라는 국교를 정할 생각이 없어. 교황에게는 그렇게 전해 줘."

"네, 알겠습니다. 단지, 저어······. 조금 전의 이야기인데······. 혹시 폐하는 신을 만난 적이 있으십니까?"

어? 조금 전에 뭔가 그런 낌새를 보였었나? 음~ 뭐라고 말하면 좋을까.

"이상한 말을 해서 죄송합니다······. 전······. 정말로 신이 있을지 없을지 확신이 가지 않아서……."

작게 중얼거리며 고개를 숙이는 필리스. 그런 소릴 하면 안 되는 거 아닌가? 일단 사제님인데.

"계속 의문스럽게 생각했습니다. 정의의 이름으로 악을 심판한다. 그건 아주 멋진 일이지만, 단지 마족이거나 어둠의 속성을 지닌 자들이라고 해서 악한 자들이라고 단정하는 것이……. 과연 옳은 일일까 하고 말이죠. 한 번 잘못을 저지른 사람은 용서받을 수 없는 것일까요? 그런 의문이 잇달아 떠올라서……."

그 마음을 모르는 것은 아니지만, 자신이 믿는 신을 의심하기 시작한 이상, 더 이상 사제로 남기 힘들지 않을까?

그때, 품에서 스마트폰이 매너모드로 울렸다.

어? 이 타이밍에? 굳이 꺼내 보지 않아도 누구한테 왔는지는 뻔했다. 나한테 전화를 걸어올 사람은 한 명밖에 없으니까.

나는 스마트폰을 꺼내 전화를 받았다.

"여보세요?"

〈오~ 오랜만이구먼. 나네, 나.〉

피싱 사기인가? 전화를 했으면 이름을 확실히 밝혀야죠, 하느님. 그건 그렇고, 일부러 타이밍을 맞춰 전화한 것 같은데.

"혹시 보고 계셨나요?"

〈어쩌다 보니 말이지. 자네가 강하게 쏘아붙이는 모습을 보니 속이 다 시원하더군. 나를 위해 화를 내 줘서 고맙네.〉

우와~ 다 봤나 봐. 엄청 부끄럽잖아. 수치심에 몸을 떠는 내 모습을 보고 필리스가 조심조심 말을 걸었다.

"저어……. 누구와 이야기를 하시는지."

"하느님."

"네?!"

깜짝 놀라는 필리스를 보다가, 문득 옆에 서 있는 코하쿠의 모습이 이상하다는 사실을 깨달았다. 코하쿠가 미동조차 하지 않았던 것이다. 어? 왜 저러지? 뒤를 돌아보니 코사카 씨도 꼼짝을 안 하고 있었다. 갑자기 왜들 이래?

〈아, 그쪽의 시간을 잠깐 정지시켰어. 다른 자들이 보면 귀찮으니 말일세.〉

"시간을 멈춰요?! 어? 다른 자들이 보면 귀찮다니, 설마……!"

〈그쪽 아가씨의 의문에 대답을 해 주고 싶어서 말이야. 지금 그쪽으로 가지. 만나지 않으면 믿지 않을 테니 말이네. 그럼이만.〉

"잠깐만요……!"

끊어졌다. 어? 진짜로? 스마트폰을 귀에서 떼자마자 필리스와 눈이 마주쳤다.

"지금 오신대……."

"오다니……. 누가 말입니까?"

"그러니까……. 하느님."

놀라서 멍한 내 머리 위에서, 눈부시게 반짝이는 빛에 둘러싸인 하느님이 강림하셨다. 성스럽다고 해도 과언이 아닐(하느님이니 당연한가) 아우라를 내뿜어, 보기만 해도 신기(神氣)가 있다는 사실이 느껴졌다. 하느님은 천천히 아래로 내려오더니, 그대로 지상에 내려섰다.

"여어, 내가 신이네."

"경박해?!"

제발 더 엄숙하게 행동 좀 해요! 나는 생글생글 웃는 하느님에게 무심코 딴지를 걸고 말았다.

눈앞에 서서 생글거리는 노인을 보고, 필리스는 계속 몸을 떨 뿐이었다. 결국엔 서 있을 수 없었는지, 필리스는 무릎을 꿇고 고개를 숙였다.

"왜 그런가? 속이라도 안 좋은가?"

"하느님, 하느님."

자신에 대해 잘 모르는 것 같아 내가 하느님에게 말을 걸었다.

"그 위압감이라고 해야 하나, 신기? 를 좀 억누르면 안 될까

요? 저조차도 제대로 앞을 보기가 힘들거든요."

"응? 아, 그런가. 여기는 지상이었구면. 미안하군. 그냥 좀 무심코 이러고 있었네. 이쪽에서는 의식하지 않으면 힘이 빠져나오거든."

사아악, 하고 하느님을 감돌던 금색 아우라가 사라졌다. 그리고 동시에, 조금 전까지 몸을 찌릿거리게 했던 위압감도 사라졌다. 역시 신은 신이구나.

"이 정도면 괜찮겠지. 이보게, 어떤가?"

"네에……."

필리스는 그래도 고개를 드는 것이 겨우인 듯했다. 당연하다. 그런 모습을 본 이상, 이 사람이 진짜 신이라고 인정할 수밖에 없을 테니까. 필리스의 '신이 존재하는가?' 라는 의문의 대답이 이미 나온 셈이다. 신은 있다.

"여기서 이야기하기도 뭐하군. 어디 편하게 앉을 만한 방은 없는가?"

"네? 아~ 그럼 응접실로 갈까요?"

【게이트】를 열어 응접실과 이곳을 연결한 뒤, 일어서기도 힘들어 하는 필리스를 부축해 소파에 앉히고, 하느님도 소파에 앉을 수 있도록 안내했다.

그리고 차를 준비해 달라고 부탁하기 위해 급탕실에 갔는데, 세실 씨와 레네가 서로를 마주 보고 웃는 모습으로 멈춰 있었다. 어쩔 수 없이 내가 직접 주전자에 차를 끓여 컵 세 잔과 다과를 준비해 응접실로 돌아갔다.

두 사람은 서로 마주 앉은 채였다. 하느님은 실내를 두리번 거리며 돌아보았지만, 필리스는 아직도 몸이 뻣뻣하게 굳은 채, 눈만 이리저리 움직이는 상태였다.

나는 컵에 차를 따르고 과자를 테이블에 올려 두었다. 하느님이 컵을 들고 한 모금 마셨을 때, 내가 먼저 말을 꺼냈다.

"하나 질문이 있는데요."

"호이호이, 뭔가?"

컵을 테이블 위에 놓고 하느님이 나를 바라보았다.

"빛의 신 라루스가 정말 있나요?"

"없네. 솔직히 들어본 적도 없어. 중급신은 물론이고, 하급신 중에도 그런 이름은 없구먼."

우와, 그렇게 딱 잘라서. 내 옆에 있던 필리스가 충격을 받은 표정을 지었다. 그야 당연하지. 자신이 믿었던 신의 존재를 완벽하게 부인당했으니.

"그럼 빛의 신이라는 직위가 있긴 한가요?"

"그것도 없네. 음, 굳이 말한다면 내가 아닐까 하네만. 세계의 신이니 말이야. 하지만 나는 어둠의 신이기도 하고, 바람이나 불의 신이기도 하지. 사실 '~의 신'이라는 식으로 한데 묶이는 신은 기본적으로 하급신이네."

그렇다면 연애의 신도 하급신이라는 건가? 그런 것치고는 세계의 신인 하느님과 굉장히 허물없이 지내는 것처럼 보였는데. 신들의 세계는 원래 그런 건가?

"그, 그럼 빛의 신관 라미레스 님이 소환했다는 빛의 신 라루스 님이란 대체……."

빛의 신관 라미레스? 아, 라밋슈 교국을 건국한 사람인가? 그 사람이 빛의 신의 힘을 빌려 그 토지를 정화했다고 했었지?

"불렀다라. 신을 불러낼 수 있는 사람은 별로 없는데 말이야. 물론 변덕스러운 신이 강림했을 수도 있겠지."

하느님이 지금 그런 말을 할 처지예요? 완전히 예고도 없이 땅에 내려온 주제에.

"이야기를 듣자 하니, 그건 신이 아닌 것 같구먼. 정령이 아닐까? 빛의 정령이라면 못 불러낼 것도 없으니 말이네."

"애매하네요. 과거로 돌아가서 보고 온다든가, 그럴 수는 없는 건가요?"

"못 할 건 없지만……. 아주 힘이 드네만? 주로 내가. 자네가 원래 있던 세상의 예를 들면, 지금 녹화하고 있는 텔레비전을 일시 정지시키기는 쉽지만, 1년 전의 심야 방송 때 봤던 광고를 인덱스 없이 산더미처럼 쌓인 옛날 DVD에서 찾기란 아주 힘든 것과 마찬가지네. 어디 찾기가 쉽겠나?"

진짜 예를 들어도 꼭 그렇게 알기 어려운 예를 들다니! 물론 대충은 알겠지만! 엄청나게 귀찮다는 느낌은 확실히 전해져 왔다.

"그럼……. 저희의 교의(敎義)는 대체……."

자신이 믿던 신을 완전히 부정당해 풀이 죽은 필리스. 믿고 있던 것들이 모두 무너져 내렸으니 당연하다면 당연한가……

"자네들은 신이 없으면 안 되는 건가? 신을 마음의 안식처로 삼는 것은 상관없네. 부모님이나 형제, 연인이나 주군, 그런 사람들을 믿는 것처럼 믿으면 되지. 하나, 의지해서는 안 돼. 신은 아무것도 하지 않거든. 자네들을 구원할 수 있는 사람은 자네들뿐이야. 자네들의 힘이 기적을 일으켜 세계를 움직이는 거지. 우리는 그런 자네들을 그냥 지켜보기만 할 뿐이네."

말은 그렇게 하지만, 하느님도 꽤 간섭을 많이 하는 것 같은데요. 말처럼 그렇게 철저하지는 않군요.

하지만 나는 굳이 그런 말을 하지는 않았다. 침묵이 금이다. 옆에서 필리스가 훌쩍훌쩍 울고 있기도 하고. 딴지를 걸 수 있는 분위기가 아닙니다요.

"그래, 하지만, 내가 방치를 해 둔 것은 분명하구먼. 토야를 보내지 않았으면, 앞으로 1만 년은 들여다보지도 않았을지 모르니 말이야."

우와~! 아주 못 쓰겠네! 뭐가 '우리는 그런 자네들을 그냥 지켜보기만 할 뿐이네.' 야?! 지켜보긴 무슨! 그냥 방치잖아! 여기 외에도 관리해야 할 이세계가 굉장히 많을지도 모르지만!

"정말 그래도 괜찮은 건가요……?"

"음~ 나쁘게 들릴지도 모르지만, 이쪽 세계가 멸망해도 그건 이쪽 세계에 사는 사람들의 책임이지. 기본적으로 신들은 아무것도 하지 않아. 물론 신의 간섭으로 인해 멸망의 위기가 닥치면 책임을 질 거네. 재앙의 신이 강림한다든가 하면 말이지."

그런 건 강림하지 말았으면 합니다만. 진짜 대충대충이네. 규칙이 조금씩 모순된다든가. 신은 은근히 무책임하다.

"즉, 기본적으로 이쪽 세계의 일은 이쪽 세계의 사람들이 어떻게든 하라는 말일세. 사람들을 괴롭히는 대마왕이 나타나 세계 정복을 시작한다고 하더라도, 대마왕이 이쪽 세계 사람인 이상, 우리는 간섭하지 않아. 기껏해야 대마왕을 쓰러뜨릴 수 있는 무기를 내려 주거나, 그 정도일까. 사람들이 고통받는 세계는 역시 보기 괴로우니까 말이야."

아하. 직접적인 간섭이 아니라, 그런 도움도 있을 수 있겠구나. 그런데 그 정도면 충분히 간섭하는 거 아닌가? 세계가 멸망하든 안 하든 신은 간섭하지 않는다고 말을 하면서도, 대마왕을 멸망시킬 슈퍼 무기를 내려주면 말이지. 뭐지? 이 어중간한 과보호는?

"계속 부모를 의지해서는 안 되는 법이네. 이쪽 세계의 사람들은 이제 아이가 아니야. 스스로 생각해, 스스로 걸어갈 수 있지. 그렇다면 고난도 시련도 스스로 해결해야 하지 않겠나? 신은 그냥 지켜보기만 할 걸세. 가끔 말이지."

'가끔'은 쓸데없는 사족 아닌가요? 물론 하루 종일 지켜보고 있다고 한다면 그것도 좀 그렇지만.

"저는 이제부터 어떻게 하면 좋을까요……? 빛의 신, 라루스님은 존재하지 않고, 그 교의는 사람이 만든 가짜였다니. 저희의 행동은 모두 무의미했다고 해야 할까요?"

"무의미하지는 않지. 자네들의 가르침 덕분에 구원을 받은 자들도 있다면 말이야. 앞으로는 '신을 위해서' 했던 일을 '사람을 위해서' 하면 그뿐인 이야기네. 교의에 너무 얽매이지 말고."

"…………네."

바로 생각을 바꾸는 건 어려울지도 모르겠어. 일단 계속 믿어 왔던 인생의 기준 같은 거였으니까. 조금씩이라도 그 속박에서 벗어났으면 좋겠는데…….

"자, 그럼 슬슬 가 볼까. 너무 오래 시간을 정지시켜 놓는 것도 뭐하니 말이야."

시간이 다시 움직이기 시작했을 때, 우리가 없으면 아무래도 이상할 테니, 다 같이 일단은 알현실로 돌아갔다.

여전히 코하쿠와 코사카 씨는 정지해 있었다. 이런 상황이 아니면 장난이라도 좀 쳤을 텐데, 역시 하지 말자.

"아가씨, 그럼 강하게 살아가도록. 잘 지내게."

하느님은 생글거리며 미소를 짓더니, 빛의 알갱이가 되어 사라졌다.

그리고 한 박자 정도가 지나자, 코하쿠와 코사카 씨가 다시 움직이기 시작했다. 둘 다 신기한 표정을 지은 채 이쪽을 바라보았다. 멈춰 있을 때와 장소가 조금 달라 내가 순식간에 움직인 것처럼 보였기 때문일까.

"……마치 꿈만 같습니다. 조금 전의 그 일이 정말로 있었던 일인지 어떤지……."

"현실이야. 너는 하느님을 만났어. 네가 못 믿으면 어떡해?"

"……그러네요."

조용하게 웃는 필리스의 미소를 보고, 나는 조금 전과는 다른 의지의 빛을 느꼈다. 마음의 정리가 좀 된 걸까.

그리고 주변에 사과를 한 뒤, 필리스는 알현실을 떠났다.

이렇게 나의 첫 외교는 끝이 났다. 하지만 나중에 코사카 씨에게 따끔하게 설교를 들어야 했다. 나도 외교 사절을 맞이했을 때의 행동으로서는 최악이었다고 생각은 하지만.

조금 걱정이 되어서 츠바키 씨의 부하 닌자를 라밋슈로 파견했다. 텔레파시 연락을 위해 소환수인 작은 새를 같이 보내니, 무슨 일이 있으면 연락하라고 말을 하면서.

며칠 후, 나는 라밋슈 교국의 사제, 필리스 루기트가 사제 지위를 박탈당하고 사형을 언도받았다는 소식을 들었다.

말도 안 돼. 왜 필리스가 사형을 당해야 하지? 그 아이는 이

제야 겨우 자신의 생각대로 행동하려고 했던 참인데.

〈사형 날짜는?〉

〈넷. 3일 후 아침에 집행될 예정입니다. 사형을 해서는 안 된다고 말하는 일파도 있어 바로 사형을 당하지는 않은 모양입니다.〉

사역마인 작은 새와 함께 있는 츠바키 씨의 부하 닌자에게서 텔레파시로 보고를 들었다. 필리스의 편도 어느 정도 있다는 말이구나. 바로 사형을 당하지 않아 그나마 다행이다.

〈고마워. 계속해서 정찰을 하면서 무슨 움직임이 있으면 연락해 줘.〉

〈넷.〉

나는 텔레파시를 끊었다. 어떻게 해야 할까. 물론 못 본 척 그냥 넘어갈 수는 없다. 필리스가 그렇게 된 것은 나에게도 책임이 있으니까.

"참 나. 이래서 그런 사람들은 참 문제야. 모두 자신들만이 옳다고 생각하니까."

발코니 테이블에 팔꿈치를 대고 마구 화를 내는 에르제. 일단 모두에게는 필리스에 대해 이야기를 해 두었다. 하느님을 만났다는 이야기는 생략했지만. 내 설득으로 신앙을 바꾸었다고 해야 할지, 다시 생각하고 신앙을 되돌아보기 시작했다 정도로 말해 두었다.

"어, 어떻게 하실 생각이세요?"

"직접 찾아가 말할 생각이야. 처형을 하지 말아 달라고."

린제의 질문에 나는 주저 없이 대답했다. 이쪽도 일단 한 나라의 왕이다. 아마 무시는 하지 못하겠지. 교황이라는 사람과 담판을 지을 생각이다. 옛 사제 한 명 정도야 살려 줘도 문제없을 테니까.

"그런데도 계속 사형을 하겠다고 하면 어떻게 하실 생각이십니까?"

"음~ 감옥을 부숴서 필리스를 데리고 와야 하지 않을까?"

"국제 문제로 비화할 거예요."

유미나의 말이 백번 맞을지도 모르지만, 최후의 수단으로서는 가능한 일이라고 생각한다. 실제로 그런 나라를 의지하지 않고도 우리는 아무 문제 없이 지낼 수 있을 것 같으니까.

하느님에게 말을 듣기 전에는 빛의 신 라루스가 정말로 존재할지도 모른다는 생각이 들어서 조금 꺼림칙하기도 했지만, 그런 신이 없다면 이야기는 다르다. 상대의 태도에 따라서 다르겠지만 아무것도 거리낄 게 없다. 국교 단절도 기꺼이 받아들일 생각이다. 억지로 친하게 지낼 필요가 없다.

나는 옆에 대기하고 있던 코사카 씨를 돌아보았다.

"그 나라가 우릴 싫어한다고 뭐 문제될 게 있나요?"

"일단 지금으로선 아무것도 없습니다. 신자들을 마구 보내며 괴롭힐 수는 있겠지만 말입니다."

그건 그거대로 몸이 오싹거리긴 한다. 근데 빛과 정의를 표방하는 신의 신자가 그렇게 음험한 짓을 해도 되는 건가?

"정의를 위해서는 어떤 짓을 해도 상관없다. 그런 생각을 하고 있는지도 몰라요. 참 속 편한 논리이긴 하지만요."

루가 어이가 없다는 듯이 그렇게 중얼거렸다. 그러고 보니 누군가가 이런 말을 했었지? 세상에는 정의의 사도가 너무 많아서 전쟁이 끊이지 않는다고.

"아무튼 그냥 내버려 둘 수는 없으니, 잠깐 가 볼까."

"그럼 우리도……."

"아니, 이번엔 나 혼자 갈게. 우르르 몰려가면 그쪽에서 무슨 짓을 할지 알 수 없으니까."

일단 코하쿠만은 데리고 가기로 했다. 왕이 돼서 위기관리가 너무 허술하다는 말을 들을 것 같기는 했지만, 솔직히 무슨 일이 일어날지 모르기 때문에, 혼자 가는 편이 더 안전하다.

자, 과연 그쪽은 어떻게 나올까.

"뭐라? 네가 브륀힐드의 공왕이란 말인가? 바보를 상대하고 있을 새는 없다. 당장 돌아가라!"

바빌론을 사용해 날아온 라밋슈 교국의 수도 이스라. 나는 그곳의 대신전 앞에서 문전박대를 당했다.

음, 당연하다. 아무런 증거도 없으니까. 갑자기 나타나 나는 왕이다, 라고 말을 꺼내는 녀석이 있으면, 머리가 이상하다고 생각하는 게 보통이다.

"일단 교황이라든가 높은 사람을 좀 불러줄 수 없을까. 할 얘기가 있거든."

"네 이놈! 교황님을 존칭도 없이 부르다니!"

"하지만 난 신자가 아니거든. 게다가 이 나라의 국민도 아니고."

최대한 상대를 자극하지 않고 말을 했다고 생각했는데, 문 앞에 있던 기사가 화를 내며 검을 빼 들었다. 이거 참. 이렇게 무턱대고 칼부터 빼기야?

나는 달려오는 기사의 검을 피하고, 손날로 상대를 때려눕혔다. 카라랑 하는 소리와 함께 검이 떨어지는 소리가 나자, 신전 안에 있던 기사들이 우르르 밖으로 몰려 나왔다.

"무슨 일이지?!"

"침입자다! 교황님을 모욕하고, 브륀힐드 공왕을 칭하는 파렴치한이다!"

"뭣이라?!"

기사들이 순식간에 나를 둘러쌌다. 둘, 넷, 여섯, 여덟……. 스무 명에 가까운데? 한 사람을 상대로 왜 이렇게 많이 몰려온 건지. 정의로운 신의 신자치고는 너무 비겁한 거 아닌가?

아, 근데 정의의 사도도 집단으로 몰려가 괴인 한 명을 습격하고 그러지? 오히려 클리셰 같은 건가?

"한 번 더 말하겠다. 브륀힐드 공왕이 라밋슈 교황에게 면담을 요구하는 중이다. 안내해 주면 안 되겠나?"

"아직도 그 소리냐?!"

검을 높이 쳐들고 덮쳐오는 기사를 향해서 나는 주저 없이 마비탄을 발사했다. 그대로 쓰러지는 기사를 보고 순간 다른 기사들이 몸을 움츠렸지만, 그래도 우렁차게 소리를 지르면서 기사들은 나에게 맞섰다.

오른손에 미스릴, 왼손에 흑룡 뿔로 만든 총검 브륀힐드를 모두 빼 들고, 나는 나를 향해 달려드는 기사들에게 마구 총알을 발사했다.

그리고 1분도 안 돼 기사들을 모두 완벽하게 제압했다. 그러니까 사람 말 좀 들어.

〈정말 귀찮은 녀석들이군요.〉

"누가 아니래."

내 뒤에서 종종걸음으로 따라오는 코하쿠의 말을 듣고, 무심코 나는 고개를 끄덕이고 말았다. 근데 어쩌면 좋을까. 이대로 불법 침입을 하는 것도……. 아.

나는 쓰러진 기사 한 명에게 【리커버리】를 사용해 마비를 풀어 주었다.

"이곳에 네스트 어쩌고 하는 사제가 있지? 그 사람을 좀 불러와 줘. 싫다고 하면 머리의 비밀을 폭로하겠다고 말하고."

그 대머리 사제라면 나를 잘 알고 있으니까. 적어도 나름대로의 대우는 해 주겠지.

그 기사는 벌벌 떨면서도 신전 안으로 사라져 갔다. 잠시 뒤, 온몸을 새하얀 갑옷으로 두른 성기사 같은 녀석들을 우르르 데리고 네스트 사제가 나타났다. 앗, 가발을 새 걸로 바꿨네?

"이게 누구십니까……. 브륀힐드 공왕 폐하?! 왜 이런 곳에 오셨습니까?! 아니, 그런 것보다 이 상황은 대체 어떻게 된 것입니까?"

"교황에게 할 이야기가 있어서 왔다. 이 사람들은 갑자기 날 습격해서 격퇴했을 뿐이야. 사람의 말을 너무 안 듣더군."

땅에 굴러다니는 기사들을 가리키며 나는 네스트 사제에게 자초지종을 설명했다.

"지금 무슨 짓을 했는지 알고 있습니까? 당신은 다른 나라의 병사를 공격하여 억지로 신전 안으로 침입하려고 한 겁니다. 이건 국제 문제입니다!"

"갑자기 검을 들고 다른 나라의 왕을 습격하는 건 국제 문제가 아니란 말인가? 그쪽이야말로 무슨 짓을 했는지 아나?"

네스트가 나를 노려보아서 나도 똑같이 노려보았다. 귀찮아. 이 녀석, 분명히 나를 엄청 싫어하겠지? 물론 좋아해 주길 바라는 것도 아니지만. 됐으니까 빨리 좀 안내해.

"뭐 하나?"

신전 안쪽에서 번쩍이는 로브를 입은 장년의 남자가 나타났다. 머리를 올백으로 넘기고, 코밑수염을 기른 사람이었다.

꼭 어딘가의 독재자 같았다. 이쪽은 키가 크지만.

"제온 추기경……."

네스트 사제가 뒤를 돌아보며 그렇게 중얼거렸다. 추기경?
추기경은 아마 교황 바로 아래에 몇 명인가 있는 지위가 높은
사람이었지?

"네스트 사제, 이 사람은 뭔가? 신성한 신전에서 소동을 일
으키다니 아주 불쾌하군."

첫, 하고 혀를 차면서 추기경이 사제를 바라보았다. 으으
응? 꽤 태도가 거만하네.

"이, 이자는, 아니, 이분은 브륀힐드 공국의 폐하이십니다.
교황 예하와 면담을 하고 싶다고 하십니다."

"뭐라……!"

추기경은 눈을 번쩍 뜨고 나에게 시선을 돌리더니, 유심히
나를 평가하듯이 관찰했다. 왜 이러지? 평상복이 아니라 더
그럴듯한 옷을 입고 왔어야 하나? 다음에 자낙 씨에게 한 벌
맞춰 달라고 하자. 세상엔 사람을 겉모습만 보고 판단하는 녀
석들이 너무 많으니까.

"브륀힐드 공왕 폐하셨습니까?"

"그렇습니다."

"일국의 왕이 직접 우리 교황 예하께 무슨 일이십니까? 괜찮
으시다면, 제가 말씀을 듣겠습니다."

"그건 직접 교황 예하에게 말씀드리겠습니다. 안내를 부탁

할 수 있을까요?"

　나와 추기경은 서로 웃으며 마주 보고 있었지만, 둘 다 서로의 의중을 떠보는 중이었다. 아무리 봐도 이 녀석은 별로 신뢰할 수 있는 녀석이 아니다. 지금 필리스의 사형을 중지시켜 달라고 부탁해도, 과연 그 말이 교황에게까지 전해질지 어떨지굉장히 의심스럽다.

　"……이쪽으로 오시죠."

　나는 추기경의 안내를 받아 신전 안으로 들어갔다. 주변을건장한 성기사들이 지키고 있는 가운데, 나는 안내를 받은 곳에서 기다려야 했다. 그러는 동안에도 나는 성기사들의 잔뜩노려보는 시선을 받으며 아무 말 없이 의자에 앉아 있었다. 여긴 완전히 적지구나.

　설마 이곳에서 습격을 할 리는 없겠지만, 경계를 안 하는 것보다는 하는 것이 낫다.

　잠시 뒤, 추기경이 방으로 나를 찾아왔다.

　"교황 예하가 만나 보시겠다고 하십니다. 이쪽으로 오시죠."

　다시 추기경의 안내를 받아 신전의 복도를 걸었다. 쓸데없이 큰 신전이네. 이윽고 긴 계단이 끝나자, 위쪽의 금색 테두리로 장식된 화려한 문이 열렸고, 큰 방이 하나 나왔다.

　벽 왼쪽에는 제온 추기경과 똑같은 로브를 걸친 자들과 사제로브를 걸친 자들이 몇몇 있었고, 오른쪽에는 성기사들이 쭈욱 늘어서 있었다. 그리고 정면의 한 계단 정도 높은 곳에, 크고 긴 모자를 쓰고 순백의 로브를 몸에 두른 눈빛이 날카로운 늙은 여자가 앉아 있는 모습이 보였다. 저 사람은 여자 교황, 엘리어스 올트라인가.

"신전에 어서 오십시오, 브륀힐드 공왕 폐하. 갑작스러운 방문에 조금 놀랐지만, 교황으로서 환영하는 바입니다."

"처음 뵙겠습니다 교황 예하. 이런 형태로 방문드린 점, 용서해 주십시오."

나는 그렇게 말하며 고개를 숙였다. 이쪽에게 잘못은 없지만, 이곳의 기사들을 때려눕힌 것도 사실은 사실이니까.

"……여쭙고 싶은 일은 많지만, 일단은 이야기를 좀 들어 봤으면 합니다. 왜 우리 신전에 오셨습니까?"

"이쪽의 사제, 필리스 루기트의 사형을 중지해 달라고 부탁을 하고자 왔습니다."

내가 그 이름을 언급하자, 실내가 웅성거리는 소리로 가득 찼다. 교황은 그런 모습을 슬쩍 한 번 본 다음, 나를 흘깃 노려보았다.

"참으로 이상한 소리를 하시는군요. 다른 나라가 죄인을 처형하는 일에 간섭을 하다니. 도저히 일국의 왕다운 행동이라고는 생각하기 어렵습니다만."

"……죄인이라고 했습니까. 대체 무슨 죄를 지었다고 그러시는 거죠?"

"주신(主神)이신 라루스님을 존재하지 않는 신이라고 말했습니다. 그것은 사제에겐 용서받을 수 없는 배신행위. 그는 잇달아 사람들을 습격한 뱀파이어가 아닌가 하는 혐의도 추가된 상태로, 어둠의 속성을 지닌 사악한 영혼은 반드시 정화되어야 합니다."

뭐? 필리스가 뱀파이어? 대체 무슨 말이지? 뱀파이어인데 그걸 숨기고 사제가 되었단 말이야?

〈주인님. 속아 넘어가서는 안 됩니다. 그 아이는 확실히 인간이었습니다. 그 정도는 냄새로 확실히 알 수 있습니다.〉

코하쿠가 텔레파시를 보냈다. 역시 코하쿠. 그런데 좀 수상쩍네. 너무 일을 시나리오대로 딱딱 맞춰 가는 느낌이 들어.

"좀 이상하네요. 필리스가 뱀파이어라고 한다면 지금까지 그걸 꿰뚫어 보지 못했다는 건가요? 신의 힘인가 뭔가로."

"……라루스님은 결코 악을 용서하지 않으십니다. 반드시 천벌을 내리시지요. 이번처럼."

뭐가 천벌이야. 그냥 입을 막기 위한 구실이면서. 혹시 라루스라는 신이 없다는 걸 알고 있는 게 아닐까 하고 나는 할머니를 의심했다.

"그런 것치고는 피해자가 아주 많았던 모양이던데요? 더 빨리 천벌을 내려 주셨으면 그 사람들이 피해를 입지 않았을 것 같습니다만?"

"피해자들도 무언가 죄를 지었겠지요. 신앙심이 깊었다면 틀림없이 죽지 않았을 겁니다."

말이 안 통하네. 사람이 죽은 다음에 이유를 그런 식으로 붙여서는 아무런 증거도 안 남잖아.

"……그럼 절대 필리스의 사형을 그만둘 생각이 없다는 말씀입니까?"

"악은 반드시 처벌되어야 합니다. 그렇게 하면 영혼은 정화되지요. 그래야 죄를 지은 자도 구원을 받습니다."

……하아. 정말 어처구니가 없으려니. 신을 믿지 않으면 악. 뭔가 좀 좋은 게 있으면 모두 신 덕분. 뭔가 이상한 게 있으면 신앙심이 없어서. 그런 식으로 사람 한 명의 목숨을 법을 통해 빼앗으려 하니, 어처구니가 없을 수밖에.

"바보 같아. 당신들 정말 구제불능이구나?"

"아니……?!"

내 말을 들은 주변 사람들이 그대로 얼어 버렸다. 교황마저도 눈을 휘둥그렇게 떴다. 더 이상 정중하게 대해 줄 필요가 없다는 생각이 들었다. 말이 안 통하니, 이쪽은 하고 싶은 대로 행동할 수밖에.

"단언하지. 빛의 신, 라루스는 없어. 모두 다 만들어진 신일 뿐이고, 필리스는 그 사실을 깨달은 것에 불과해. 당신들이 신을 얼마나 진실하게 믿든 그건 자유지만, 믿지 않는 사람을 악이라고 단정 짓는 짓은 그만두는 게 좋아. 자신들만 특별하다고 착각하지 말란 말이야!"

"네 이놈! 우리의 신을 우롱하는 것이냐?!"

오른쪽에 늘어서 있던 성기사들이 일제히 검을 들고 손을 뻗었다.

"그거 참 미안하네. 그럼 이곳에 있다는 라루스를 데리고 와. 그럼 무릎 꿇고 사과할 테니까."

데리고 올 수 있다면 말이지.

"나는 당신들의 신을 부정하겠어. 신의 이름으로 정의를 부르짖고, 죄 없는 소녀를 죽이려고 하는 그 가르침을 부정하는 거야. 한 번 더 말하지. 당신들이 믿는 신은 없어."

아무리 생각해도 이 나라의 종교는 이상하다. 1000년 전부터 존재했다고 하면서, 자국민 이외에는 거의 확산되지 않았다. 내가 살던 세계와는 달리 마법도 존재하니까, 이른바 명백한 '신의 기적'은 존재하지 않는다고 해도, 왜 이렇게 종교가 확산되지 않은 거지?

만약 내가 원래 살던 세계에서 치유 마법을 사용할 수 있다면, 순식간에 신흥 종교의 교주가 될 수 있다. 사기라고 말하는 녀석도 있을지 모르지만, 다친 곳을 치료한 것만큼은 사실이니, 적어도 본인은 믿어 줄 게 틀림없다. 하지만 이쪽에서는 사람들이 감사는 해도 '신의 기적'이라고는 믿지 않는다. 그건 마법. 이쪽에서는 당연한 일이니까.

종교라고는 하지만, 그것이 주변에 당연하다는 듯이 존재하기 때문에 이 나라에서는 어쩔 수 없이 받아들여야 하는 그런 것이 아닐까. 신을 믿고 믿지 않고의 문제가 아니라, 마인드컨트롤 같은 지배.

사실 이 나라와 동맹을 맺고 있는 나라는 한 나라도 없다. 이나라, 아니, 이 토지에만 무언가가 있는 것일까.

예를 들어 벨파스트에서는 사람들이 신보다는 정령을 더 신앙의 대상으로 삼을 때가 많다. 신은 본 적이 없지만 정령은 본 적이 있다고 말하는 사람이 가끔 있는 모양이었다. 내가 아는 하느님에 의하면, 정령은 신의 권속(眷屬) 중의 권속 같은 느낌인 듯하지만.

음, 내가 원래 있던 세계의 종교나 상식에 비춰 생각해 봐야 헛수고인가. 이쪽 세계가 지구처럼 둥근지도 의심스러운 마당에.

내가 있던 세계의 종교와는 명백하게 다르다. 어딘가 일그러져 있는 것 같다. 사람을 구원하기 위해서라든가, 마음의 안정을 얻기 위해서라든가, 그런 사상이 별로 느껴지지 않았다. 자신들을 대적하는 사람들을 가만두지 않겠다는 사상은 느껴지지만.

이 나라에 와서 그런 사실을 실감했다. 이 나라에는 틀림없이 감추어진 무언가가 있다.

"그렇게 생각했기 때문에 일부러 잡힌 거야."

〈네에…….〉

지하의 철 격자 안에서 미묘하게 나를 바라보는 코하쿠에게, 나는 그런 설명을 해 주었다. 진짜라니까. 내가 마구 날뛰면, 이쪽이 일방적으로 나쁜 사람이 되어 버리잖아. 일단 확실한 증거를 잡고 움직여야 한다. 순간적인 감정 때문이라는 사실 자체는 인정할 수밖에 없지만.

〈그럼 이제부터 어떻게 할 생각이신지요?〉

"……어떻게 하면 좋을까?"

코하쿠가 점점 더 의심스러운 눈빛으로 나를 바라보았다. 알아알아, 그냥 농담 좀 해 봤어.

"일단 필리스의 안전을 확보해야 해. 그리고 정보 수집. 물론 여기서 나가는 게 급선무겠지?"

어둑어둑한 지하 감옥은 다다미 여섯 장 정도의 넓이였다. 석벽과 돌바닥, 튼튼한 철 격자. 어쨌든 간에 다른 나라의 왕인데 이런 취급을 하다니, 너무한 거 아닌가? 아무리 자신들의 신을 부정했다고는 해도 말이야. 아니면 브륀힐드 공왕의 이름을 사칭하는 불한당이라고 생각하기로 작정한 건가?

말 되네~. 그러면 처형을 해도 나중에 어떻게든 변명을 할 수 있으니까. 항의를 받아도, 그런 사람은 오지 않았다고 말하면 우리 나라가 뭐라 할 말이 없겠지.

쳇, 얼른 탈출이나 하자.

"【미라주】."

나는 나와 코하쿠의 환영을 만들고, 감옥의 구석 쪽에 배치해 두었다. 괜히 소동이 일어나면 귀찮으니까.

【게이트】를 사용할까 했었는데, 이동을 방해하는 결계가 쳐져 있었다. 그 대머리 사제가 내 능력에 대해 알려 줬겠지. 물론 나가는 방법이야 그 외에도 있으니 상관없지만.

"앗, 그전에 모습을 지워야겠지?"

빛 마법【인비저블】을 사용해, 나는 나와 코하쿠를 모두 투명하게 만들었다. 이렇게 하면 나와 코하쿠는 서로를 볼 수 있지만, 다른 사람은 우리를 볼 수 없다.

나는【모델링】을 사용해 철 격자를 찌그러뜨려 감옥 밖으로 나갔다. 그냥 놔두면 금방 들키니, 나가면서 철 격자를 원래대로 되돌려 놓았다.

좁은 계단을 올라가 위쪽 층으로 올라가니, 돌로 만들어진 통로가 나왔는데, 그곳에는 좌우로 나란히 문이 있었다. 그리고 안쪽을 보니 더 위로 올라가는 계단이 보였다. 이쪽은 아직 지하구나. 저 앞에 감옥을 지키는 문지기가 있겠지.

나란히 있는 문에는 번호가 부여되어 있었는데, 내가 올라

온 문에는 '4' 라고 적혀 있었다.

"지도 검색. 필리스 루기트."

〈알겠습니다. ——검색 종료.〉

스마트폰에 비친 신전의 지도를 보니, 필리스는 이곳에서 오른쪽 가장 안쪽에 있는 '8' 번 문 지하 감옥에 있는 듯했다.

나는 곧장 지도를 껐다. 스마트폰 자체는 사라졌지만, 공중에 비친 영상 자체는 그대로 보였기 때문이다. 누가 보면 괜히 귀찮아진다.

나는 계속해서 '8' 번 문을 열고 어둑어둑한 지하로 이어진 계단을 쭉 내려갔다.

계단은 바로 끝났고, 막다른 곳의 감옥 안에 고개를 숙인 필리스가 보였다. 다행이야. 무사했구나. 고문을 받거나 하지도 않은 듯했다.

어? 혼자가 아닌가? 누군가가 또 한 사람, 바닥에 누워 있었다.

"필리스……. 필리스……."

너무 큰 소리를 낼 수는 없었기 때문에, 나는 속삭이듯이 말을 걸었다. 몇 번인가 불러서야 겨우 필리스가 천천히 고개를 들었다.

"목소리……. 누구? 누구세요……?"

주변을 두리번거리며 둘러보기 시작하는 필리스. 아, 맞다. 내가 모습을 지웠었지? 나는 【인비저블】을 풀고 모습을 드러냈다.

"브륀힐드 공왕 폐하……!"

깜짝 놀라는 필리스를 일단 놔두고【모델링】으로 철 격자를 일그러뜨렸다. 그리고 훌쩍 몸을 옆으로 숙여 안으로 들어갔다. 응? 내가 있던 감옥보다 조금 크네? 사람을 차별하다니.

"왜 여기에……?!"

"너를 구해 주러 왔어. 나 때문에 사형을 당할 위기라고 들어서 말이야."

"아니요! 그건 폐하의 탓이 아닙니다! 모두 저의……!"

"쉿~ 목소리가 커."

급히 자신의 입을 양손으로 막는 필리스.

……………………후우, 다행이야. 아무래도 안 들켰거나, 혼잣말을 하고 있는 것이라 생각한 듯하다. 감옥 문지기가 다가오는 듯한 기척은 느껴지지 않았다.

"그런데 그곳에서 자는 사람은 누구야? 여자?"

"이 사람……. 아니, 이분은……. 이 나라의 교황 예하, 엘리어스 올트라 님이십니다……."

"뭐?!"

무심코 큰소리를 내서 이번엔 내가 내 입을 손으로 막았다.

엘리어스 올트라?! 교황이라니……?! 어? 그럼 조금 전에 만난 눈빛이 날카로운 할머니?! ……아무래도 아니지? 완전히 딴 사람이잖아. 자고 있는 얼굴을 한 번 더 들여다봤는데,

이쪽은 표정이 매우 부드러웠다. 조금 전의 할머니와 나이는 비슷해 보이지만.

"이 사람이 엘리어스 올트라야? 난 조금 전에 교황이라는 사람이랑 만나고 왔는데."

"……그 사람은 다른 사람입니다. 비슷한 나이에 눈이 날카로운 분이었나요?"

"응, 그런 느낌이었어."

"그분은 아마도 큐레이 추기경입니다. 제온 추기경의 누나이죠."

나쁜 사람처럼 보이는 그 코밑수염의 누나였어? 어? 잠깐만. 그럼 가짜 교황을 앞혀 놓고, 내가 알현하게 만들었다는 거야? 그렇다면 그곳에 있는 녀석들 모두가 한패인가? 대체 일이 어떻게 된 거지?

"미안. 무슨 이야기인지 잘 모르겠어. 차근차근 설명 좀 해 줄 수 있을까?"

필리스의 말을 요약하면 이렇다. 필리스는 귀국한 뒤에 무슨 일이 있었는지 교황에게 말을 해 주었다. 그러자 자신들의 신을 부정하고 교의에 이의를 제기하는 필리스를 보고 추기경들은 노발대발했다. 하지만 교황은 그런 추기경들을 달랬고, 일부 사제들이 그런 추기경들을 말리려 했다.

교황이 신을 부정한 자신을 옹호할 거라고는 생각도 못 했던 필리스는 깜짝 놀랐지만, 결국 감옥에 끌려가는 일만큼은 막을 수 없었다.

그리고 며칠이 지난 뒤, 이번엔 쇠약해진 교황 예하가 이곳으로 들어왔다.

"그런데 왜 또 교황을 감옥에다……."

"……그것은 이 나라의 비밀을 지키기 위해서, 입니다……."

교황 예하가 눈을 번쩍 뜨더니, 나를 바라보았다. 일어나 있었던 건가. 교황의 눈은 오른쪽이 푸르렀고, 왼쪽은 옅은 초록색이었다. 오드아이. 설마 유미나와 마찬가지로 마안을 소유한 사람인가?

"브륀힐드, 공왕 폐하, 이지요……? 엘리어스 올트라입니다……."

교황 예하가 힘없이 몸을 일으켰다. 하지만 상당히 힘이 드는 모양이었다. 일단은 회복을 시켜 줘야겠어.

나는 【리커버리】와 【리프레시】를 걸어 교황 예하의 몸을 회복시켜 주었다. 그다음은 【큐어힐】로 마무리.

왜 교황 스스로 자신에게 마법을 걸지 않았나 하고 생각했지만, 빛의 신을 믿는다고 해서 빛 마법을 사용할 거라고는 할 수 없구나. 빛과 어둠 속성을 지닌 사람은 별로 없다고도 하니까.

판타지 게임 같은 곳에서는 회복 마법을 사용하는 승려 같은 사람이 신의 힘을 빌려서 회복시키는 게 보통이지만. 정말 그게 가능했다면 신앙이 더 널리 퍼졌을지도 모른다. 신을 믿지 않으면 마법을 사용할 수 없었을 테니까.

"······감사합니다. 굉장히 좋아졌습니다."

"다행이네요. 그런데 왜 이곳으로 끌려온 건가요? 나라의 비밀이라고 하셨죠?"

"······."

교황은 잠시 침묵을 지켰다가, 단단히 결심을 한 듯 고개를 들었다.

"이것은 우리 교국의 건국과 관련된 비밀인데······. 이제 여러분에게 숨겨도 아무런 의미가 없는 일이겠지요. 필리스가 말한 대로, 빛의 신 라루스라는 신은 존재하지 않습니다."

깜짝 놀랐다. 교황이 주신의 존재를 부정할 줄이야. 옆에 있던 필리스조차도 깜짝 놀란 듯했다.

"이 일은 추기경도 모두 다 알고 있습니다. 저도 사제에서 추기경이 됐을 때, 전 교황에게 들은 이야기이니까요."

그럼 다 알면서도 마치 신이 있는 것처럼 신자로서 행동했다는 건가?

응? 그래도 이상한데. 우리는 실제로 하느님을 만나 봤으니 알지만, 실제로는 신이 있는지 없는지 확인할 길이 없지 않나? 어떻게 빛의 신 라루스가 없다고 단언할 수 있지?

"원래 이 땅은 마수와 마물, 그리고 사악한 영이 살던 곳이었습니다. 그곳에 나타난 사람이 빛의 신관이라고 불리는 라미레스 님입니다. 하지만 라미레스 님은 신관이 아니었습니다."

"신관이, 아니라고요······?"

라미레스라면 라밋슈를 건국한 녀석일 텐데? 대체 무슨 말이지?

"라미레스 님은 신관이 아니라 사실은 소환술사였습니다. 어둠 속성의 마법사였던 거죠."

"아니……?!"

"라미레스 님이 이 땅을 정화하기 위해 빛의 신 라루스님을 불러냈다고 하지만, 사실은 다릅니다. 라미레스 님이 소환술로 불러낸 것은 어둠의 정령이었습니다. 그 어둠의 정령을 이용해 이 땅의 마물과 마수를 토벌한 뒤, 라미레스 님은 한 가지 계획을 떠올리고 실행에 옮기셨습니다."

역시 하느님이 말한 대로 정령을 불러낸 거였구나. 그것도 빛의 정령이 아니라 어둠의 정령. 어느 쪽이든 간에 정령을 불러낼 수 있을 정도였으니, 그 라미레스라는 사람도 상당한 실력자였겠지. 그런데 계획이라니?

"라미레스 님은 어둠의 정령이 지닌 힘, 즉, 정신에 영향을 미치는 힘을 이용해, 이 땅에 왕국을 세우기로 결심했습니다. 그래서 만들어진 것이 라루스교(敎)입니다. 어둠의 정령은 이 땅에 사는 사람들의 정신에 영향을 미쳐 라미레스 님의 생각에 동조하도록 조종하였습니다. 대부분의 사람은 라미레스 님의 가르침을 의심 없이 받아들였고, 결국 라밋슈 교국이라는 나라가 탄생했습니다."

허어억, 그게 뭐야? 그건 세뇌잖아. 아니, 직접적인 세뇌와는 다를지도 모르지만, 자신의 생각에 동조하게 만들다 니……. 최면 상태라는 말인가?

"그렇게 어둠의 정령이 정신에 미치는 영향이 강했나요?"

"라미레스 님의 생각을 쉽게 받아들이도록 했다는 모양이지만, 마력 저항이 강한 사람에게는 효과가 별로 없었다고 합니다. 그래서 빛의 신 라루스라는 존재가 탄생했습니다. 정신에 영향을 미치는 힘과 신. 이 두 가지를 조종하여 라미레스 님은 사람들의 마음을 장악한 것입니다."

정말 터무니없는 녀석이네, 라미레스인가 뭔가 하는 녀석. 이야기를 듣고 보니 확실히 밖으로 빠져나가서는 안 되는 비밀이었다. 교국의 존재 자체가 붕괴될 수도 있으니까. 빛의 신을 믿는 교단이 사실은 어둠의 정령의 힘으로 세워진 나라라니.

"……교국의 비밀은 잘 알았습니다. 그런데 왜 교황 예하는 이곳에 갇히게 된 거죠?"

"제가 필리스를 감쌌기 때문에 혹시 비밀을 밝히지나 않을까 생각한 거겠지요. 큐레이 추기경과 제온 추기경 남매는 원래 교황의 지위를 노리고 있었기 때문에, 쇠뿔도 단김에 빼 듯 저를 탄핵했습니다. 그리고 저에게 이상한 약을 먹였는데 정신을 차려 보니 이런 상태였습니다. 저에게 교황의 자리를 양위받기 위해, 죽이지는 않았던 모양입니다만……."

아하. 조금 전에 찾아갔을 때는 내가 어떤 이야기를 하기 위해 이 나라에 왔는지 몰랐던 데다 교황도 없어서 날 속이며 상태를 봤던 건가? 필리스 사건도 있고 하니 경계를 했던 거겠지. 하지만 참 대처가 형편없네.

"그런데 교황 예하는 왜 필리스를 감싼 거죠? 교황이라는 위치에서 보면, 신의 존재를 뒤흔들 수도 있는 발언을 한 필리스를 도울 필요는 없었던 거 아닌가요?"

그래. 교황의 입장에서는 필리스의 존재가 방해 그 자체였을 텐데.

"……저는 신을 믿었기 때문에 사제가 되었습니다. 그런데 더욱 신을 믿고 일을 하고자 하여 추기경이 되었을 때, 진실을 알아 버렸습니다. 신은 존재하지 않는다는 진실을 말이지요. 그 뒤로 저는 오직 교국을 위해 일해 왔습니다. 큰 비밀을 알게 된 이상, 저는 뒤로 물러날 수 없었습니다."

그 마음을 모르는 건 아니다. 교국을 버리면 아마 확실하게 제거될 테니까. 죽은 자는 말이 없다. 교국의 비밀을 안 이상, 끝까지 함께할 수밖에 없다.

"그리고 문득 정신을 차려보니 저는 교황의 자리에 올라 있었습니다. 허무한 지위일 뿐이었지만, 그래도 내팽개칠 수는 없었습니다. 그리고 얼마 전, 필리스의 이야기를 들은 거지요. 신이 존재하지 않는다는 이야기를."

그렇게 말하면서 교황은 필리스를 바라보았다. 그리고 미소를 지으며 기쁜 목소리로 나에게 말했다.

"그때 저의 마음이 어땠는지 아시나요? 빛의 신 라루스는 존재하지 않았지만, 신은 확실히 존재했고, 그 신을 만났다는 소녀가 눈앞에 있었습니다. 소녀가 들었다고 하는 신의 말씀을 더 자세하게 듣고 싶다고 생각한다 해서 이상할 건 없지 않을까요?"

"혹시 필리스가 거짓말을 하는 게 아닐까 하고는 생각하지 않으셨나요?"

내가 그렇게 묻자, 교황은 자신의 왼쪽 눈을 가리켰다. 그러자 연했던 녹색 눈동자가 진해졌다.

"저는 사람의 거짓말을 꿰뚫어 볼 수 있는 마안을 지니고 있습니다. 이것이 교황으로 선택된 이유 중 하나이기도 하지요……. 필리스가 거짓말을 하는 것이 아니라는 사실은 바로 알 수 있었습니다. 정말로 신이 존재한다는 이야기를 듣고 매우 기뻤습니다. 그리고 소녀가 부러웠습니다. 저도 신을 만나고 싶었습니다……."

차분하게 중얼거리는 교황 예하. 아, 앞으로 어떤 일이 벌어질 건지 예상이 가네. 방금 확실하게 사태의 전개를 확실하게 읽었습니다!

나는 옆에 있던 코하쿠를 바라보았다. 이거 봐! 멈췄잖아!

"불렀는가?"

눈부신 빛에 휩싸인 가운데, 어둑어둑한 지하 감옥에 하느님 강림.

아무리 생각해도 이 하느님은 행동이 너무 가벼워!

◇　　　◇　　　◇

"계속 보고 계셨나요?"

"조금 신경이 쓰여서 말이지. 그런데 아가씨가 붙잡혀서, 쓸데없는 짓을 했나 싶어 죄책감이 들더군. 직접 살려 줄 수도 없고 말이야."

물론 마음은 충분히 이해가 간다. 하느님이 쓸데없이 부추기는 바람에 이렇게 됐다고도 할 수 있으니까.

문득 필리스와 교황을 보니, 필리스는 고개를 숙이고 넙죽 엎드려 있었고, 교황은 깜짝 놀라 눈을 휘둥그렇게 뜬 상태였다.

"저어……. 공왕 폐하, 이분은 누구시죠?"

"하느님이에요."

"하느님……?!"

교황이 분주하게 나와 하느님을 번갈아 바라보았다. 어? 깜짝 놀라기는 해도, 별로 믿지는 않는 건가? 아, 지금 나한테 마안을 썼구나. 거짓말이 아니라는 사실은 눈치챈 듯하지만, 굉장히 당황한 모양이네.

"그래, 하느님. 그 번쩍~ 하는 것 좀 해 줘 보세요."

"응? 얼마 전에는 하지 말라고 했지 않았나?"

"그러는 편이 훨씬 이해하기 쉬울 것 같아서요."

하느님이 흐음, 하고 중얼거리더니, 곧장 번쩍~ 하고 신기를 내뿜기 시작했다. 우오오, 압박감이 장난 아냐.

이게 신의 위엄인가. 이게 후광이라고 하는 건지, 아우라가 정말 대단했다. 그야말로, 이 사람이 신이라는 사실을 아무런 이유도 없이 이해하게 되는 빛이었다.

그 빛을 본 교황 예하도 곧장 옆의 필리스와 마찬가지로 바닥에 납작 엎드렸다.

"이제 됐는가?"

"네, 됐어요."

내가 그렇게 말하자 빛의 압력이 사라졌다. 근데 좀 그러네. 왜 이 사람들에 비해 나는 저항력이 강한 걸까? 이것도 하느님이 나에게 부여해 준 힘 덕분일까?

"왜 그러지?"

"아니요. 왜 저는 그 빛을 봤는데도, 이렇게 되지 않나 싶어서요. 저한테 뭔가 부여해 주셨나요?"

하느님은 엎드려 있는 두 사람을 바라보면서 고개를 갸웃했다.

"……그러고 보니 이상하군. 신기를 받은 인간은 대체로 이렇게 되는데 말이지. 하지만 나는 다른 조치를 취하진……. 아!"

"……아, 라니 뭔데요?"

방금 완전히 '뜨악!' 하는 얼굴이었지?! 한 거 맞죠?! 아, 시선을 피했다. 휘파람 불지 마요. 시치미를 떼는 방법이 너무 고전적이야!

"······하느님?"

"아~ 그러니까······. 잠깐 기다리게."

하느님이 오른손을 머리 위로 올리더니 무슨 힘 같은 것을 발사했다. 방금 건 뭐지?

"이 두 사람의 시간도 멈춰 뒀네. 괜히 들으면 귀찮아지니 말이야."

그런가? 두 사람 다 계속 몸을 굽히고 있어서 시간이 멈췄나 안 멈췄나 알기 어렵지만.

"그래서요? 무슨 일인데요?"

"아······. 자네는 원래 세계에서 한 번 죽은 목숨이지. 그래서 내가 자네를 다시 살려 준 것인데."

"네."

새삼스럽게 뭘 또. 그래서 이렇게 내가 건강하게 사는 중이잖아.

"원래 죽은 육체를 다시 되돌릴 때는 신체의 손상된 부분이나 영체(靈體)의 결손 부분을 해당 세계의 구성 물질로 다시 만드는 것이 일반적인 부활 방법이네만. 자네가 죽었을 때는 내가 당황을 해서 말이야. 육체를 신들의 세계, 신역(神域)이라고 하는 곳이네만. 그곳에 불러들인 다음에 부활을 시켜 버렸어."

"······그러니까, 뭔데요?"

"자네의 몸과 영체를 구성하는 물질은 신역의 물질, 즉, 알기 쉽게 말하면 신의 몸에 가깝다는 거네."

네에?! 그게 무슨 말이에요?!

"근데 전 달리면 지치고, 다치기도 하는데요? 신의 몸에 가깝다니, 별로 실감이……."

"그거야 다시 태어난 지 1년밖에 안 돼서 그런 것이겠지. 다른 사람과 다른 점은 없었나? 짚이는 곳 없어?"

……짚이는 곳. 마력량이라든가, 무속성 마법이라든가. 그건 하느님이 능력을 높여 줬기 때문이 아니었던 건가……? 아, 결국엔 하느님 때문인 건 마찬가지이지만.

"내가 실수했구먼. 핫핫핫."

"핫핫핫은 무슨. ……그래서요? 뭐 나쁜 점이라도 있나요?"

"아니, 아무것도 없네만? 튼튼한 몸을 손에 얻었다고, 편히 생각하게. 이상한 힘이 눈을 뜰지도 모르지만, 그때는 또 알려 주고."

이상한 힘이라니, 뭔데?! 설마 나까지 하느님처럼 번쩍~ 하는 빛을 내뿜는 건 아니겠지……?

……아무튼, 좋아. 죽는다든가 이상한 부작용만 없다면. 지금까지처럼 살아갈 수 있다면 아무 문제 없어.

아, 그러고 보니.

"하느님, 프레이즈라고 알아요?"

"프레이즈? 그건 뭔가?"

역시 모르는 건가. 내가 여기에 오기 전까지는 이쪽 세계를 거의 들여다보지 않았다고 했으니까. 하느님의 말대로, 이쪽 세계가 멸망할 위기에 직면한다 하더라도, 그건 이쪽 세계의 사람들이 어떻게든 하는 것이 기본이다.

그런데 하느님이 전혀 손을 대지 않았다면, 5000년 전에 누가 프레이즈를 물리친 거지……?

하느님이 다시 오른손을 들고 힘을 발산했다. 두 사람의 시간을 다시 흐르게 한 것이겠지. 하지만 코하쿠는 아직도 가만히 멈춰 있었다. 같은 일행인데 혼자만 움직이지 않으니 좀 불쌍하네…….

"두 사람 모두 고개를 들라. 아가씨, 이렇게 되어 버려 미안하구먼."

"아, 아닙니다! 다, 다다다다, 당치도 않습니다!"

"그쪽의 교황인가도 말려든 것 같군. 미안하네."

"아, 아……. 황송하옵니다……."

두 사람 모두 겨우 고개를 들었다. 필리스는 두 번째 만나는 거라 그런지, 긴장은 했지만 행동이 평범하게 보였다. 그에 반해 교황 예하는 푸른색, 녹색 눈동자 양쪽으로 주르륵 눈물을 흘렸다. 당연하다면 당연한 건가.

"이야기는 들었구먼. 지금까지 참 힘들었을 듯하군. 비밀을 안고 살아가는 것은 힘든 일이지. 이제 괜찮네."

"정말 과분한 말씀입니다……."

"괜찮다니, 어떻게 할 생각이신데요?"

설마 하느님 본인이 번쩍~ 하고 나타나, '빛의 신은 없다. 이걸로 교단 해산!' 하고 말할 생각인가? 그게 물론 가장 빠른 방법이긴 하지만.

"그것은 이 사람, 토야가 어떻게든 해 줄 걸세."

책임 전가냐?! 너무 무책임한 거 아니에요?! 물론 하느님의 힘을 빌리면 안 된다는 거야 잘 알지만요!

"음~ ……추기경을 쓰러뜨리면 된다는 그런 이야기도 아니니 문제네. 진실을 국민들에게 알리면 틀림없이 패닉이 일어날 테고 말이야."

그전에, 믿어 주지 않을 가능성이 높겠지? 아마 이쪽을 거짓말쟁이로 몰아붙일 거야.

"국민은 아무런 잘못도 없지만, 과정이야 어쨌든 빛의 신을 믿고 있으니. 그런데 '빛과 정의의 이름으로' 무슨 일이 있어도 악을 쓰러뜨려라! 라는 생각은 좀 지나친 것 같아요."

"이 나라는 이미 신 없이는 존재할 수 없습니다. 하다못해 교의라도 바꿀 수 있으면 좋을 텐데요……."

고개를 숙인 채 교황이 중얼거렸다.

하지만 교의를 바꾸는 일은 그렇게 쉬운 일이 아니다. 지금까지의 신앙을 절반쯤 버리는 거나 마찬가지이니까. 어떻게 하면 좋을까……?

생각을 바꿀 수 있을 만한 계기가 있으면 좋을 텐데. 진짜 신이 신자들 앞에 나타나는 건 완벽한 간섭이고……. 역시 우리가 어떻게 해 볼 수밖에 없는 건가……?

"아무튼, 그건 토야에게 맡기겠네. 그런 것보다 이 아래쪽에 있는 녀석을 어떻게든 하는 게 좋을 거라 생각하네만."

하느님이 발로 지하 감옥의 돌바닥을 탁탁 두드렸다. 아래? 그 말을 듣자마자 교황 예하의 표정이 잔뜩 굳었다.

"눈치채고 계셨군요……. 이 나라를 건국한 라미레스 님이 불러낸 어둠의 정령……. 그게 이 신전의 지하에 아직도 존재한다는 사실을."

"뭐?!"

건국을 한 뒤로 1000년이나?! 일단 정령이라도 소환수랑 마찬가지잖아? 게다가 이쪽 세계에 계속 존재하려면 마력도 공급받아야 하고. 아니, 그전에 왜 어둠의 정령이 아직 있는 거지?!

"라밋슈 교국을 건국한 라미레스 님은 조금씩 어둠의 정령에게 지배를 당해, 결국엔 정신을 완벽하게 침식당했습니다. 그리고 정령과 일체화한 라미레스 님은 당시의 추기경들에 의해 이 땅에 봉인되었습니다. 추기경들에게는 그것이 아주좋은 일이었습니다. 왜냐하면 정신에 영향을 미치는 정령의 특성은 계속 유지되어 이 나라의 교단이 힘을 잃지 않을 수 있었기 때문입니다. 살지도 죽지도 못한 채, 라미레스 님은 지금도 교국의 초석으로 남아 계십니다."

교황은 하느님 앞에서 참회를 하듯이 그렇게 말했다.

엄청난 이야기야. 그 비밀이 당시부터 지금까지 추기경들에게 계속 전해져 내려오고 있었다는 건가? 이 교국이 왜 이렇게 이상해졌는지가 겨우 이해되었다. 마력도 이쪽 세계의 소환자와 융합해 있으면 아무런 문제가 없다는 말이구나. 소환자가 제대로 의식을 유지하고 있을 거라고는 도저히 생각하기 어렵지만.

"자네나 이 아가씨처럼 마력에 저항이 강한 자는 어둠의 정령도 어찌할 수 없지만, 평범한 사람들은 그렇지 않네. 지금도 조금씩 조금씩, 그 라미레스인가 하는 사람의 의식에 이끌리고 이겠지."

"그럼 그 어둠의 정령을 어떻게든 하면……."

"적어도 지나치다 싶은 신앙심은 사라질 거네. 그 이후로는 당사자들의 마음이나 생각에 달린 문제이다만."

아하. 일단은 싹을 잘라야 한다는 거구나. 그래도 '정의를 위해서라면 무슨 짓이든 해도 상관없다!' 라고 주장할 사람들은 있겠지만.

"하나, 서두르는 게 좋을지도 모르겠구먼. 봉인이 거의 풀릴락 말락 하는 상황이야. 어둠의 힘이 새어 나오고 있는 걸 보면 알 수 있지."

"그렇습니다. 그 탓에 도시 이곳저곳에서 사람들이 생명력을 빼앗기는 현상이 일어나고 있습니다. 겉으로는 뱀파이어의 탓이라고 말해 두고는 있지만……."

　그게 뱀파이어 사건의 진상이었구나. 하지만 생명력을 빼앗는다면 큰일 아닌가? 그 말은 곧 힘을 비축하고 있다는 소리인데…….

"일단은 그 어둠의 정령이란 녀석을 어떻게든 해야겠어요……. 교황 예하의 편을 들어줄 만한 사람은 있나요?"

"몇몇 추기경은 저처럼 변혁을 바라고 있습니다. 제온 추기경 진영과 비교하면 소수이지만요……."

　그래도 없는 것보다는 나았다. 나라의 성립 과정은 숨기는 편이 좋을 거란 생각이 들었지만, 어둠의 정령에 의한 정신 간섭이나 필리스처럼 신을 부정하는 자를 망설임 없이 사형시키는 가르침은 아무리 생각해도 잘못됐다.

"그럼 나머지는 맡겨도 될까? 한동안은 지켜볼 테니 잘 부탁하네, 토야. 그럼 난 이만."

"어?! 정말 그냥 떠넘기고 가게요?! 잠깐만요……!"

　불평을 하기도 전에 하느님은 눈부신 빛과 함께 사라져 버렸다. 젠장. 귀찮은 일을 잔뜩 떠넘기고 도망치다니! 조금은 도와줘도 되잖아!

　시간이 다시 흐르자, 코하쿠가 어리둥절한 표정을 지었다.

〈주인님. 방금 조금 이상한 감각이 느껴졌는데, 대체…….〉

〈신경 쓰지 마. 해가 되지는 않으니까.〉

〈네에…….〉

시간이 멈췄다가 흐르기 시작했을 때, 우리가 원래 있던 위치와 자세가 변해 버려, 코하쿠의 감각이 적응을 하지 못한 듯했다. 설명하는 것도 귀찮으니, 웬만하면 신경을 쓰지 말아 줬으면 하는 게 솔직한 심정이었다.

"……마치 꿈을 꾼 듯한 느낌이에요……."

"저도 그렇게 생각했습니다, 교황 예하."

하느님을 만나 기쁘기 때문인지, 흥분한 마음을 가라앉히듯 중얼거리는 교황을 보고, 필리스가 키득거리며 웃었다.

그때, 술렁거리는 감각이 내 등을 휘감고 빠져나갔다. 무언가가 굼실거리는 듯한, 불길한 예감. 아래에서……. 설마?!

"지금, 뭔가 이상해. 어둠의 정령의 봉인이 풀리려 하는 중이야!"

"그럴 수가?!"

필리스의 얼굴이 창백해졌다. 그리고 지하에서 낮은 땅울림 소리가 들려왔다. 점점 더 큰일이네. 아무튼 이곳을 탈출해야 해!

【모델링】으로 일그러뜨린 철 격자를 빠져나가, 나는 필리스와 교황을 데리고 계단 위로 올라갔다. 그 사이에도 땅울림은 계속되었고, 게다가 점점 커지는 듯했다. 자칫하면 이 지하 감옥이 붕괴되겠어!

좌우로 늘어선 통로로 나가 다른 죄수들도 있는지 확인해 보았지만, 다행히 아무도 없어서 그대로 계속 계단을 뛰어 올라

갔다.

"네놈은 뭐냐?! 어떻게 지하 감옥에, 서억?!"

나는 계단을 다 올라가 딱 마주친 감옥 문지기에게 무심코 마비탄을 쏘고 말았다. 아뿔싸. 이곳에 놔둘 수는 없는데, 참 귀찮네!

"코하쿠! 원래 사이즈로 돌아가 줘!"

〈알겠습니다.〉

코하쿠가 갑자기 말을 하며 크게 변하자 교황이 깜짝 놀랐지만, 지금은 설명할 틈이 없었다. 일단 코하쿠의 등에 마비된 감옥 문지기를 올리고 우리는 지하에서 탈출했다.

신전의 복도를 달려 안뜰로 보이는 곳으로 나오자, 해는 이미 저물어 있었다. 달이 굉장히 높이 떠 있는데, 시간을 확인해 보니 밤 12시가 지난 상황이었다.

안뜰 같은 곳에는 결계가 쳐져 있지 않아서 나는 【게이트】를 열어 도시의 중심부로 이동했다.

땅울림은 어느덧 지진이라고 해도 과언이 아닐 만큼 강해져 갔다. 거리에는 보통 일이 아니라는 사실을 눈치챈 사람들로 넘쳐 났다. 아무래도 이 나라 사람들은 지진 경험이 많지 않은 모양이었다.

코하쿠의 등에서 감옥 문지기를 내려주는 중에, 주변 사람들이 교황 예하의 얼굴을 알아보았다. 역시나 교황님은 매우 유명한 듯, 순식간에 거리 사람들에게 둘러싸였다. 안 그래도 이렇게 땅울림이 심하니, 많이들 불안하겠지.

"교황님! 대체 무슨 일이 벌어진 것입니까?!"

"진정해 주세요. 일단은 안전을 위해 여기서 멀리 벗어……."

교황이 피난하라고 설명을 하려고 했을 때, 엄청난 폭발음과 함께 언덕 위의 신전 일부가 저 멀리 날아가 버렸다. 그리고 자욱한 흙먼지 안에서 무언가가 기어 올라왔다. 저건 뭐지?!

대략적으로 말하면 거인. 하지만, 사람의 모습이 아니었다. 새카만 피부에 구부러진 뿔 두 개. 옆구리에서 솟아난 무수히 많은 팔과 등 뒤로 뻗은 촉수 여섯 개. 문어처럼 다리가 몇 개나 뻗어 있는 하반신과, 눈도 없이 큰 입만이 옆으로 찢어져 있는 얼굴.

"쿠, 가, 그, 각, 카아아아아아아아아아아아아!!"

그 녀석은 땅 밑에서 울리는 것처럼 불길하게 울부짖었다.

대기가 흔들리고 도시 전체에 울려 퍼지는 듯한 그 외침은, 사람들을 공포의 수렁 속으로 빠뜨리기에 충분했다. 덜덜 몸을 떨다가 그 자리에서 쓰러지는 사람들까지 나왔다. 정신에 영향을 미치는 능력인가? 공포라는 감정을 증폭시키고 있는지도 모른다.

재앙신. 내 머릿속에 그런 단어가 떠올랐다. 저것은 어둠의 정령과 일찍이 라미레스라고 불렸던 소환사의 말로. 1000년의 세월을 거쳐 되살아난 괴물이었다.

아무튼 무진장 크다. 새카만 문어 같은 다리를 굼실거리며 어둠의 정령이 일어섰다. 그 무시무시한 모습은 보는 사람에게 공포와 혐오감을 주기에 충분했다.

어둠의 정령이 등 뒤의 촉수를 한 번 휘두르자 옆에 서 있던 신전의 일부가 순식간에 파괴되었다. 그리고 굉음이 나면서 흙먼지가 더욱 하늘로 솟구쳤다. 정말 엄청난 파괴력이다.

"크, 아, 아아."

벌어진 큰 입에서는 의미 불명의 으르렁거리는 소리가 흘러나왔다. 그리고 토해내는 것처럼 새카만 액체가 입에서 뚝뚝 떨어지기 시작했다.

액체는 땅에 떨어지기 전에, 무수히 많은 박쥐처럼 날개를 펼친 인형인가 뭔가로 변했다. 목이 길고, 귀도 코도 양쪽 눈도 없었지만 큰 입을 지니고 있었는데, 상반신은 근육질인 인간이었고, 하반신의 다리는 마치 벌레 같았다.

그것은 날개를 펄럭이며 공중으로 날아, 도시의 이곳저곳으로 흩어져 갔다. 그러자 사람들의 비명 소리가 이곳저곳에서 들리기 시작했다.

"크, 르, 크아아아아아아아!!"

어둠의 정령이 하늘을 향해 포효했다.

"괴물이다……!"

"신이시여……. 살려 주소서……. 부디……. 부디……!"

주변에서 기도하는 목소리가 들려왔다. 하지만 안타깝게도 그들이 부르는 신은 바로 저 마물이었다.

이제 라미레스였을 때의 기억은 모두 사라졌겠지. 저것은 그냥 본능적으로 악한 마음과 파괴의 충동에 휘둘리고 있을 뿐이었다.

"1000년 전에는 추기경들이 힘을 합쳐서 봉인을 했다고 했는데, 한 번 더 봉인할 수는 없을까요?"

"아마 어려울 거예요. 당시의 추기경들의 힘에는 도저히 당해낼 수가 없으니까요. 지금은 마법을 사용할 수 없는 추기경이 태반을 차지하니…….""

안 되는 건가. 교황의 말이 일견 이해가 안 되는 것은 아니다. 당시와는 달리 요즘 추기경들은 마법 실력이 아니라, 신앙심이라든가, 정치적인 수완이라든가, 그런 능력을 더 높게 평가받았을 테니까. 이런 상황에는 도움이 안 된다는 건가.

어쩔 수 없다. 이렇게 된 이상 내가 어떻게 해서든…….

그렇게 생각했을 때, 문득 뇌리에 무언가가 번뜩였다.

이거, 교국의 교의를 바꾸는 데 이용할 수 있지 않을까? 진짜 하느님이 올 수는 없어도, 내가 하느님인 척을 해서 저 녀석들을 쓰러뜨리고 '신탁이다~.'라고 하며 교황에게 무언가 말을 남기고 떠나면, 교황 예하가 추기경들을 자신에게 유리한 방향으로 설득할 수 있지 않을까?

하지만 그건 확실히 말해 사기다. 모든 사람을 속이는 일이니까. 아니, 진짜 하느님의 의도에 따르는 일이라면 사기라고 하긴 어렵지 않을까……? 궤변이라고 해야 하나?

스스로 판단하기가 힘들어서, 나는 교황 예하와 필리스를 주민이 도망쳐 비어 있던 민가로 데리고 가 생각난 점들을 설명해 주었다.

"……솔직히 말씀드리면, 국민을 속여야 한다는 점이 부담스럽습니다. 하지만 지금보다는 상황이 나아지리라 생각합니다. 저는 적어도 정신 간섭과, 악(惡)이라는 이유만으로 사람을 용서하지 않는 가르침을 없애고 싶습니다."

교황 예하는 나를 똑바로 바라보면서 단호하게 대답했다. 그 눈에는 아무런 망설임도 없었다.

"저는 지금까지 교황으로서 있지도 않은 신을 숭배하라고 가르쳐 왔습니다. 죄책감에 짓눌릴 때도 있었지만, 마음을 억누르며 이것도 나라를 위해 필요한 일이라고 스스로를 다독이면서 말이지요. 하지만 만약 가르침을 바꿀 수 있다면, 앞으로는 당당히 신에 대해 이야기를 할 수 있습니다. 여러분들이 기도를 드리는 신은 실제로 존재하며, 우리를 지켜보고 계신다고 가슴을 펴고 설교할 수 있는 거지요. 그렇게 된다면 얼마나 좋을지……."

……음, 신의 이름을 마음대로 이용한다는 것은 조금 꺼림칙하지만, 한번 해 볼까.

다른 나라의 왕이 적을 쓰러뜨리는 것보다, 자신이 믿고 있던 신이 쓰러뜨려야 국민도 더 기쁠 테고 말이야. 브륀힐드로서는 교국에 빚을 지게 할 절호의 찬스지만, 이번엔 교황 개인에 대한 빚을 안겨 주는 정도에서 참자. ……코사카 씨한테 혼나겠는데?

"하, 하지만 정말 괜찮으세요? 저렇게 거대한 마물에게 정말 이길 수 있으신가요?! 게다가 저건 어둠의 정령이잖아요?!"

"음~ 아무튼 이길 수는 있지 않을까?"

필리스의 걱정도 충분히 이해가 가지만, 내 직감으로는 그렇게까지 벅찬 상대는 아닌 것 같았다.

저 정령의 특기는 아마도, 아니, 틀림없이 정신 간섭이다. 하지만 아무래도 그 능력은 특정한 한 명에게 발동되는 것이 아니라, 넓고 얕게 많은 사람을 대상으로 발동되는 듯이 보였다. 그러니까 라미레스는 교국을 건국하려고 생각했던 것이다.

우리처럼 마력에 대한 저항력이 강하면 어둠의 정령에게 영향을 받지 않을 거라는 생각이 들었다. 물론 아주 가까이에 있으면 조금씩 침투당할지도 모르지만 말이지. 실제로 라미레스는 그렇게 되어 버리기도 했고.

싸워 보지 않으면 모르겠지만 어떻게든 되지 않을까? 문제는 하느님처럼 보이도록 싸워야 한다는 점일까~? 외모야 【미라주】로 어떻게든 되겠지만.

밖으로 나가 보니, 어둠의 정령이 채찍처럼 촉수로 땅을 내려치며 거리를 계속 파괴하는 도중이었다. 역시 기본 공격은 물리적인 공격인가 보네. 그렇다면 큰 문제는 없겠어.

앗, 서두르지 않으면 이 도시가 완전히 파괴될 거야. 나는 교황 일행과 헤어져, 뒷골목에 몸을 숨겼다. 그러는 사이에도 교황과 필리스는 거리의 국민들을 격려하며 계속 신에게 기도를 올렸다. 원래는 얼른 도망가 주는 것이 상책이지만, 이번에는 필요한 과정이다. 저 기도에 대답해 강림해야 하니까.

【미라주】를 사용해 모습을 바꾸었다. '바꾸었다'라고 하기보다는, '그렇게 보이도록 환영을 뒤집어썼다'라고 해야 하지만, 일단 그리스 신화에 나오는 신처럼 금발 벽안인 모습으로 한번 나서 볼까. 물론 얼굴은 잘생긴 꽃미남이다.

"어때?"

〈확실히 그럴듯해 보이지만, 뭔가가 부족한 듯한…….〉

코하쿠가 고개를 갸우뚱했다. 아니, 원래 하느님은 이것보다 더 수수해. 코하쿠는 하느님을 본 적이 없으니 어쩔 수 없지만. 신수(神獸)인데 말이지.

하느님의 이미지라면……. 이래야 하나? 나는 온몸에서 빛을 내뿜는 것 같은 환영을 온몸에 휘둘렀다. 머리 위에 링을 올린다든가, 열두 장짜리 날개를 달고 있다든가도 생각해 보았지만, 그건 굳이 따지자면 천사 같은 이미지니까. 신의 심부름꾼 같은 이미지로는 아무런 의미가 없다.

좋아, 이 정도면 되겠지. 그렇게 생각했을 때, 한 가지 아차 싶은 일이 떠올랐다. 보통 이런 일이 있을 때 신은 하늘을 날아서 나타난다는 점이었다. 걸어서 사람들 앞에 나타나는 것도 좀……. 하늘을 나는 마법을 배워 둘걸. 하느님인 척을 하는 것도 참 힘들구나! 귀찮아!

어쩔 수 없지. 일단은 하늘에 이 하느님의 환영을 투영하자. 참 나……. 환영을 두른 의미가 없잖아. 아무튼, 어차피 싸울 때는 내가 직접 싸울 수밖에 없겠지만.

교황 일행이 있는 상공 위에 하느님의 모습을 투영하자, 오오오오오! 하고 거리의 사람들이 환호성을 질렀다. 빛을 내뿜는 신의 강림이다. 좋아, 일단은 거리 한가운데에서 날뛰는 저 권속들을 흩어 버려야겠지?

"【어둠이여 오너라. 내가 원하는 것은 반짝이는 여전사, 발키리】."

빛의 심부름꾼을 부르는데, '어둠이여 오너라' 라는 것도 좀 이상하긴 하다.

하느님의 환영 주변에 몇 개인가의 소환진을 펼쳐, 천사 부대를 불러냈다. 이전에 제국 소동 때 계약을 해 두었던 녀석들이다. 그때는 하늘을 날 수 있는 녀석이 그리핀밖에 없어서 큰일이었으니까.

〈어둠의 정령이 만들어 낸 적을 쓰러뜨리고, 거리의 사람들을 지켜라.〉

텔레파시로 명령을 내리자, 싸움의 천사들은 일제히 도시 곳곳으로 날아갔다.

사실은 스마트폰으로 타깃을 지정한 뒤 빛의 마법을 사용해도 괜찮았지만, 그렇게 하면 순식간에 끝나 버리니 문제다.

사람들은 무슨 일이 벌어졌는지 눈치조차 채기 힘들어진다. 그러니까 이것도 말은 좀 그렇지만 다 연출이다.

사람의 생명이 걸려 있는데 연출이라니! 하고 말할지도 모르지만, 아무래도 그 권속들은 사람을 노리고 습격하는 것 같지는 않았다. 단지 마구 날뛰고 있을 뿐이었다. 물론 그래도 위험한 건 사실이지만. 말려들어 죽을 수도 있고 말이지.

신의 강림에 이어 그 심부름꾼인 천사들이 등장하자, 거리의 사람들이 열광했다.

좋아. 나도 이제 이동해 볼까. 나는 【인비저블】로 모습을 감추고, 하느님의 환영을 연처럼 이끌며 지붕 위를 달렸다.

참, 꼴이 말이 아니다. 역시 하늘을 나는 마법이 있었으면 하는 장면이었다. 바람 마법일까. 아니, 린도 하늘을 날 수 있으니 역시 무속성 마법인가?

신전 바로 앞에 와 보니, 어둠의 정령이 얼마나 큰지 새삼 알 수 있었다.

환영인 하느님을 지우고, 같은 환영을 몸에 두르면서, 나는 【스토리지】에서 날 길이가 2미터 정도 되는 대검을 꺼냈다.

프레이즈의 파편으로 만든 이 대검은 【그라비티】로 경량화해 두었기 때문에 한 손으로도 충분히 다룰 수 있었다. 수정처럼 빛을 발하는 검은 나름대로 신비한 이미지를 사람들에게 안겨 줄 수 있지 않을까.

이쪽으로 몸을 돌려 나를 내려다보는 어둠의 정령. 눈은 없지만, 그런 느낌이 들었다. 등 뒤의 촉수가 나를 향해 날아왔다.

"이엿, 차."

나는 그 공격을 옆으로 피하면서 대검을 가로로 휘둘렀다. 그러자 촉수가 촤악 하고 잘려 멀리 날아가 버렸다. 절단면에서는 검은 안개 같은 것이 밖으로 흘러나왔다. 으악, 기분 나빠.

그렇게 생각할 새도 없이, 잘려 나간 촉수 끝에서 새로운 촉수가 깨끗하게 재생되었다. 그런 능력도 있었단 말이야?! 귀찮게.

하느님(가짜)으로서 너무 고전해서는 안 된다. 나는 【슬립】으로 넘어뜨릴까도 생각했지만, 이렇게 거대해서는 거리에 큰 피해를 준다. ……그냥 짓눌러 버릴까?

"타깃 지정. 대상, 어둠의 정령. 【그라비티】 발동."

〈알겠습니다. 포착 완료. 【그라비티】를 발동합니다.〉

다음 순간, 어둠의 정령이 【그라비티】의 효과를 버티지 못하고 쿠아아아아아아! 하는 소리를 내며 옆으로 쓰러졌다.

당연히 쓰러진 정령에 깔린 마을의 일부가 붕괴, 파괴되었다. 우아아, 결국 【슬립】을 쓴 거랑 거의 차이도 없잖아! 찜찜해. 일단은 하느님인데. 주변 사람들은 피난을 갔을 테니 피해자는 없을 거라 생각하지만.

어쩌지? 이렇게 된 이상 화려하게 마무리해서 '너무 격렬한 공격이어서 어쩔 수 없었다' 방향으로……. 너무 억지스러운가?

아무튼 압도적인 힘으로 쓰러뜨릴 수밖에 없다. 나는 그런 생각으로 【그라비티】의 무게를 더욱 늘렸지만, 효과가 있는지 좀 알기 힘들었다. 이 녀석은 표정도 없으니까. 움직이지 못하게 억누르기는 한 듯하지만. 그렇다면.

"【빛이여 꿰뚫어라, 성스러운 빛의 창, 샤이닝 재블린】."

빛의 창이 어둠의 정령의 몸을 관통했다. 이번엔 꿰뚫린 구멍이 재생되지는 않았다. 역시 어둠의 정령이라 그런지 빛의 마법에 약한 걸까.

"타깃 지정. 어둠의 정령에 맞춰【샤이닝 재블린】을 100…… 아니, 200발 준비."

〈알겠습니다. 포착 완료.〉

상공에 작은 빛의 마법진이 잇달아 펼쳐져 갔다. 신(가짜)의 일격(200발이지만)을 먹어라.

"쏴라."

〈알겠습니다. 일제 사격, 개시합니다.〉

두두두두두두두두두두두두두두두두두두두두두두두두
두두두두두두두두두두두두두두두두두두두두두두두두
두두두두두두두두두두두두두두두두두두두두두두두두
두두두두두두두두두두두두두두두두두두두두두두두두
두두두두두두두두두두두두두두두두두두두두두두두두
두두두두두두두두두두두두두두두두두두두두두두두두

두두두두두두두두두두두두두두두두두두두두두두두두
두두두두두두두두두두두두두두두두두두두두두두두두
두두두두두두두두두두두두두두두두두두두두두두두두
두두두두두두두두두두두두두두두두두두두두두두두!!!

【샤이닝 재블린】일제 사격이 땅을 크게 진동시켰다. 비처럼 쏟아지는 빛의 창에 어둠의 정령의 몸은 잘게 찢어졌고, 사격이 멈췄을 때에는 그 형체를 찾아볼 수 없었다.

찢겨져 날아간 몸의 파편이 검은 안개가 되어 퍼져 나가며 주변을 감돌았다. 이것도 아마 어둠의 정령이겠지. 이대로 시간이 흘러 부활이라도 하면 큰일이다. 철저하게 박멸해야 해.

"【빛이여 오너라. 반짝임의 추방, 배니시】."

넓은 범위에 정화 마법을 걸었다. 그러자 반짝이는 섬광이 주변을 감싸며 흩어져 있던 검은 안개를 녹이듯이 소멸시켜 갔다.

빛이 사라지고 어둠의 정령이 완전히 소멸된 뒤에는, 단 하나의 백골만이 굴러다녔다. 이윽고 그것도 뿔뿔이 흩어지더니, 재가 되어 바람에 날렸다.

저게 라미레스였던 건가. 1000년이라는 시간을 넘어 겨우 해방된 거구나. 자업자득이라고는 하지만, 참 가엾다는 생각이 들었다.

자, 이제부터가 진짜다. 열심히 사람들을 속여 볼까.

◇　　◇　　◇

거리 쪽을 돌아보니 엄청난 함성이 울려 퍼졌다. 컴컴한 밤을 뚫고 사람들의 목소리가 이쪽까지 들려왔다.

"해냈다! 성공이야!"

"빛의 신 라루스님 만세! 역시 악은 멸망하는구나!"

"사악한 악마 녀석! 우리가 섬기는 신의 분노를 봤느냐?!"

시민들은 열광에 휩싸여 있었지만, 조금 발끈하는 심정이 일었다.

어둠의 정령에게 정신적으로 영향을 받았기 때문이라고는 하지만, 뭘 모르는 소리만 계속 하다니. 그 신의 분노라는 걸 좀 보여 줄까?

이대로 가면 아무것도 변하지 않는다. 생각을 바꿔 주기 위해서는 설교를 한번 해야 한다.

"타깃 지정 완료. 범위는 도시 안. 반경 10미터 이내에 사람이 없으면 랜덤으로【라이트닝 재블린】을 발동. 발동 숫자는 300."

〈알겠습니다. 목표 포착.【라이트닝 재블린】을 발동합니다.〉

갑자기 하늘에서 300개나 되는 벼락이 도시 안에 떨어졌다. 또다시 사람들이 비명을 지르며, 도시 안이 패닉에 빠졌다.

나는 스마트폰을 이용해 도시 곳곳에 내 영상을 비추었다.

멀리 있는 녀석도 내 모습이 잘 보이도록 말이지.

〈함부로 정의 운운하지 말거라. 너희의 일그러진 정의가 그 괴물을 만들었다는 사실을 아직도 모르겠느냐, 어리석은 자들이여.〉

이렇게 말을 해 두자. 그리고 【게이트】를 사용해 교황을 무너진 신전 앞에 서 있는 내 앞으로 불러냈다. 공중 모니터에 비친 그 모습을 보고 사람들이 오오오, 하고 소리를 질렀다. 내가 눈빛을 보내자, 교황 예하가 무릎을 꿇고 고개를 숙였다.

〈빛의 신, 라루스님이십니까?〉

〈아니, 나는 빛의 신이긴 하지만, 라루스는 아니다. 라루스라는 신은 존재하지 않아.〉

도시 전체가 술렁이기 시작했다. 그야 그렇겠지. 자신들의 신이 부정당했으니까.

〈나는 그대에게 신탁을 부여하기 위해 왔다. 앞으로 오도록.〉

나는 앞으로 나온 교황의 이마에 손을 대고 두 사람을 눈부신 빛에 휩싸이게 했다. 연기도 참 피곤한 일이구나. 물론 신탁 같은 것은 아무것도 없었다.

빛이 사라진 뒤, 교황은 머리가 땅에 닿을 만큼 몸을 푹 숙였다. 그거 좀 너무 심한 거 아닌가요?

아무튼 좋다. 이제는 마무리다.

〈하나 더. 정의의 이름으로 신의 이름을 사칭하고, 죄를 거듭한 자에게는 벌을 내려 줘야만 한다.〉

교황 때와 마찬가지로 【게이트】를 사용해 알현실에서 나를 둘러싸고 있었던 사람들을 불러냈다. 그러자 제온 추기경을 비롯해, 교황을 사칭한 그의 누나인 큐레이 추기경, 성기사들이 일제히 그 자리에서 무릎을 꿇었다.

〈죄를 인정하는가.〉

"저, 저희는 아무런 잘못도 하지 않았습니다! 신의 경건한 종으로서……!"

제온 추기경이 무릎을 꿇으면서도 나를 보고 그렇게 읍소했다. 신(가짜지만)을 앞에 두고도 그런 소리를 하다니. 속일 수 있다고 생각했다면 정말 신을 얕보고 있다고밖에 할 말이 없다.

〈어리석군. 죄도 없는 소녀에게 죄를 뒤집어씌우고, 사형을 하려고 한 것도 모자라, 교황인 이자를 지하 감옥에 가둔 일을 내가 모를 줄 아는가?〉

"그, 그것은……!"

추기경들의 얼굴이 창백해졌다. 그리고 내 말을 들은 국민들이 술렁이기 시작했다. 교국의 성직자들인 추기경과 성기사들이 그런 짓을 했다는 사실을 듣고 충격을 감추지 못하는 듯했다.

〈그 외에 너희가 신을 사칭하며 저지른 수많은 죄 하나하나를 여기서 모두 폭로해 줄까?〉

"으윽……!"

추기경들이 더 이상 아무 말도 하지 못했다. 위협을 했을 뿐인데 이 모양이다. 신의 이름을 이용해 수없이 많은 악행을 저질렀겠지. 정말 구제불능이다.

이 녀석들은 자신들이 믿는 신이 없다는 것을 알면서도 그 이름을 이용해 사리사욕을 채웠다. 정상참작의 여지는 전혀 없다.

〈회개하라.〉

"으으윽!"

나는 슬쩍 【패럴라이즈】를 사용해 모든 사람을 마비시켰다. 그리고 그 자리에 쓰러진 추기경들을 슬쩍 본 뒤, 교황에게 말했다.

〈이자들의 처리는 그대에게 맡기겠다.〉

"네."

〈빛과 어둠은 표리일체. 정의도 악도 모두 인간의 마음이 만들어 낸 것. 지나친 정의는 사람을 좀먹는다는 것을 잊지 말거라. 나는 그러기를 원하지 않는다.〉

사람들을 향해 말을 하고 있긴 하지만, 멋진 말이 잘 안 떠오르네. 역시 나는 사기꾼 기질이 없는 모양이었다. 괜히 들키기 전에 물러날까?

도시 전체에 흩어져 있던 발키리들이 내 주변으로 몰려왔다.

〈잘 있거라, 인간들이여.〉

발키리들이 일제히 빛을 내뿜었다. 그리고 나는 모든 사람이 눈을 제대로 뜨지 못하고 있는 사이에 【게이트】를 열어 구석에 숨었다. 일단 빛이 사라진 뒤에도 천사의 날개가 반짝이며 펄럭이도록 환영을 남겨 두었다. 아무튼, 연출도 중요하니까.

교황이 자리에서 일어서 소리 높여 선언했다.

"신은 떠나셨다! 우리는 이제부터 죄를 뉘우치고, 신의 뜻에 반해 살아왔던 과거를 반성해야 한다! 신은 말씀하셨다. 스스로의 힘으로 걸어라. 고난도 시련도 스스로 극복하도록 노력하라, 고. 신은 우리를 지켜보고 계신다! 감사의 기도를 드려라!"

오오오오오오오오오오! 사람들의 환성이 온 도시에 울려 퍼졌다. 역시라고 해야 할지, 뭐라고 해야 할지. 역시 설교를 업으로 삼고 있는 사람이라 그런가 뭔가 다르다. 이게 카리스마라는 것인가?

아무튼 간에 어떻게든 될 것 같은 분위기다. 신전 그늘에서 교황의 연설에 들끓는 사람들을 보고 있는데, 매너모드로 설정해 둔 스마트폰이 진동했다.

"네, 여보세요. 하느님이신가요?"

〈네네, 하느님입니다. 핫핫핫, 누가 신인지 모를 멋진 연기였네. 이제 좀 안심해도 되겠지?〉

"네, 일단은요. 정신에 영향을 미치는 이상한 힘은 사라졌으니, 이제부터는 스스로 생각해서, 신을 섬길지 말지 판단하지 않을까요?"

어떻게 보면, '신'이라는 쇠사슬에 묶여 있던 집단의식에 쐐기를 박았다고도 할 수 있었다. 국력은 확실히 떨어지겠지. 하지만 이걸로 말도 안 되는 정의 때문에 학대받던 사람들의 수는 확 줄어들 게 틀림없었다.

그래도 빛의 신 라루스를 계속 믿는 사람이 있을지도 모르지만, 그래도 상관없다. 신을 믿든 믿지 않든 그건 자유이니까. 단지 국교가 이렇게 된 이상, 제멋대로 정의를 내세우며 다른 사람을 함부로 대하지는 못하겠지.

〈전부 자네에게 내맡겨서 미안하네. 아가씨와 교황에게도 대신 사과를 해 주게.〉

"신경 쓰실 거 없어요. 그런 것보다도, 정말 가끔이라도 좋으니 이 나라도 들여다봐 주세요."

〈그래, 그러지.〉

하느님과의 통화를 끝내고 【게이트】를 사용해 필리스와 코하쿠가 있는 곳으로 이동했다.

"폐하……. 감사합니다."

내 모습을 보자마자 필리스는 눈물을 글썽이며 고개를 숙였다. 그렇게 감사해 할 만한 일은 안 했는데 말이야. 내가 이런 소동을 일으킨 장본인이기도 하고.

"하느님이 너와 교황님에게 사과하고 싶으시대. 앞으로도 굉장히 험난할 것 같은데, 괜찮겠어?"

"네. 하느님이 지켜봐 주고 계시니까요."

흔들림 없는 눈동자로 나를 바라보며 고개를 끄덕이는 필리스. 아무래도 나는 괜한 걱정은 할 필요가 없을 듯했다.

뒤처리를 할 겸, 내가 【그라비티】로 무너진 건물과 파괴된 신전을 【모델링】을 이용해 고치려고 하자, 교황 예하가 하지 말라고 말렸다. 이럴 때 내가 너무 많은 힘을 보여 주는 것은 바람직하지 않다는 이유였다. 그 신의 정체를 들킬 수도 있으니, 나는 이곳에 없는 편이 좋겠지?

신의 새로운 가르침을 설파하는 교황 예하의 모습을 바라보면서, 나는 필리스에게 연락용 게이트미러를 건네주었다. 짧은 작별 인사를 한 뒤, 나와 코하쿠는 【게이트】를 열어 브륀힐드로 돌아갔다.

며칠 뒤. 라밋슈 교국에 신이 강림해 어둠의 사악한 신을 쓰러뜨렸다는 소문이 나돌았다. 신앙심이 두텁지 않은 다른 나라 사람들은 그냥 웃어넘긴 듯하지만, 그 뒤로 교국의 교의가 바뀐 것은 물론, 신앙의 대상도 '빛의 신 라루스'에서 '빛의 신'으로 바뀌었다. 그리고 '빛과 정의의 이름으로'라는 말도 사라졌다고 한다.

물론 라밋슈 교국을 건국한 사람이 라미레스이고, 빛의 신이 건국을 도왔다는 이야기는 변함이 없었다. 단지, '정의의 신 라루스'라는 존재가 사라졌을 뿐이었다.

"설마 하느님인 척을 다 하다니……. 그러다 벌 받아, 토야."

에르제가 농담을 섞어 그렇게 말했다. 모두에게는 라밋슈에서 무슨 일이 있었는지를 차근차근 설명해 주었다. 물론 하느님에 관해서는 말을 하지 않았지만.

교황과 반목을 거듭하던 제온 추기경과 큐레이 추기경, 그리고 다른 성기사들은 재산을 몰수당한 것은 물론, 파문을 당하는 동시에 감옥으로 보내졌다. 몰수된 금액은 상당하다고 하는데, 기부나 보시라는 명목으로 악랄하게 거둬들인 모양이다. 교황은 그 돈을 이번 일로 피해를 입은 사람들에게 보상금으로 지불했다.

감옥에 들어간 그 사람들은 교국이 어떻게 건국되었는지 비밀을 모두 알고 있었지만, 그 비밀을 사람들에게 말한다 해도 아마 아무도 믿지 않겠지. 왜냐하면 수많은 사람들 앞에서 신의 이름을 사칭한 죄인이라고 하느님 본인에게 단죄당한 자들이니까.

얼마 뒤, 라밋슈 교국에서 또 사절이 찾아왔다. 사제에서 최연소 추기경이 된 필리스가 알현실에서 나에게 고개를 숙였다.

"건강해 보이네."

"공왕 폐하도 여전하시군요."

일단 대충 인사를 끝내고 필리스가 가져온 서간을 훑어보았다. 간추리자면, 이전에 말한 대로 깊은 친분을 맺고 싶다는 글이었다.

이번에는 국교를 삼으라든가, 세례를 받으라는 요구는 없었다. 그냥 사이좋게 지내자는 편지였다.

그 자체로는 나쁜 일이 아니라, 나는 받아들이기로 했다. 많은 나라와 국교를 맺는 것은 이 나라의 발전을 위해서도 필요한 일이다. 해가 되는 나라와는 맺을 필요가 없지만 말이지.

"어떻게 될지 가슴을 졸였습니다만, 아주 원만하게 일이 처리되었군요. 이것도 라밋슈에 나타난 하느님 덕분일까요?"

알현실에서 필리스가 떠난 뒤, 옆에 있던 코사카 씨가 안도의 한숨을 내쉬면서 힐끔힐끔 나를 바라보았다.

코사카 씨에게는 사태의 전말에 대해 이야기하지 않았지만, 그 자리에 같이 있었다고는 이야기해 주었다. 내가 라밋슈에 갔을 때, 신이 강림했다. 너무 절묘하게 맞아 떨어져서 아무래도 뭔가 짚이는 데가 있는 모양이었다.

"신은 과연 있을까요?"

"글쎄요. 믿는 사람의 마음에는 존재하지만, 믿지 않는 사람의 마음에는 존재하지 않죠. 아마 그런 존재가 아닐까요?"

영국의 작가 제임스 배리가 쓴 『피터 팬』의 세계에서는 어린 아이가 '요정은 없어'라고 말을 할 때마다, 세계에 있는 요정이 한 명씩 죽는다고 한다.

믿는다는 것은 그 존재를 인정한다는 것이며, 다른 누군가에게 속박을 받아야 할 성질의 것도 아니다.

"폐하는 신이 있다고 믿으십니까?"

"그럼요. 믿고말고요."

어딘가에서 그 초연한 하느님의 웃음소리가 들리는 듯했다.

"하늘을 날고 싶어."

"쉽진 않을 텐데……."

발코니에서 홍차를 마시면서 린이 눈썹을 찌푸렸다.

저번에 라밋슈에서 있었던 일이나, 그전에 제국의 쿠데타 때도 생각했지만, 가끔 하늘을 나는 적을 상대할 때도 있다. 그때 날 수 있는가 없는가는 하늘과 땅만큼 큰 차이가 있다.

그리핀을 불러 타고 싸우는 것도 가능은 하지만, 역시 스스로 나는 편이 훨씬 편리하다. 그래서 린에게 그런 마법이 없나 하고 물어본 건데.

"바람 속성으로 자신을 날려 버릴 수는 있어. 하지만 자유롭게 날 수는 없을 거야. 원래는 적을 날려 버리는 마법이니까. 난다기보다는 날려 간다는 느낌이겠지."

"음~ 그건 좀……. 역시 무속성 마법 중에 있으려나?"

"그렇겠지. 공교롭게도 나는 모르지만."

마법에 능한 요정족도 모르는 마법이 있냐고 물었더니, 무속성 마법을 배워 봐야 실행은 불가능하기 때문에 조사해도 의미가 없다는 모양이었다.

아, 그렇지. 무속성 마법은 개인 마법이니, 다른 사람이 알아 봐야 보통은 쓸 수가 없었던가? 그러니 조사해 봐야 헛수고구나.

그렇다면 무속성 마법이 실려 있는 문헌부터 조사할 수밖에 없다. 나는 두꺼운 사전 같은 교육용 마법 백과를 서점에서 잔뜩 구입해 성 안의 서재에 모아 두었다. 책에는 동서고금의 무속성 마법이 해설과 함께 실려 있었다. 내용은 시시한 마법부터 쓸 만하고 편리한 마법까지 다종다양했다. 이 개미를 일직선으로 걷게 하는 마법은 어떨 때 쓰는 거지?

"토야 오빠……. 정말 이 안에서 찾으려고?"

일이 없어 한가한 레네에게 도와 달라고 했는데, 레네는 두꺼운 책을 보고 우에엑, 하는 표정을 지었다. 당연한가……?

이런 책의 안 좋은 점은, 각각 출판사와 편집자가 다르기 때문에 실려 있는 마법이 마구 겹친다는 것이었다. 한 번 본 마법을 다른 책에서 계속 몇 번씩이나 또 봐야 한다. 【게이트】는 워낙 유명해서 그런지 대부분의 책에 실려 있었다.

"아무튼, 일단은 찾아보자. 오후가 되면 셰스카나 레인 씨도 도와준다고 하니까."

서재의 의자에 앉아 레네와 함께 한 페이지, 한 페이지, 책을 확인해 갔다. 일단 찾는 마법은 '하늘을 나는 마법'이지만, 그것과 비슷한 마법이나, 쓸 만해 보이는 마법이 있으면 체크해 달라고 부탁했다.

아마【플라이트】나【플라이】정도일 것 같은데, 마법명만 무턱대고 외친다고 해서 발동이 되진 않더란 말이지. 왜 그럴까? 분명히 존재하는 마법이라고 인식할 필요가 있어서? 아니면 내가 꼭 이해를 하고 있어야만 해서?

가끔, 내 능력은 카피하는 능력이 아닐까 하는 생각이 든다. 존재하는 마법을 복사해 자신의 것으로 만드는 그런 능력.

근데 없네. 재미있는 마법이 몇 개 있기는 하지만. 이 지정한 말을 못 하게 만드는【터부】는 꽤 재미있을 것 같은데, 어떤 때에 사용하면 좋을까. 예를 들면【파이어볼】을 금지어로 정해 두면, 상대가 그 주문을 못 쓰게 되는 건가? 한 사람당 한 단어밖에 못 사용한다고 하니, 큰 효과를 기대하기는 어려울지도 모르지만.

"토야 오빠, 이건 어때?"

"……아니, 이건 안 배워도 될 것 같아."

레네가 보여 준 페이지에는【모자이크】라는 마법이 적혀 있었다. 대체 어떤 때에 쓰면 좋은지……. 아무래도 시야를 방해하는 마법인 듯하지만, 외설스러운 생각밖에 떠오르지 않았다. 원래 모자이크란 모양을 나타내는 장식법 중 하나잖아? 왜 그런 효과 쪽으로 응용을 하는 거지?

임의의 소리를 제거하는【사일런스】, 반대로 소리를 크게 하는【스피커】, 보이지 않는 장벽을 만드는【실드】.

쓸 만한 마법을 몇 개인가 발견했다. 【사일런스】는 소리가 들리지 않게 될 뿐, 주문을 막는 효과는 없는 듯하지만. 주문을 외우지 못하게 하는 게 아니라 들리지 않게 하는 거나 당연한가?

근데 정작 찾고 싶은 게 안 보이네…….

"오."

페이지를 넘기다가 손이 멈췄다.

【레비테이션】. 물체를 공중에 뜨게 만드는 마법. 단, 술자의 손에 닿는 높이까지, 라. 2미터 정도인가? 무거운 물건을 옮길 때에는 유용할 것 같지만, 【스토리지】가 있으니……. 아, 근데 【스토리지】에는 살아 있는 것은 안 들어가니까, 사람이나 동물을 옮길 때는 도움이 되려나?

"【레비테이션】."

시험 삼아 책상 위에 있는 책에 마법을 걸어 보았다. 그러자 두껍고 무거워 보이는 책이 공중에 둥실 떴다. 오오, 진짜 떴어. 책을 공중에서 움직여 보았다. 흐음, 자유자재로 움직일 수 있구나. 책에 적힌 대로 내 손에 닿는 높이보다 더 높이는 공중에 띄울 수 없는 듯했다.

시험 삼아 레네에게 【레비테이션】을 걸어 봤지만, 레네의 힘으로는 공중에서 자유롭게 움직일 수 없는 모양이었다. 헤엄을 치듯이 움직이는데, 조금 움직일 수 있을 뿐이었다. 하지만 조금이나마 움직이니, 부채 같은 것이 있으면 나름 더 많이 움직일 수 있다는 건가?

내가 방 안에서 이동할 수 있도록 움직여 주니 레네는 매우 기뻐했지만, 이걸 과연 '난다' 라고 할 수 있을까?

2미터 정도 높이까지밖에 떠오르지 못하고, 걷는 속도와 거의 비슷한 스피드이고 말이지. 아, 근데【인챈트】를 하면 아라비안나이트처럼 마법의 양탄자를 만드는 것도 가능하려나?

"일단 이건 기억해 둬야겠어."

생각에 따라서는 다양한 마법을 사용할 수 있을 듯했다.

그리고 오후가 된 뒤로는 셰스카와 레인 씨가 도와주었다. 넷이서 두 배가 되는 속도로 열심히 찾아서 그런지, 두 시간 정도 지났을 때 셰스카가 그것을 찾았다.

"【플라이】. 맞아, 이거야. 마력에 의한 부유와 추진. 상당히 마력을 소모하는 듯하지만, 아마 괜찮을 것 같아."

이것을 사용한 사람은 3분 정도 자유자재로 날 수 있었던 모양이었다. 하지만 마력이 떨어지면 지면에 곤두박질치는 건가. 하지만 나는 비상시에【게이트】를 열어 피난할 수 있으니 어떻게든 되지 않을까?【게이트】하나 정도를 발동할 수 있는 마력이라면 3초면 회복되니까.

일단은 테스트다. 일단은 해 보는 거야.

나는 성의 훈련장으로 가서 마력을 모았다. 레네, 셰스카, 레인 씨 외에 훈련 중인 니콜라 씨와 에르제, 야마가타 아저씨 일행도 구경을 하러 왔지만, 최대한 신경을 쓰지 않으려고 노력했다. 집중, 집중을 해야 해.

"【플라이】."

몸이 1미터 정도 공중에 붕 떴다. 오오. 그 자리에서 빙글빙글 몸의 방향을 바꾸어 보았다. 흐음, 생각보다 움직임이 자유롭네. 조금 더 높이 날아 볼까? 그렇게 생각하자 끄악 하는 소리가 날 만큼 순식간에 수십 미터나 몸이 높이 떠올랐다. 으아앗!

힘 조절을 어떻게 하면 좋을지 모르겠어. 마치 처음 만져 보는 무선 모형을 조종하는 기분이었다. 근데 참 높이도 올라왔네. 어디까지 올라갈 수 있는지 시험해 봤는데, 도중에 몸이 너무 추워서 그만두었다. 숨도 막히고.

이번엔 얼마나 속도를 낼 수 있는지 테스트를 해 보았다. 하지만 이것도 중간에 그만뒀다. 바람의 저항이 너무 셌기 때문이다. 도저히 눈을 뜨기도 힘들었다.

음~ 어쩌지? 아, 【실드】를 펼치면 되는구나. 원뿔형 장벽을 펼쳤더니, 꽤 쾌적했다. 응, 상당히 빠른 속도로 날 수 있겠어.

이제는 회전을 해 볼까. 공중에서 한 바퀴를 돌아도 보고, 급정지, 급강하, 급상승, 지그재그 비행 등, 이것저것 많이 테스트를 해 보았다. 이거 꽤 재미있는걸? 좋아. 다음은 공중 삼회전이다!

"앞뒤 생각 없이 마구 날다 보니 속이 울렁거려서 내려왔다고?"

"면목이 없어……."

나는 나무 그늘에서 에르제의 무릎을 베고 축 늘어져 있었다. 이제 좀 많이 진정되었지만, 하아, 정말 심각했었다…….

그러고 보니 난 무서운 놀이기구를 타 본 적이 별로 없었어. 설마 이런 감각이었을 줄이야……. 에구구. 가우의 대하를 건넜을 때도 생각했지만, 배를 탔을 때 멀미가 안 나는 것과는 아무런 관련이 없구나.

게다가 이런 멀미에는 【리커버리】가 아무런 소용이 없단 말이지. 전에 술에 취한 바바 할아버지에게 걸어 봤더니, 우습다는 생각이 들 만큼 금세 맨 정신으로 돌아왔는데. 물론 술에 취하는 것과 멀미는 다른 거지만. 바바 할아버지는 맨 정신으로 돌아오자마자 또 술을 마시기 시작했었지?

"그 외에 다른 문제는 없었고?"

"일단은 괜찮은 것 같아……. 너무 높이 날면 좀 추운 게 문제려나?"

아, 그러고 보니 추위를 막는 【워밍】이라는 마법이 있었구나……. 근데 어차피 공기도 희박하니, 억지로 높이 날 필요는 없나?

계속 무릎을 베고 있는 것도 미안해서 나는 몸을 일으켰다. 이런 것도 이제는 별로 부끄럽다는 생각이 들지 않네……. 닭

살 돋는 커플이라고 생각하지 않을까?

"토야. 토야가 비행 마법을 걸어 주면 나도 날 수 있어?"

"아니, 아마 안 될 거야. 조작을 할 수 있는 마법이 아니거든. 에르제의 【부스트】를 린제에게 걸어 줄 수 없잖아? 그거랑 똑같아."

"그렇구나……."

아쉽다는 듯이 한숨을 내쉬는 에르제. 뭐야? 날아 보고 싶었던 건가?

"내가 안고 날 수는 있는데?"

"아, 그건 역시 좀……. 부끄러워……."

꼼지락꼼지락 얼굴을 붉히며 고개를 숙이는 에르제. 무릎베개는 아무렇지도 않으면서. 부끄러운 것의 기준이 뭔지 모르겠다.

"아, 근데 【레비테이션】이랑 조합하면 날 수 있을지도 몰라. 에르제가 자유자재로 날 수 있는 건 아니지만."

시험 삼아 【레비테이션】으로 에르제를 공중에 띄워 보았다. 갑작스럽게 몸이 공중에 뜨자 에르제가 깜짝 놀라 마구 버둥거렸지만, 잠시 시간이 지나자 나름 진정이 된 것 같아서, 나는 에르제를 계속 공중으로 상승시켰다. 역시나 에르제는 내 손이 닿는 높이에서 멈추었다.

"【플라이】."

그때 내가 비행 마법을 사용했다. 내가 점점 위로 떠오르자 에르제도 같이 위로 떠올랐다. 역시나. 내 높이에 맞춰서 같이 위아래로 이동하는구나. 집중만 잘 하면 【레비테이션】을 이용해 공중에 띄운 사람을 데리고 날 수 있다는 말이다.

나는 계속 날아서 곧장 성의 발코니에 착지했다. 응, 아무 문제 없겠어. 그러자 에르제가 안심이 된다는 듯이 가슴을 쓸어내렸다.

"둥실거리는 느낌이 익숙하지 않아서 그런지 무서웠어. 역시 난 안 날아도 될 것 같아."

에구구. 당연한가? 떨어지면 죽을지도 모르는데, 통제권을 자신이 아니라 다른 사람이 쥐고 있으니까 그런 느낌이 들 수밖에.

일단 목적은 달성했으니, 이제는 하늘을 나는 마물과도 대등하게 싸울 수 있을 듯했다. 쥐가오리 형태처럼 하늘을 나는 프레이즈가 또 나타나지 말라는 법은 없으니 이런 대비도 역시 필요하다.

"한 번 더 날아 보고 올게."

"이번에는 멀미 안 나게 조심해."

에르제의 배웅을 받으면서 성 위를 한 바퀴 돌고, 가도를 따라 날았다. 위에서 보니 마을이 상당히 넓어졌다는 게 한눈에 보이네. 감개무량해.

물론 아직 상점가 정도로 마을이라고 부르기에는 부족함이 있지만. 나는 아이들이 쇠팽이를 가지고 놀고 있던 뒷골목에 착지했다.

"우왓?! 뭐야, 폐하잖아! 깜짝이야!"

"하늘을 날아 왔어요?"

"굉장하다~."

아이들이 존경스런 눈빛으로 바라보니 은근히 기분이 좋은 걸? 신이 날 정도는 아니지만.

"아앙?! 이 가게는 손님에게 이런 걸 내놓고도 미안하다고 하면 끝인 건가?!"

길가에서 굵은 남자의 목소리가 들려왔다. 아이들이 있던 뒷골목에서 빼꼼 길가를 내다보니, 아무래도 찻집 쪽에서 다툼이 일어나고 있는 듯했다.

몸집이 큰 전사풍의 남자 두 사람이 찻집 테라스에서 웨이트리스를 몰아붙였다.

"밥 안에 담배꽁초가 들어가 있었단 말이다! 이런 음식에 돈을 다 내라고?!"

"대체 어떻게 보상을 해 줄 거지?! 우리가 눈치를 챘으니 망정이지, 먹고 배탈이라도 났으면 어쩔 뻔했어?! 앙?! 너희가 무슨 짓을 했는지 알기나 해?!"

성미가 나빠 보이는 녀석들이네. 그냥 양아치들이잖아. 생트집을 다 잡다니.

나는 그 가게 앞으로 가서 웨이트리스에게 말을 걸었다.

"무슨 일이세요?"

"아……! 이, 이분들이 식사 중에 담배꽁초가 들어가 있다고 하면서……. 그런데 거짓말이에요. 이 가게에는 담배를 피우는 점원이 없거든요!"

"그렇다고 하는데? 당신들 중 한 명이 실수로 떨어뜨린 거아냐?"

내가 웨이트리스를 등으로 감싸며 그렇게 말하자, 전사풍의남자 두 사람이 의자를 박차고 나를 노려보았다.

"아앙?! 야, 애송아. 사람이 만만해 보이나 보지?"

"혼쭐이 나고 싶어서 안달인 모양인가 봐……?"

두 사람이 손가락을 뚝뚝 울리며 나에게 바싹 다가섰다. 여기서는 조금 맞붙기가 그런걸?

나는 남자들의 팔을 붙들고 휙휙 가도 한가운데로 집어던졌다.

"크억?!"

"우어억?!"

【그라비티】로 가볍게 만들어서 그런지 잘도 날아가네. 무슨일이 벌어졌는지 모르는 듯한 두 사람이 벌떡 일어서서는, 한사람은 도끼, 또 한 사람은 대검을 들고 나에게 덤볐다.

"【슬립】."

"으갸갹?!"

"쿠웨엑?!"

양아치 두 사람이 호들갑스럽게 넘어졌다. 나는 곧장【그라비티】로 무게를 늘려, 두 사람이 움직이지 못하게 막았다. 나는 웅크려 앉아 너무 몸이 무거워져 움직이지 못하게 된 두 사람에게 말을 걸었다.

"으그그……!"

"우리 나라에서 그런 짓을 하면 안 되지. 일단 내가 왕이라 그냥 보고 넘어갈 순 없어서 말이야."

""?!""

내가 신분을 밝히자 두 사람은 눈을 휘둥그렇게 뜨며 진심으로 놀랐다는 듯한 표정을 지었다. 정말 못된 녀석들이야. 자, 어떻게 할까.

아~ 그러고 보니 우리 나라에는 감옥 같은 곳이 없구나. 겸사겸사 하나 만들어 둘까?

나는 【스토리지】에서 철 덩어리를 꺼내, 다다미 세 장 정도의 감옥을 만들고 【인챈트】와 【프로그램】을 실행했다. 그리고 장비와 소유물을 몰수한 뒤 두 사람을 안에다 집어넣었다.

말이 감옥이지, 한쪽 면만 투명한 철 상자였다. 격자는 없었다. 공기가 통하는 구멍은 천장에다 제대로 작게 뚫어 놓았다.

자, 그럼 벌을 받을 시간이야. 내가 문을 닫은 순간, 두 사람은 비명을 내지르며 절규했다. 정확하게 말하면, 비명을 지르고 있는 것처럼 보였다. 귀를 막고 아주 괴로워했다. 하지만 밖에는 그 목소리가 들리지 않았다. 【사일런스】로 막아 버렸으니까.

"저, 저어, 폐하? 안에서 대체 뭐가……."

"응? '소리'를 요, 들려주는 중이에요."

"소리?"

"칠판을 손톱으로 긁는 소리라든가, 도자기 접시를 포크로 긁는 소리라든가, 그런 걸 계속이요."

"으아아……."

웨이트리스가 소름이 돋는다는 표정을 지었지만, 아무튼 신경을 쓰지 말자.

그 사이에 겨우 경비 담당이 달려왔다. 문을 열면 소리가 멈추니, 때를 봐서 풀어 주라고 한 뒤, 나는 경비 담당에게 열쇠를 넘겨주었다.

아직도 할 게 굉장히 많구나. 저런 사람들이 있으니 나라의 치안에 더 신경을 써야겠어. 슬슬 정식으로 기사단도 만들어 볼까?

그런 생각을 하면서 나는 성을 향해 날아갔다.

"그래서 슬슬 기사단을 만들어 볼까 하는데요."

그렇게 내가 말을 꺼내자, 회의실의 탁자를 두르고 앉아 있던 사람들 중에서 코사카 씨가 자리에서 일어섰다.

"현재의 나라 수입을 생각해 무리가 없는 범위에서 말씀드리겠습니다. 먼저 옛 타케다의 희망자 서른 명. 이쪽은 원래 저희의 부하였기 때문에, 신분도 확실합니다. 이 서른 명을 열다섯 명씩 바바와 야마가타 밑으로 배속시키겠습니다. 그리고 츠바키가 이끄는 옛 타케다 닌자 밀정 부대가 열 명 정도 있습니다. 그 외에 새로 모집할 정원은 60명 전후이니, 일단은 이 100명 정도가 될 듯합니다."

신규로 60명이라. 음, 처음에는 그 정도면 충분하겠지? 별로 큰 마을도 아니니까.

회의실에는 나와 코사카 씨 외에 옛 타케다 사천왕인 바바 씨, 야마가타 씨, 나이토 아저씨와 닌자 대장인 츠바키 씨, 그리고 세 기사인 레인 씨, 노른 씨, 니콜라 씨가 모여 있었다. 이중 코사카 씨와 나이토 아저씨는 정확하게 말하면 기사단은 아니었다. 하지만 이런 일을 결정할 때에는 같이 참여해 주는 게 좋다.

"응모 자격은 어떻게 할 생각이지?"

그렇게 말을 꺼낸 바바 할아버지에게 내가 대답했다.

"글쎄요……. 일단은 당연하지만 범죄자, 지명 수배자는 제외해야 해요. 그리고 남녀불문, 종족 불문, 신분도 나이도 묻지 않겠어요."

"그렇게 모집하면 온갖 사람들이 우르르 몰려오지 않을까?"

야마가타 아저씨의 말도 일리는 있지만, 어디에 뛰어난 인재가 있을지 모르니, 일단 많은 사람을 모집해도 나쁘지 않으리라 생각한다.

그리고 그런 옥석이 섞인 곳에서 옥을 찾아내는 것이 내 역할이다.

"그런데 단장은 어떻게 할 생각이죠?"

나이토 아저씨가 가볍게 손을 들고 말했다. 기사단의 단장이라. 힐끔 바바 할아버지와 야마가타 아저씨를 봤는데…….

"우리는 사양하지. 그렇게 귀찮은 일은 그냥 일개 대장 역할로도 충분해."

"나도다. 성미에도 안 맞고, 그런 건 젊은 녀석이 좋을 거라 생각한다만."

아, 역시나. 전부터 그런 말을 했었지? 타케다에서 무장(武將)을 했었으니, 받아들여도 될 텐데. 이제는 정말 질린 건가? 그렇다면…….

"세 사람 중에서 골라야 하는 건가?"

"저희요?!"

레인 씨가 토끼 귀를 쫑긋 세우며 자리에서 일어섰다. 노른 씨도 니콜라 씨도 눈을 휘둥그렇게 떴다. 토끼, 늑대, 여우 수인인 세 사람이 현재 우리 나라의 정식 기사니까.

"그 외에 따로 적임이 없기도 하고요."

"하, 하지만, 저희가 단장이라니, 분에 넘칩니다!"

레인 씨가 허둥대며 마구 양손을 저었다. 옆의 두 사람도 응응 하고 말하며 고개를 끄덕였다.

"음~ 100명 정도니 각각 부대를 만들고 만일의 사태가 일어나면 제가 통솔을 하는 형태도 괜찮겠지만……. 그래도 제가 없을 때를 대비해 꼭 필요할 것 같아요."

"하지만……."

아무튼 단장은 필요하다. 사람은 얼마 없지만 일단 기사단이니까. 문제는 어떻게 결정할 것인가인데……. 세 사람 모두 일장일단이 있으니 말이야.

니콜라 씨는 성실하지만 융통성이 부족하고, 노른 씨는 사람들과 잘 어울리지만 꼼꼼하지 못한 면이 있고, 레인 씨는 뭐든 큰 어려움 없이 일을 잘 처리하지만, 조금 소극적이고.

"그럼 여러분 중 한 사람이 단장을 맡고 나머지 두 사람이 부단장을 맡는 걸로 하죠."

내가 그렇게 말하자, 니콜라 씨가 손을 들었다.

"저는 레인을 단장으로 추천합니다."

"저, 저도요~. 레인이 좋을 것 같아요."

"에엑?!"

레인 씨가 배신당했다! 같은 표정을 지으며 두 사람을 노려보았다. 두 사람이 추천을 해 준다면 옥신각신할 필요가 없어서, 이쪽으로서는 아주 바라던 바이지만.

"두, 두 사람 다 무슨 소리예요?! 저보다 니콜라 씨가 더 잘 어울리잖아요?!"

"아니. 냉정하게 생각해서 네가 더 좋아. 노른은 꼼꼼하지 못해서 단장을 하기엔 조금 문제가 있거든. 땡땡이도 잘 치고 말이지. 나는 발상이 유연하지 못해서, 아마 부하를 굉장히 엄격하게 대할 거다. 단장이 그래선 안 되잖아? 사람을 잘 이끌려면 당근과 채찍이 필요하다고 하는데, 나는 틀림없이 채찍에 가까운 사람이겠지. 기사단의 단장이 될 사람은 사탕인 편이 더 좋아."

흐음~ 객관적이네. 뭐냐, 신센구미의 *히지카타 토시조 같은 이미지야. 그 '귀신 부장' 같은 위치라고 해야 하나? 국장이었던 콘도 이사미 옆에서 냉철할 정도로 대원들의 규율을 잡았던 그 사람. 확실히 그런 사람이 있는 편이 좋겠다는 생각은 든다.

"그럼 레인 씨를 단장으로 임명할게요. 그럼 되는 거죠?"

〈이의 없습니다.〉

"네에?! 잠깐만요!"

최근 몇 개월, 바바 할아버지와 야마가타 아저씨에게 매일같이 훈련을 받고, 벨파스트 왕국과 레굴루스 제국의 용사들에게 가르침을 청해 직접 검 대결을 펼치며, 세 사람은 부쩍 힘을 길렀다. 게다가 재능도 상당히 뛰어났고, 수인이라 그런지 기본적인 신체 능력도 눈에 띄게 좋았다.

---

*히지카타 토시조(土方歲三): 신센구미의 부장으로 귀신 부장이라는 별명이 있을 만큼 엄격하기로 유명하다.

이건 어떻게 보면, 아주 딱 맞는 인선이라고 할 수 있을지도 모른다. 수인이자, 여성인 레인 씨가 단장을 맡으면, 이 나라에서는 종족도 성별도 차별하지 않는다는 사실을 사람들에게 쉽게 알릴 수 있지 않을까 하는 생각도 들었다.

"레인 씨. 단장이라고는 하지만 다른 나라로 말하면 소대장 급 정도니까, 너무 부담가지시지 않아도 돼요. 다른 두 분은 부단장으로서 서포트 잘 부탁합니다."

"넷."

"맡겨 주세요!"

니콜라 씨가 아주 진지하게, 노른 씨가 크게 웃으며 대답했다. 하지만 정작 레인 씨는 "네에……." 하고 힘없이 의자에 털썩 주저앉았다. 토끼 귀가 아래로 축 늘어져 있네.

조금 미안하기는 하지만 이번엔 열심히 노력해 주길 바라는 수밖에 없다. 될 수 있는 한 나도 도와줄 테고 말이야.

이제는 모집 광고지를 만들어서 여기저기에 붙여 볼까. 벨파스트나 레굴루스의 모험자 길드 같은 곳에 붙여 놓으면 나름 눈에 띄겠지.

그다음 다 같이 논의를 하여, 선발은 한 달 후에 하기로 결정했다.

그리고 한 달 후.

"어?"

"그러니까 말입니다. 정원은 60명인데, 희망자가 1000명 이상이나 몰려들었습니다. 이건 정말 예상외였습니다."

코사카 씨가 말한 인원수를 듣고 나는 무심코 되물었다. 1000명 이상이라니, 그렇게나 많이? 다양한 곳에 모집 광고를 하기는 했지만, 이렇게 많이 올 줄이야. 이건 완전 나라의 국민보다 많잖아.

"왜 그렇게 많이……."

"폐하는 벨파스트의 유일한 은색 랭크 모험자입니다. 그리고 레굴루스에서는 쿠데타를 진압한 영웅이고, 미스미드에서는 용을 죽인 사람 아닙니까. 그 명성에 이끌려 온 사람이 많을 겁니다. 물론 장난으로 참가한 사람이나, 다른 나라의 첩보원도 있을지 모릅니다만."

아하. 하지만 적은 것보다 많은 게 더 낫겠지? 많은 타입의 사람이 모여야 임기응변에 대처할 수도 있을 테니까.

"그래서 말인데, 폐하는 어떻게 선발을 할 예정인지요?"

"음~ 어떻게 하면 좋을까요? 사실은 아직 결정하지 않았어요."

어떤 기준으로 뽑으면 되는지 짐작도 가지 않는다.

"폐하가 어떤 자를 우리 브륀힐드의 기사단에 어울리는 사람이라고 생각할지에 따라 크게 달라지겠죠. 만약 힘이 가장 중요한 요소라고 생각한다면, 모든 사람을 싸우게 하여 상위 60명을 뽑으면 그만입니다."

은근한 추천인가? 하지만 아무리 실력이 좋아도 단순히 난폭한 사람은 그냥 거절하고 싶은데. 그렇다면 먼저 이 나라 사람들을 가장 많이 생각하는 사람을 뽑는 게 이상적이겠지? 수많은 의도를 품고 우리 나라에 왔겠지만, 그것만큼은 양보할 수 없어.

하지만 한 사람, 한 사람, 면접을 봐서는 시간이 너무 많이 걸린다. 어떻게 하면 좋을까.

"브륀힐드 기사단 입단 희망자는 이쪽으로 모여 주십시오~. 순서, 순서를 지켜 주세요~."

성의 성문 앞에 설치된 접수처에서 희망자가 서류에 이름, 성별, 종족, 연령, 출신지, 자기소개 등을 적고, 접수 담당인 라피스 씨에게 번호가 적힌 배지를 건네받았다. 그리고 손등에 똑같은 번호 도장을 받으면 오늘은 그걸로 끝으로, 기사 선발은 내일모레.

배지는 오늘과 내일, 외출할 때에 가슴이라든가, 쉽게 눈에 띄는 곳에 부착해야 한다. 이곳에 체재하는 동안 잘못된 행동을 하는 사람은 배지 번호가 기록된다. 어떤 점이 문제인지도 적히는데, 예를 들어 가게에서 난폭하게 행동한다든가, 여성 점원을 성희롱한다든가, 그런 짓을 하면 바로 보고서에 기록된다.

머리가 좋은 녀석이라면 배지를 건네받은 순간, 이게 무엇을 의미하는지 눈치챘을지도 모른다.

이건 우리 나라의 기사에 '적합한 사람을 발견하는 방법'이 아니다. '적합하지 않은 사람을 발견하는 방법'이다. 배지의 의미도 모르고 자신이 지켜야 할지도 모르는 사람들에게 잘못된 행동을 하는 녀석은 우리에겐 필요 없다.

그에 더해 츠바키 씨의 부하인 닌자들에게 【미라주】를 걸어 수인이나 마족으로 보이게 한 뒤, 마을을 이리저리 돌아다녀 달라고 부탁했다. 만약 수인이나 마족을 보고 차별을 하는 사람이 있다면, 그런 사람들도 우리에겐 필요 없다.

입단 희망자의 3분의 1이 그런 아인이기 때문에, 채용되면 당연히 그런 사람들과도 동료가 되어야 한다. 그런데도 '수인 주제에'라든가 '마족 따위가'라고 하며 차별을 하는 녀석은, 그야말로 백해무익하다.

그 외에도 고양이 사역마를 불러 100마리 정도 마을에 풀어 놓았다. 그렇게 하면 고양이 사역마가 얻은 정보를 내가 바로바로 알 수 있기 때문이다.

〈여행하는 행상인에게 시비를 거는 녀석이 있습니다냥. 배지 번호는 685번.〉

〈가게에서 술을 마시고 큰소리로 떠드는 녀석이 있습니다냥. 점원이 주의를 줘도 그치지 않고 폭력을 휘두르려고 하는 중입니다냥……. 배지 번호는 812~815번.〉

〈갑자기 저한테 돌을 던졌습니다냥……. 배지 번호는 258번.〉

벌써 문제가 있는 사람이 나타났구나. 근데 이거, 나 혼자 기록하기는 좀 힘든걸……? 코하쿠한테 도와 달라고 할까? 그 녀석은 짐승의 왕이라 고양이들과 텔레파시로 대화를 나눌 수 있으니까. 번호를 쓰는 건 레네와 라임 씨에게 부탁하자.

1000명이 넘는 사람이 몰려와서, 역시 미카 누나가 운영하는 숙소만으로는 모든 사람을 수용할 수 없었다. 결국 대부분은 마을 밖에서 노숙을 하게 되었다. 하지만 위험한 동물은 없으니 큰 걱정은 없다.

그건 그렇고 참 많이도 왔네. 나도 【미라주】로 변장을 해서 마을 안을 관찰해 보았다. 남녀를 불문하고 모집을 하는 거라 여성 모험자도 많이 지원을 했다. 역시나라고 해야 할지, 수인과 마족들은 각각 같은 종족끼리 그룹을 만들어 움직이는 경우가 많았다.

수인이나 마족을 차별하는 사람도 거절이지만, 반대로 사람에게 적개심을 지닌 수인과 마족도 달갑지 않다. 각자에게는 이런저런 사정이 있을지도 모르지만, 우리에게는 필요 없는 인재다.

이렇게 하면 최소한의 자격도 갖추지 못한 사람들은 탈락시킬 수 있을 것 같았지만, 그럼에도 아직 더 가려내야 할 필요가 있었다.

참고로 모든 사람에게 【패럴라이즈】를 걸었을 때, 마력 저항력이 높아 무사한 사람을 합격시키는 게 어떠냐고 제안을 해 보았지만, 모두에게 거절당했다. 기사 자격과는 별로 관계가 없다면서. 착한 사람이든 나쁜 사람이든 관계가 없는 일이니 당연한가.

그런 점은 유미나의 마안의 도움을 받을 수밖에. 어느 정도 사람이 줄어들면 도와 달라고 하자.

이거 참, 정말 바빠지겠어.

기사 선발 당일. 마을 사람과 츠바키 씨의 부하들, 고양이들에게 보고가 있었던 사람들은 문을 통과할 수 없었다. 당연히 항의하는 사람도 있었지만, 그 사람들이 이 나라에서 무슨 짓을 했는지 세세하게 설명해 주자, 풀이 죽어 돌아가 버렸다.

그렇게 해서 50명 정도가 탈락. 나머지는 약 950명이었다. 20분의 1이 줄었구나. 아직 멀었네.

성 안으로 사람들을 들여보낸 뒤, 훈련장 공간에 모두 모았다. 급조된 스테이지 위에 나와 레인 씨, 노른 씨, 니콜라 씨의 단장·부단장 트리오, 그리고 바바 할아버지와 야마가타 아저씨가 올라갔다. 스테이지의 옆에서는 에르제와 린제, 야에와 유미나, 루와 츠바키 씨 등이 상황을 지켜보았다.

내가 무속성 마법【스피커】를 사용하자, 스테이지 좌우에서 빛나는 마법진이 갤러리들을 향해 날아갔다.

그리고 직경 30센티미터 정도의 마법진 두 개가 공중에 떠오르는 동시에, 내 입 앞에 작은 마법진이 떠올랐다. 이 마법진으로 들어간 목소리가 증폭되어 좌우의 마법진을 통해 사람들에게 들리는 것이다.

"먼저 브륀힐드 공국에 오신 걸 환영합니다. 이 나라의 공왕, 모치즈키 토야입니다. 이제부터 우리 기사단원 선발을 시작할 텐데, 솔직히 말씀드려 우리는 급료가 많지 않습니다. 그리고 기사단으로서 나라의 경비를 서는 것 외에 잡일도 꽤 많이 해야 합니다. 뒤에 있는 수인들을 봐도 알 수 있듯이, 우리는 신분이나 종족으로 사람을 차별하지 않습니다. 그래도 좋다고 하시는 분만 남아 주십시오."

내가 그렇게 말하자 웅성거리며 지원자들이 술렁이기 시작했다. 그리고 몇 명인가가 성문 밖으로 나갔다. 물론 모두 남을 거라고는 생각하지도 않았다. 이 시점에 불만이 있는 사람이 있다면, 빨리 포기하고 가 주는 게 좋다.

"그럼 먼저 여러분의 체력을 확인해 보겠습니다. 성문 밖으로 나가 성의 해자 주변을 한 바퀴 돌아 주십시오."

내 말을 들은 모든 사람이 의외라는 듯이 미묘한 표정을 지었다. 이 성의 주변은 기껏해야 2킬로미터도 안 되는 거리다. 체력을 확인하기에는 너무 짧다는 생각이겠지.

"참고로 순위는 별로 상관없습니다. 자신에게 알맞은 속도로 돌아주시면 그만입니다. 포기……. 힘들어서 기권하실 때에는 몸에 달고 있는 배지를 떼면 바로 이곳으로 돌아옵니다. 그럼 시작하겠습니다."

나는 내 말이 끝나기가 무섭게 달리려고 하는 사람 모두에게 마법을 걸었다.

"【그라비티】."

〈크악?!〉

갑작스럽게 엄청난 무게가 짓누르자 모두 지면에 바싹 엎드렸다.

"가중 마법을 여러분 모두에게 걸었습니다. 그 상태로 한 바퀴를 돌아 주십시오. 만약 도저히 안 될 것 같으면, 조금 전에도 말씀드렸듯이 배지를 떼십시오. 그러면 이곳으로 바로 돌아오도록 되어 있습니다."

납작 엎드렸던 사람들이 잇달아 일어서더니, 느릿느릿한 속도로 성문 밖으로 나갔다. 거북이 속도까지는 아니었지만, 걷는 속도보다 훨씬 느렸다.

　움직일 수 없을 만큼 무게를 더한 것은 아니었기 때문에, 충분히 걸을 수는 있었다. 체력이 엄청나게 소모되겠지만. 일단 속임수를 쓰거나, 자칫 해자에 빠지지 않도록 닌자에게 사람들을 감시하도록 지시를 해 놓았다.

　"순위는 별로 상관없나요?"

　"음~ 어느 정도는 참고를 하겠지만, 이건 체력을 보는 시험이 아니에요."

　레인 씨의 질문에 나는 그렇게 선뜻 대답했다. 이번 테스트로 체력이 좋은지 나쁜지 순위는 확실히 알 수 있다. 하지만 내가 알고 싶은 것은 그런 것이 아니었다.

　"체력을 보는 시험이 아니라면 뭘 보기 위한 건가요?"

　"근성이요."

　"근성?"

　간절함을 본다고 해야 하나? 너무 쉽게 포기하는 사람은 아무래도 뽑을 수 없었다. 그런 사람은 조금만 힘들어도 금방 포기하는 사람일 테니까. 그래서는 곤란하다.

　어느 정도 시간이 지나도 돌아오지 않는 사람은 일단 구조를 가도록 지시해 두었다. 그 전에 포기하는 사람이 진짜 실격자다. 반면, 포기하지 않고 끝까지 도착하려고 하는 사람이라면, 그 사람은 합격이다.

그런 이야기를 레인 씨와 하는 사이에도 탈락한 사람들이 잇달아 이쪽으로 이동해 왔다. 빠르네. 조금 더 힘내 줘요.

나는 그 사람들에게 【그라비티】를 풀어 주고 【리프레시】로 체력을 회복시켜 준 뒤, 바로 돌아가 달라고 부탁했다. 자, 몇 명이나 남을까?

약 950명 정도 있었던 지원자가 단숨에 480명까지 줄었다. 즉, 반 정도가 탈락한 것이다.

상위권에는 체력이 뛰어난 수인과 마족이 많았지만, 그런 것은 별로 상관없었다. 도중에 포기만 하지 않으면 모두 합격 이니까. 그냥 참가에 의미를 둔 사람이었을까, 아니면 자신의 실력 부족을 인정한 것일까. 이유는 다양했겠지만, 아무튼 포기는 포기다. 수고하셨습니다.

마지막까지 완주한 사람, 포기하지 않아서 합격한 사람들 모두에게 나는 회복 마법을 걸어 체력을 원래대로 회복시켜 주었다.

자, 다음 시험을 치러 볼까.

"다음은 실기 시험입니다. 무기는 선호하는 것을 선택해도 상관없습니다. 30분 이내에 저에게 일격을 가한 분은 합격입니다. 저는 이 목도로 상대를 하죠. 그럼 시작하겠습니다."

내가 목도를 들고 시작을 외쳤지만, 아무도 덤비는 사람이 없었다. 어? 뭔가 이상하다는 생각을 하는데, 지원자 중 한 명이 머뭇거리며 손을 들었다.

"저어, 순서는요?"

아, 그래서 안 덤볐구나.

"순서는 없습니다. 모두 한꺼번에 덤벼 주세요. 온 힘을 다 해도 상관없습니다."

내가 자신들을 얕본다고 생각했는지, 모든 사람들이 일제히 손에 든 무기를 들고 나를 공격했다.

"【액셀】."

나는 가속 마법을 사용해 사람들 틈으로 파고들어, 빈틈투성이인 몇 명에게 목도로 일격을 날렸다. 역시 사람이 많다 보니 달려드는 사람은 끝이 없었다. 하지만 모두 다 피하고 틈이 있는 사람을 공격했다.

웬만큼 틈이 있지 않고서야 내가 공격을 하지는 않았다. 이 시험에서는 바바 할아버지, 야마가타 아저씨, 에르제, 야에가 참가자들의 기량을 심사해, 일정한 수준에 도달했다고 판단되면 번호를 기입하기로 했다. 내가 보기에 명백하게 수준 미달인 경우에는 미안하지만 일격을 날려 탈락을 시켰지만.

가끔 날카로운 일격이 날아왔지만 【액셀】을 발동한 이상, 피하는 것은 크게 어려운 일이 아니었다. 정신을 차려 보니, 어느덧 반 이상이 쓰러졌고, 나머지도 겨우겨우 서 있는 정도에 불과했다.

"여기까지. 시간이 다 됐습니다."

레인 씨가 시험 종료를 알렸다. 그 말을 듣자마자 간신히 서 있던 사람들도 모두 땅에 주저앉았다. 그건 그렇고, 시합을 하는 중에 조금 아는 사람이 있어서 깜짝 놀랐다.

나는 쓰러진 두 사람을 바라보았다. 아, 역시 레베카 씨랑 로건 씨였어.

두 사람 모두 우리가 라비 사막에서 도와주었던 모험자다. 내가 경영하는 벨파스트의 독서 카페에서 경비를 서는 일을 했을 텐데, 왜 지원을 한 거지?

내 시선을 눈치챘는지 두 사람 모두 가볍게 손을 들어 인사했다. 이야기를 듣고 싶지만, 주변 사람들 눈도 있고, 아는 사람이라는 걸 알면 왠지 일이 복잡해질 것 같았다. 편파 판정을 하는 거 아니냐고 항의하는 사람이 있을 수도 있고 말이지.

일단 쓰러진 모든 사람에게 회복 마법을 걸어 준 뒤, 바바 할아버지 일행에게서 메모 용지를 건네받았다.

"그럼 결과를 발표하겠습니다. 번호가 호명되면 합격, 호명되지 않으신 분은 아쉽지만 탈락입니다. 탈락하신 분은 성문 쪽으로 돌아가 주십시오. 그럼 발표하겠습니다. 배지 번호 3번, 14번, 21번……."

결과 100명 정도가 남았다. 빈틈투성이라 나에게 일격을 당한 사람과 함께 적극적으로 공격을 하지 않았던 사람도 실격 처리했다. 자신의 기량을 적극적으로 선보일 수 있는 자리에서 아무것도 하지 않았으니 어떻게 평가할 방법이 없었기 때문이다.

참고로, 레베카 씨도 로건 씨도 합격했다. 이건 내가 결정한 것이 아니기 때문에 편애가 아니었다.

꽤 많이 좁혀졌네. 이제는 면접으로 결정하자.

우리는 합격자들을 데리고 성 안의 기사 건물로 이동했다. 일단 참가자들을 별실에서 기다리게 하고, 우리는 옆방에서 면접 준비를 시작했다. 면접 담당은 나와 단장인 레인 씨, 유미나, 그리고 또 한 사람. 나를 도와줄 사람을 이미 이 나라로 부른 상태였다.

"여기까지 먼 길 와 주셔서 감사합니다. 부탁을 드려 죄송합니다."

"아니요. 이 정도는 아무렇지도 않습니다. 갚지 못할 만큼 큰 은혜를 입었으니까요."

생긋 웃으며 교황 예하가 대답했다. 미리 라밋슈 교국에 연락을 해서 협력해 달라고 부탁을 해 두었다. 호위 담당인 성기사 몇 명도 방의 뒤쪽에 대기하고 있었다. 교황 예하의 거짓말을 꿰뚫는 마안과 유미나의 본질을 꿰뚫는 마안으로 최종 심사 면접에 임했다.

일단 유명인이기 때문에 【미라주】로 교황 예하의 모습을 바꾸었다. 그때 조금 젊은 사람처럼 보이게 해 달라는 주문을 받았다. 완전히 다른 사람이 되니 그런 건 별로 상관없을 텐데……. 여성의 심리는 참 복잡한 것 같다.

"그럼 다섯 명씩 부르겠습니다."

니콜라 씨가 방 밖으로 나가 다섯 명을 데리고 다시 들어왔다. 수인이 둘, 인간이 셋이었다. 나는 방 중앙에 놓인 의자에 앉도록 권했다.

"그럼 왼쪽 분부터 이름과 나이, 출신지를 말씀해 주십시오."

나와 레인 씨가 이런저런 질문을 하는 사이에 왼편에 있던 유미나가 마안으로 다섯 명의 질문을 체크했다.

우리의 질문에 눈앞의 다섯 명이 대답을 할 때마다, 오른쪽에 있던 교황이 왼손을 쥐었다 폈다를 반복했다. 이건 사전에 약속해 둔 암호로, '진실'을 말할 때는 손을 펴고, '거짓말'일 때는 손을 쥐었다. 우리는 그 모습을 보면서 계속 질문을 했다.

거짓말을 했다고 해서 무조건 탈락시키는 것은 아니었다. 사람은 누구나 다른 사람에게 하고 싶지 않은 말도 있고, 들키면 괜히 난처해지는 일도 있기 마련이다. 하지만 하나부터 열까지 전부 거짓말을 하는 사람을 믿을 수는 없는 법이다.

물론 솔직히 대답을 한다고 해서 '국민보다 내가 더 중요하다', '돈만 받을 수 있다면 뭐든 하겠다', '배신도 쉽게 할 수 있다' 라고 대답하는 사람을 합격시키진 않을 거지만.

처음 다섯 명의 면접이 끝나고 모두 밖으로 나가자, 먼저 유미나가 말을 꺼냈다.

"왼쪽에서 세 번째 사람과 다섯 번째 사람은 뽑지 않는 게 좋을 것 같아요. 무언가 나쁜 생각을 하는 모양이거든요."

"그 두 사람은 거짓말이 많았어. 멋진 포커페이스였지만."

"포커페이스……? 아, 포커를 할 때 표정을 읽히지 않는 기술을 말하는 거죠?"

일단 그 두 사람은 엑스 표시를 해 두고, 니콜라 씨에게 다음 다섯 명을 불러 달라고 부탁했다. 이걸 앞으로 스무 번이나 더 해야 하는 건가. 참 힘든 일이구나.

"아~ 힘들어……."

모든 사람의 면접이 끝나 나는 책상 위에 축 늘어졌다. 많은 사람과 전투 대결을 펼치는 쪽이 훨씬 편할 정도다.

서로 속고 속이는 것까지는 아닐지 모르지만, 생글생글 태연한 표정으로 숨을 쉬듯 거짓말을 하는 사람들을 보는 것은 굉장히 지긋지긋한 일이었다. 거짓말을 꿰뚫어 보는 것도 참 귀찮은 능력이구나.

"평소에는 최대한 발동시키지 않으려고 노력합니다. 알 필요가 없는 일도 많으니까요."

　교황 예하의 말대로, 모든 일을 다 꿰뚫어 봤다간 인간 불신에 빠질 듯했다. 너무 힘든 부탁을 한 것일까. 나중에 식사라도 같이 하며 답례를 해야겠어.

　일단 실격자를 빼자, 합격자는 64명. 조금 정원을 초과했지만, 이 정도라면 별 문제 없을 것 같았다.

　남성 37명, 여성 27명. 여성이 생각보다 많았다. 아마 다른 나라에서는 귀족이 아닌 이상 기사단에 들어가기가 힘들기 때문이 아닐는지. 게다가 '남녀불문, 종족, 신분 불문'으로 기사를 모집했으니, 유력한 실력자도 왔을 가능성이 높다.

　참고로 레베카 씨도 그런 이유였다. 로건 씨도 안정된 직장을 찾고 있었던 모양이었다. 이제 결혼을 한다고 해서, 레베카 씨랑요? 하고 물었더니, 두 사람 모두 왜 내가 이 녀석이랑, 하고 동시에 말을 했다. 아무래도 다른 여성인 듯했다. 죄송합니다.

　합격자 64명 중 22명이 수인 또는 마족이었다. 같은 수인이 단장이니 수인이 모이는 것은 충분히 이해가 갔지만, 마족들은 조금 의외였다.

　마족이란 사람과 가까운 종족, 이른바 아인(亞人)이라는 종족(수인도 이 안에 들어간다)이지만, 사실 마수에 가깝다. 뱀파이어, 라미아, 오거, 알라우네 등이 그 안에 포함된다. 마족은 대화도 가능하고, 인간을 적으로 생각하지 않지만, 사람들은 그들과 깊이 어울리려고 하지 않았다.

역시 용모와 종족 특성 때문에 까닭 없이 싫어하는 사람이 많았다. 나라에 따라서는(이전의 라밋슈처럼) 토벌 대상이기도 했다.

그래서 마족은 특히 엄격하게 면접을 봤는데, 합격한 다섯 마족은 유미나의 마안으로도 문제가 없었고, 교황의 마안 심사에서도 사실을 말했었다. 모두 인간 사회에서 살아가기를 바랐기 때문에, 다섯 명(뱀파이어, 오거, 알라우너, 라미아가 둘)은 합격을 시켰다.

뱀파이어 하면 흡혈귀가 절로 떠올랐지만, 굳이 피를 빨지 않아도 상관은 없다는 모양이었다. 담배나 술과 마찬가지로, 좋아하는 사람도 있고, 싫어하는 사람도 있다고 한다. 우리 나라에 온 뱀파이어는 피를 싫어한다고 말했다. 이상한 녀석이야.

아무튼 이걸로 대략적으로 형태는 갖춰졌다. 아직 세세한 부분은 이것저것 남았지만. 그건 그렇고 참 다양성이 넘치는 기사단이 될 듯했다. 물론 그편이 더 재미있어서 좋다.

기사단원이 늘어서 기사 숙소를 하나 더 지었다. 남녀가 같

이 생활할 수는 없으니까. 기본적으로는 이곳에서 살아야 하지만, 돈의 여유가 있다면 자기 돈으로 성 아래쪽 마을에 방을 빌려 살아도 된다.

그리고 바바 할아버지의 제안으로 성의 지하에 수련장을 만들었다.

"일단 저 아가씨들은 단장, 부단장이잖아? 그런 두 사람을 나나 야마가타가 너덜너덜하게 만드는 모습을 신인에게 보여 줄 수는 없지."

듣고 보니 그렇기는 하다. 그 세 사람은 상당히 강해지긴 했지만, 아직 바바 할아버지나 야마가타 아저씨와 대등하게 싸울 수 있을 정도는 아니었다. 계속 지기만 하는 모습을 보면, 신인이 얕잡아 볼 수도 있고, 단장인 레인 씨보다 바바 할아버지가 더 단장에 어울린다고 생각할지도 모른다. 그건 좀 안 될 말이다.

지하에 넓은 수련장과 트레이닝룸을 만든 뒤, 간부급 사람들은 그곳을 이용하도록 했다. 겸사겸사 마련해 둔 벤치프레스나 러닝머신, 실내사이클 등, 처음 보는 운동 기구를 모두 즐겁게 사용했지만, 다들 장난감을 가지고 노는 심정이겠지? 너무 심하게 운동하면 근육통에 걸려요.

그건 그렇고, 오늘은 좀 볼일이 있다. 공원 운영도 일단 궤도에 오른 듯하니, 이쯤에서 자신의 신변도 확실히 해 둘 생각이었다.

새삼스럽지만 약혼 보고를 하려고 합니다. 상대 부모님께.

유미나와 루의 부모님에게는 이미 인사를 끝냈지만, 에르제, 린제 쌍둥이 자매와 야에의 부모님에게는 아직 보고를 하지 못했다.

야에의 부모님과는 이미 안면이 있었지만, 에르제 자매의 부모님은 이미 돌아가셨기 때문에 부모님 대신 숙부와 숙모를 만나야 하는데, 두 분 모두 리프리스 황국에서 농원을 경영하고 계신다고 한다.

일단은 야에의 부모님에게 보고를 하러 가기로 했다. 나는 【게이트】를 열고, 이셴의 오에도를 향해 야에와 함께 이동했다.

"이셴에도 참 오랜만이네."

우리 국민의 절반 정도가 이셴 출신인데 말이야. 조금 이상한 느낌이다. 야에의 본가, 코코노에 검술 도장의 문을 지나자 현관에서 여자 하인인 아야네 씨가 우리를 맞이해 주었다.

그리고 주베에 씨와 나나에 씨가 있는 방으로 안내를 받아, 나는 두 분에게 야에와 약혼했다는 사실을 알려 주었다. 하지만 두 사람은 그다지 놀라는 모습도 없이 서로 얼굴을 마주 보았다.

"이것 보세요. 제가 말한 대로죠?"

"정말이군. 아무튼, 기왕에 이렇게 됐으니, 다른 약혼자와 마찬가지로 야에를 잘 부탁하네, 토야."

두 사람이 고개를 숙여, 나도 무심코 고개를 숙였다. 다행이야. 반대를 하지 않으셔서. '딸을 원한다면 나를 쓰러뜨려 봐라!' 라든가, 흔한 전개가 기다리면 어쩌나 하고 약간이나마 생각을 했었다.

"그건 그렇고, 토야가 한 나라의 왕이 되다니. 그리고 야에가 그 임금님의 아내……. 살다 보면 무슨 일이 일어날지 알 수 없는 노릇이군."

주베에 씨가 감개무량하게 숨을 내뱉으며 말했다. 나도 사실은 일이 이렇게 될 줄은 꿈에도 몰랐어요.

"저어, 토야 씨? 그 브륀힐드? 그 나라에 같이 가 봐도 될까요? 야에가 사는 나라를 한번 방문해 보고 싶어요."

"네? 그거야 상관없는데, 별로 발전한 곳이 아닌데요?"

그래도 좋다고 해서, 나는 두 분을 우리 나라에 초대하기로 했다. 일단 야에의 오빠인 주타로 씨가 돌아오길 기다린 뒤, 이셴 밖으로 한 번도 나가본 적이 없다고 하는 아야네 씨까지 함께, 모두 브륀힐드로 이동했다.

"어서 오세요, 폐하~."

"어서 오세요."

성의 문을 열자 세실 씨와 레네가 우리를 맞이해 주었다. 주베에 씨, 나나에 씨, 주타로 씨, 아야네 씨는 모두 멍하니 성 안을 바라보았다.

"이쪽은 야에의 가족들이야. 이삼일 머물 예정이니까 잘 부탁해."

"어머나~ 야에 님의 가족~?! 그럼 이쪽으로 오세요~. 방으로 안내해 드릴게요~."

세실 씨의 안내를 받아 야에의 가족이 우르르 객실로 걸어갔다. 바로 식당에 연락해서 점심을 준비해 두라고 하자. 그다음에는 성 아래쪽 마을을 안내해 드릴까? 물론 그다지 볼만한건 없지만. 주베에 씨나 주타로 씨라면, 훈련장 쪽을 좋아하려나?

예상대로 주베에 씨와 주타로 씨는 훈련장을, 나나에 씨와 아야네 씨는 성 아래쪽 마을에 가고 싶다고 해서, 성 아래쪽 마을은 야에에게 맡겨 두고, 나는 훈련장으로 두 사람을 안내해 주기로 했다.

훈련장에는 새로 기사단에 들어온 단원들이 열심히 훈련을 하는 중이었다. 지금까지는 레인 씨를 비롯한 세 명이 바바 할아버지 일행에게 흠씬 얻어맞는 모습만 봐서 그런지 조금 신선한걸?

훈련을 견학하는 중에 주베에 씨와 주타로 씨도 훈련을 해보고 싶다고 말을 꺼냈다. 야에가 검술에 미쳤다고 표현할 정도의 부자인 만큼, 당연한 일이라고 해도 과언이 아니었다.

훈련장에 있던 야마가타 아저씨를 붙잡아 주베에 씨와 모의 훈련을 해 달라고 부탁했다. 옛 타케다 사천왕의 돌격 대장과 토쿠가와 영지의 검술 지도자의 대결이다. 이건 꽤 볼만하겠는걸?

시합이 시작되자, 모두 두 사람의 검술에 눈을 빼앗겼다. 내 옆에 서 있던 주타로 씨도 눈을 돌리지 않고, 두 사람의 격렬한 싸움을 집중해서 바라보았다.

잠시 두 사람의 시합을 바라보다가, 대략 때를 봐서 시합을 중지시켰다. 이런 건 그냥 비긴 걸로 해 두는 게 좋다.

시합이 끝나자 기사단 사람들이 주베에 씨에게 한수 가르쳐 달라고 몰려들었다. 발전을 위해 노력하는 거니 참 좋은 모습이다.

야마가타 아저씨가 이번엔 주타로 씨에게 붙잡혔다. 당연히 옛 타케다 사천왕과 시합을 해 볼 기회를 주타로 씨가 놓칠 리가 없나?

주베에 씨 정도는 아니지만 주타로 씨도 야마가타 아저씨를 상대로 꽤 선전했다. 아마 레인 씨보다는 실력이 위일 것 같은데? 어릴 때부터 검술을 배우고, 전쟁터에도 나간 사람이니 당연하다면 당연하겠지만.

두 사람이 신인 기사들과 섞여 훈련을 시작했기 때문에 이쪽은 한가해졌다. 야마가타 아저씨에게 맡겨 두고 그냥 돌아가도 상관없었지만, 일단은 장인어른과 형님이 될 사람이니 그냥 돌아가 버리는 것도 좀 박정한 이야기다.

그래서 벤치에 앉아 멍하니 훈련을 바라보는데, 저편에서 레베카 씨가 다가왔다.

"한가해 보이는군, 토야. 앗, 폐하라고 불러야 하나?"

그렇게 말하며 레베카 씨가 씨익 미소를 지었다. 어느 쪽이든 상관은 없지만, 공적인 자리나 다른 사람이 있을 때는 제대로 불러 주는 게 좋을지도 모른다.

"레베카 씨가 이 나라에 올 줄은 몰랐어요. 왜 오신 거예요?"

"원래 나는 기사단을 지망했었거든. 하지만 여성 검사는 귀족이거나 연줄이 없으면 들어갈 수 없었어. 그래서 실력을 닦기 위해 모험자 생활을 했는데 이곳에서 사람을 모집한다는 말을 듣고 망설임 없이 날아온 거다."

그렇구나. 확실히 이번 모집에는 여성 희망자가 많았다. 레베카 씨가 제안을 하자 로건 씨도 같이 오겠다고 말을 했다는 모양이다. 그리고 멀리서 열심히 와 보니, 왕이 아는 사람이어서 깜짝 놀랐다는 그런 얘기인가?

"윌은 안 왔네요?"

"그 녀석은 벨파스트의 닐 부단장이 마음에 들어 해서 말이야. 아마 그쪽 기사단에 들어갈 거다. 게다가 웬디도 그 나라에 있으니, 멀리 올 이유가 없지."

윌은 여전히 웬디가 일하는 독서 카페 '월독'의 경비를 맡고 있다는 모양이었다.

그러고 보니, 새삼스럽지만 내가 공왕이 되었으니, '월독'은 국가가 경영하는 가게가 되는 건가? 다른 나라인데 계속 놔둬도 되는 건지. 벨파스트의 임금님이라면 쉽게 허가해 줄 것 같긴 하지만.

매월 매출과 실적 보고서는 게이트미러로 받아 보고 있고, 한 달에 한 번은 신간을 구입하러 간다. 경영도 순조롭고, 나중에 이 나라에 2호점을 낼까?

"그래서 공왕 폐하에게 부탁이 있는데……."

"부탁이요?"

"이 기사단 사람들이라는 사실을 알 수 있을 만한 장비라고 해야 할지……. 갑옷이라든가 방패, 검, 그리고 깃발 같은 거라고 해야 할까? 그런 게 있어야 하지 않을까 해서 말이야."

조금 얼굴을 붉히면서 레베카 씨가 그렇게 제안했다. 그러고 보니 그런 게 없었네. 확실히 똑같은 갑옷과 방패가 있는 편이 좋기도 하고, 멋지겠지?

"음~ 마을을 순찰할 때 바로 기사단 사람이라는 것을 알아볼 수 있어야 편리하겠죠?"

"그럼, 그렇고말고!"

내가 이해됐다는 듯이 말하자, 레베카 씨가 손뼉을 쳤다. 엄청나게 가지고 싶었나 보네? 처음부터 기사단 지망이었다고 하니, 겉보기에 바로 기사인지 알 수 있는 갑옷이라든가 하는 걸 동경하고 있었을지도.

"그럼 시험 삼아 만들어 볼까요?"

"응? 지금?"

깜짝 놀라는 레베카 씨 옆에서 나는 【스토리지】를 열어 미스릴 덩어리를 꺼냈다.

그리고 【모델링】으로 대충 형태를 정비한 다음, 세세한 부분을 변형시켰다. 이쪽 세계의 일반적인 갑옷과는 다른 형태로 만들고 싶었기 때문에, 애니메이션이나 게임에 나오는 갑옷을 참고로 디자인을 해 보았다.

가슴, 어깨, 정강이, 목 등의 보호구를 잇달아 만들어 레베카 씨에게 입혀 보고, 사이즈를 조정하며 변형시켰다. 최대한 여성다운 라인을 남기면서도 움직이는 데 방해가 되지 않는 형태를 만들었다. 그리고 마지막으로는 투구를 만들었는데, 바이저 부분을 투명하게 하여 시야가 탁 트이도록 마무리했다.

나는 온몸을 백은 갑옷으로 두른 레베카 씨보고 이리저리 움직여 보라고 하면서, 불편한 곳이 있는가 없는가를 확인해 보게 했다. 미스릴로 만든 거라 꽤 매우 가벼울 게 분명하다.

"아주 좋아! 마치 종이처럼 가벼워!"

레베카 씨가 움직임을 확인하는 사이에, 이번엔 【스토리지】에서 프레이즈의 파편을 꺼냈다. 그리고 마력을 조금 담으면서 변형을 시켜, 이번엔 검과 방패, 칼집을 만들어 주었다. 검은 손잡이 부분만 미스릴로 만들었다.

도신은 미스릴보다도 아마 더 단단할 게 분명했다. 하지만 야에의 '투화'처럼 날카롭게는 만들지 않았다. 누가 훔쳐 가면 큰일이니까.

마지막으로 【그라비티】를 이용해 무게를 줄여 수정 같은 검과 방패를 완성시켰다.

갑옷도 이걸 이용해서 만들 수 있었지만, 역시 갑옷이 다 비쳐 보이면 좀 그렇다. 나는 방패는 등에, 검은 허리에 부착할 수 있도록 가공하여, 갑옷도 마무리 지었다.

"어떤가요?"

"최고야!"

레베카 씨가 기쁘게 방패를 들어도 보고, 검을 빼 보기도 하자, 훈련 중이던 사람들이 그것을 보고 이쪽으로 몰려들었다.

그중에서 로건 씨를 부른 뒤, 마찬가지로 이번엔 남성용 갑옷을 완성시켰다. 일단 사람들의 의견을 들으면서 조금 수정을 한 뒤, 완성된 남성용, 여성용 장비를 가지고 '공방'으로 가서 모두 인원수대로 양산했다.

형태는 그대로 양산이 가능해서 편하지만, 모든 부여 마법을 혼자서 일일이 걸어야 한다는 점이 좀……. 결국 【멀티플】을 이용해 한꺼번에 처리하는 데 성공했지만.

사이즈도 입는 사람에게 자동으로 맞춰지도록 만들었고, 검과 방패에는 전쟁의 처녀 브륀힐드의 문장을 새겨 두었다.

단장, 부단장, 대장 등, 간부급은 조금 의장을 더 세세하고 화려하게 만들어 차별화를 해 두었다. 나머지는 마족 사람들 (뱀파이어 청년은 그대로도 괜찮지만)용을 개별적으로 만들면 끝인가?

어디까지나 기사단으로 일할 때의 유니폼이기 때문에, 훈련 때는 사용하지 않을 예정이었다. 아무리 마력을 떨어뜨려 놓았다고는 하지만 훈련 때에 사용하면, 프레이즈의 검 때문에 미스릴 갑옷이 손상될 우려가 있으니까.

나는 양산한 갑옷을 들고 훈련장으로 돌아갔다. 다들 누가 먼저랄 것도 없이 갑옷을 입어 보더니, 기쁘게 그 감촉을 확인해 보았다. 오오오. 확실히 똑같은 갑옷을 갖춰 입으니 '기사단'이라는 느낌이 드는걸?

나중에 이 검과 방패 덕분에 브륀힐드 기사단은 '수정 기사단'이라고도 불리지만, 그건 또 나중의 이야기.

야에의 가족에게 허락을 받아 마음을 놓은 것도 한순간. 이번엔 에르제 자매 쪽에 인사를 가야 했다.

"우리 쪽엔 굳이 안 가도 되는데⋯⋯."

에르제가 무슨 일인지 숙부님이 있는 곳으로 가기를 주저했다. 일단 약혼했다는 것, 그리고 에르제·린제 모두 상대가 같다는 것, 상대가 공왕이라는 것 등을 대략적으로 편지로 알려 둔 것 같기는 한데…….

에르제 자매의 숙부님(어머니 쪽 남동생에 해당한다는 모양이다)은 벨파스트 근처에 있는 리프리스 황국의 코렛이라는 작은 마을에서 농원을 운영하고 있다. 두 사람은 열두 살 때까지 그곳에서 살았는데, 자립을 위해 집을 나왔다고 한다. 언제까지고 숙부님 부부에게 민폐를 끼칠 수는 없다고 생각했기 때문이라는데…….

이쪽 세계의 사람들은 독립이 참 빠르네……. 내가 원래 있던 세계에서는 스무 살이 넘어도 당연하다는 듯이 부모님과 함께 사는 녀석들도 많은데.

아무튼 자초지종을 이미 알고 있다면, 이제는 그냥 인사를 하러 가면 그뿐이다. 【플라이】 마법으로 날아갈까 하고 말해 보았는데, 두 사람은 무서워서 싫다며 거절했다. 기껏 배운 건데…….

어쩔 수 없이 【리콜】 마법으로 린제에게 코렛 마을의 기억을 이어받아 【게이트】를 사용해 이동하기로 했다.

도착한 곳에는 끝없이 밭이 펼쳐져 있었다. 저 멀리 보이는 건 과수원인가? 무언가 붉은 열매가 맺혀 있는 모습이 보였다.

목가적인 분위기인데, 이곳저곳에 방어 울타리가 쳐져 있는 걸 보니, 멧돼지나 원숭이라도 나오는 걸까?

그곳에서 더욱 떨어진 곳에 지붕이 붉은 집이 한 채 보였다. 낡아 보이긴 하지만 꽤 큰 집이었다. 전형적인 시골 농원의 집 같은 정취라 어딘가 모르게 마음이 편안했다.

"여기도 참 오랜만이다~."

"응, 여전한 것 같아."

정겨운 듯 밭을 바라보는 두 사람의 안내를 받아, 나는 멀찍이 보이는 지붕이 붉은 집을 향해 갔다. 역시 저기가 숙부님의 집인가 보네?

집 바로 앞으로 가 보니, 밭에서 두 사람이 무언가 일을 하는 중이었다. 우리가 가까이 다가가자, 밀짚모자를 쓴 남자가 고개를 들어 이쪽을 바라보았다.

"……? 에르제? 린제?"

"오랜만이야, 조제프 삼촌."

"오랜만이야."

에르제와 린제가 손을 들어 숙부님에게 인사했다. 그 목소리를 듣고 옆에 있던 여성도 고개를 들었다.

"에르제! 린제! 와아, 돌아온 거니?!"

밝은 표정을 지으며 그 여성이 밭에서 뛰쳐나왔다. 갈색 머리카락을 한데 묶어 땋은 모습의 스무 살 정도 되어 보이는 여성이 에르제와 린제를 껴안았다. ……이 사람이 숙모는 아니겠지?

"엠마 언니, 다녀왔어."

"다녀왔어, 엠마 언니."

"왜 한 번을 안 찾아오니?! 가끔은 돌아오겠다고 약속했잖아."

마치 외톨이가 된 듯한 나를 눈치챘는지, 에르제가 자신을 안고 있는 여성을 밀어냈다.

"토야, 이 사람이 엠마 언니야. 삼촌의 딸이자, 우리의 사촌."

사촌이구나. 아하, 그러고 보니 어딘가 모르게 두 사람이랑 닮았네. 에르제나 린제도 몇 년 지나면 이런 느낌일까?

멍하니 그런 생각을 하는데, 에르제의 숙부님이 밀짚모자를 벗으며 두 사람에게로 다가왔다. 눈이 가늘고 몸은 마른 편. 그리고 흰머리가 섞인 50대 정도. 실례되는 표현이지만, 딱 시골 농부 같은 느낌이었다.

"둘 다 잘 돌아왔다. 다들 기뻐할 게다. ……그런데 이분은 누구시지?"

나를 본 숙부님이 에르제와 린제에게 물었다.

"편지에 썼잖아. 이 사람이 모치즈키 토야. 그러니까, 우, 우, 우리의 남편이 될 사람이야."

"약혼자, 예요."

두 사람 모두 얼굴을 새빨갛게 물들이면서 나를 숙부님과 사촌 언니에게 소개했다. 그렇게 반응을 하면 나까지 부끄러워지잖아!

"편지의……? 그럼 이 사람이 요즘 화제의 브륀힐드 공국의……."

"브륀힐드 공국 공왕 모치즈키 토야입니다. 에르제와 린제에게는 항상 많은 도움을 받고 있습니……."

"하아━━━━━━━━━━━━!!"

내가 악수를 하려고 손을 뻗었는데, 숙부님이 갑자기 내 앞에서 넙죽 엎드렸다. 으악, 갑자기 왜 이러지?!

"아~아. 참나. 역시 이렇게 돼 버렸어."

"예상대로, 야."

에르제와 린제가 쓴웃음을 지으며 한숨을 내쉬었다. 그러는 사이에도 숙부님은 이마를 땅에 대고 계속 넙죽 엎드린 상태였다. 내가 어쩌면 좋을지 몰라 갈팡질팡하자, 역시 쓴웃음을 짓던 엠마 씨가 입을 열었다.

"죄송해요. 아버지는 귀족이라든가 하는 높은 사람에게 약하신 분이거든요. 어릴 때 무슨 일이 있었던 모양으로, 굉장히 상대하기 껄끄러워하세요."

껄끄러워해? 지금 그런 수준이 아닌데. 대체 무슨 트라우마가 있길래. 어릴 때에 무슨 일이 있었는지 굉장히 신경 쓰여!

"이, 이렇게 여기까지 일부러 찾아와 주셔서 정말로 감사합니다! 아, 아무것도 대접을 해 드릴 수는 없지만, 부디 분노를 가라앉히시고, 관대한 처분을 부탁드리옵나이다!"

이상해, 너무 이상해. 말도 너무 이상하고. 대체 얼마나 긴장을 했으면. 난처하게 에르제와 린제를 바라봤지만, 두 사람 모두 어깨를 으쓱하며 쓴웃음을 지을 뿐이었다. 그러지 말고 좀 도와줘.

"아빠. 공왕님이 난처해하시잖아. 이제 그만 일어나."

"나, 난처?! 전혀 그런 생각은 한 적이 없었습니다! 전혀요! 부디 자비를 베풀어 용서해 주시옵소서어어어어!!"

이번엔 벌떡 일어나서 필사적으로 변명을 하기 시작했다. 나는 에르제와 린제가 '인사할 필요 없다'고 말한 의미를 겨우 이해했다. 정말 성가셔!

이젠 나도 몰라. 그냥 놔두고 엠마 씨랑 이야기를 하자.

"이번에 두 사람과 약혼을 하게 되어서 인사차 찾아뵀는데, 방해가 되진 않았나요?"

"아니요. 아버지는 이 모양이지만, 다들 기뻐하고 있어요. 한번 만나 주시겠나요?"

다들? 엠마 씨의 말을 듣고 무슨 소린가 했는데, 집의 문이 열리자마자 아이들이 잇달아 뛰쳐나왔다.

"진짜다! 에르제 누나랑 린제 누나야!"

"어서 오세요!"

"와~ 에르제 언니! 린제 언니!"

우오오. 시끌벅적하게 아이들이 달려 나와 두 사람에게 안겨 들었다. 하나, 둘, 셋……. 여섯 명이네. 남자아이가 둘, 여자아이가 넷인가.

눈을 휘둥그렇게 뜬 나를 보고 엠마 씨가 웃으면서 설명해 주었다.

"모두 제 동생들이랍니다. 위에서부터 시나, 알렌, 클라라, 키라라, 애런, 리노예요. 사실은 제 바로 밑에 아론이라는 남동생도 있지만, 작년에 마을로 떠나서 지금은 없어요."

여덟 형제라고? 참 고생이 많았겠네⋯⋯. 확실히 이런 환경이라면 에르제와 린제가 계속 의지할 수는 없을 듯했다. 식비만 해도 엄청날 테니까.

알렌과 애런 이외에는 여자아이로, 클라라와 키라라는 쌍둥이인가? 쌍둥이가 태어난 집안엔 쌍둥이가 많이 태어난다고 하는데, 이쪽 세계에서도 비슷한 건가?

문득 집 쪽을 바라보니, 열린 문에서 몸집이 큰 여성이 밖으로 나왔다.

"아니, 이게 누구야. 에르제와 린제 아니냐. 돌아온 거니?"

"라나 숙모!"

"다녀왔어. 라나 숙모."

집에서 나타난 여성에게 이번엔 에르제, 린제가 둘이서 달려가 안겨 들었다. 이 사람이 숙모님이구나. 통통한 게 굉장히 배짱이 넘쳐 보이신다.

라나 숙모님은 안겨 든 두 사람의 머리를 쓰다듬으며 부드럽게 말을 하다가, 나를 보더니 천천히 이쪽으로 다가왔다.

"자네가 토야인가. 두 사람이 쓴 편지 내용대로, 참 잘생긴 남자구나. 두 사람이 편지로 그렇게 자랑을 한 것도 이해가 가."

"라, 라나 숙모!"

"비밀이라고, 했잖아요."

숙모님 뒤에서 얼굴을 새빨갛게 물들이면서, 두 사람이 그렇게 항의했다. 대체 편지에 뭐라고 썼는지 신경이 쓰였지만, 굳이 캐묻지는 말자. 괜히 긁어 부스럼이 될 수도 있으니까.

"처음 뵙겠습니다. 모치즈키 토야입니다."

"저 아이들의 숙모인 라나네. 임금님인데 참 겸손하구나."

"이제 막 왕이 된 참이니까요. 너무 거만하게 행동하면 안 되죠."

남편과는 달리 이쪽은 별로 겁을 먹지 않는 성격인 듯했다. 아주 친근하게 말을 거는 모습을 보니, 두 사람을 섞어서 둘로 나누면 딱 좋을 것 같았다.

"임금님이랑 결혼을 한다고 해서 걱정을 했었는데, 아무래도 괜한 걱정이었구나. 두 사람을 보면 아주 잘 알 수 있지."

"그렇게 생각해 주시면 감사할 따름이죠."

라나 숙모님의 말을 듣고 내심 가슴을 쓸어내리는데, 옆에서 일곱 살짜리 남자아이(알렌이었던가?)가 엄마의 앞치마를 잡아당겼다.

"엄마, 이 사람이 왕이야?"

"그래. 여기에서 멀리 떨어진 브륀힐드라는 나라의 임금님이란다."

"임금님이면 강해? 번개곰도 쓰러뜨릴 수 있어?"

"번개곰?"

번개곰……. 분명히 몸에서 번개를 발사하는 마수였지? 기억이 틀리지 않았다면 파란색 랭크부터 토벌할 수 있는 마수였다. 내가 은색 랭크이니까 두 단계 아래의 마수다.

"번개곰이 나오나요?"

"그래. 요즘에 목격했다는 소문이 돌아서 말이야. 한밤중에 산속에서 빛나는 번개를 봤다는 사람도 있지. 밭을 마구 어질러 놓기도 해서, 이곳 주민들이 돈을 모아 모험자 길드에 토벌 의뢰를 한 참이야."

밭을 어지른다고? 그럼 사활 문제나 마찬가지겠네. 게다가 사람을 습격할 가능성도 높잖아. 몇 마리인지는 모르겠지만, 그 녀석들은 무리를 짓지는 않았던 걸로 기억한다. 기껏해야 암수 한 쌍일 테니, 두 마리와 새끼 곰이 몇 마리 정도이겠지.

단, 번개곰 중에는 닭 볏처럼 머리에서 꼬리에 이르기까지 거꾸로 선 털이 있는 아종이 있는데, 그 녀석은 평범한 녀석보다 훨씬 크고, 다른 번개곰을 거느릴 수 있는 능력이 있다.

만약 그 녀석이라고 한다면 무리를 만들어 다닐 가능성도 있다. 그렇다면 파란색 랭크가 아니라 빨간색 랭크의 토벌 의뢰에 해당한다.

"길드에는 언제 의뢰하셨나요?"

"어제 했지. 이 마을에는 모험자 길드가 없어서 근처에 있는 센카라고 하는 큰 마을에 의뢰서를 보냈으니, 내일이면 아마 도착할 거야."

내일 도착해 접수되면, 모험자가 그 의뢰를 보고 이곳에 오기까지 이틀 정도 걸리는 건가. 피해가 커지기 전에 제압해 두는 게 좋겠지? 길드에는 나중에 연락하면 되니까.

"그 번개곰은 제가 쓰러뜨리겠습니다."

"임금님이? 괜찮을까?"

"이래 봬도 은색 랭크 모험자거든요."

의아한 표정을 짓는 라나 숙모님에게 나는 품에서 은색 길드 카드를 꺼내 보여 주었다. 물론 따로 돈을 받을 생각은 없었다. 이런 일은 빨리 처리해 두면 둘수록 좋다.

"우리도 같이 갈까요?"

"아니. 린제랑 에르제는 숙부님 가족과 그동안 못한 이야기도 많을 거 아니야. 나 혼자 갔다 올게."

린제의 제안을 거절하고, 나는 비행 마법으로 몸을 공중에 띄웠다. 아이들이 우와아 하고 놀라는 목소리를 들으면서 나는 번개곰이 나온다는 산을 향해 단숨에 날아갔다.

산에 도착한 뒤 스마트폰으로 번개곰을 검색해 보니, 꽤 숫자가 많았다. 겨우 산 하나인데 숫자가 너무할 정도였다. 확실히 아종이 이 산에 있는 모양이다.

하지만 이렇게 숫자가 많은데도 인가에 별로 피해가 없었던 것은 그야말로 행운이라고밖에 표현할 길이 없었다. 실제로 밭을 어지르고 갔다고 하니, 피해가 안 생긴 것은 아니었지만, 사람이 습격을 받지 않은 것은 불행 중 다행이었다. 이 산에는 먹이가 될 만한 동물이나 나무 열매가 그렇게나 많은가?

"아무튼 좋아. 얼른 해치우자."

나는 산속에 있는 번개곰을 모두 타깃으로 지정하고, 마법을 사용하려다가 잠깐 생각했다. 그냥 쓰러뜨리면 벗겨낼 수 있는 소재라든가가 좀 아깝다.

확실히 번개곰의 털가죽은 꽤 값이 나갔었지? 게다가 간(肝)도 약제로 사용했었고. 고기는 맛없지도 않고, 맛있지도 않다는 모양이지만. 이대로 마법을 사용해 검게 타 버리면, 털가죽의 가치가 반감되는 정도가 아니라 아예 사라지고 만다.

흐으으음. 가장 좋은 방법은 칼로 죽이는 것. 그것도 찌르는 무기로 제압해야 가장 털가죽을 온전하게 벗겨 낼 수 있다. 아니, 가장 좋은 방법은 독살이나 질식사 또는 심장마비이지만, 【패럴라이즈】로는 심장마비까지 걸리지는 않으니…….

"번개곰 개체 수를 확인."

〈확인 중……. 종료. 새끼 곰을 포함해 스물세 마리입니다.〉

새끼 곰도 그냥 놔둘 수는 없다. 성장하면 어차피 위협이 될 테니까. 조금 마음이 아프지만…….

아무튼 한 마리씩, 심장에 총알을 쏘아 제압할까. 한 시간 정도면 다 해치울 수 있겠지. 일단은 근처의 한 마리가 있는 곳을 향해 【게이트】를 열었다.

'

　"후우. 꽤 힘들었어."

　생각보다 아종이 끈질겨서 좀처럼 틈을 보이지 않았다. 이쪽은 심장밖에 공격할 수 없는데, 번개를 마구 날리니, 피하기가 굉장히 성가셨다. 그런데도 간신히 쓰러뜨려 다른 번개곰처럼 【스토리지】에 저장하는 데 성공했지만.

　이 산에 있던 번개곰은 전멸했다. 이제는 소재를 길드에 가지고 가서 환금을 해야겠지? 아, 그리고 이 마을이 낸 의뢰서를 취소해야 해. 취소는커녕 아직 의뢰서가 길드에 도착하지도 않았을 테니, 의뢰를 빼앗겼다고 트집을 잡는 바보는 없겠지만…….

　"으음~ 뭐였더라? 아, 센카. 센카 마을이었어."

　나는 의뢰서가 도착할 예정인 길드가 있는 마을을 지도에서 검색했다. 여기서 서쪽으로 가면 나오는구나.

　비행 마법을 발동해 나는 단숨에 날아갔다. 이러쿵저러쿵해도 역시 이 마법이 편리하다. 【액셀 부스트】를 사용하면 비행 마법과 거의 비슷한 속도가 나올지도 모르지만, 이쪽이 훨씬 더 편하다. 물론 순간적인 가속도는【액셀】이 더 빠르고,【플라이】는 속도가 빨라져도 생각하는 속도까지 올라가지는 않으니, 일장일단이 있다고 할 수 있다. 결국 상황에 맞게 알맞은 걸 선택해서 사용하는 게 최고란 거겠지.

그런 생각을 하는 사이에 구름 사이로 마을이 보이기 시작했다. 저기가 센카 마을인가?

마을 한가운데에 내려서면 눈에 띄기 때문에, 일단 마을에 도착하기 전에 내려서 걸어가기로 했다. 지도로 위치를 확인한 뒤, 나는 길드로 직행했다.

벨파스트 왕도와는 비교할 수 없을 정도로 작은 건물이었지만, 그래도 길드 안은 나름 잘 정비되어 있었다. 눈에 익은 의뢰 보드가 쭉 늘어서 있었고, 다양한 의뢰서가 붙어 있었다. 그 모습을 슬쩍 바라보면서, 나는 접수처에 있는 여성 직원에게로 다가갔다.

"어서 오세요. 무슨 용건이신가요?"

"마수 소재를 사들여 줬으면 하는데요. 그리고 아직 도착하지는 않았을 거라 생각하지만, 내일 도착할 예정인 코렛 마을의 의뢰서를 취소하고 싶습니다."

"무슨 말씀이세요?"

여성 직원이 수상한 눈길로 바라보아서, 나는 길드 카드를 꺼내 보여 주었다. 그리고 은색 랭크 카드를 보고 눈이 휘둥그레진 직원에게 자초지종을 설명해 주어 겨우 이해를 얻는 데

성공했다.

그다음은 안뜰로 가서 번개곰 아종의 시체를 잔뜩 늘어놓고, 환금을 위해 정산이 끝나기를 기다렸다. 나는 마을 사람들에게 번개곰을 사냥했다는 것을 증명하기 위해 두 마리만을 남기고 나머지는 모두 환금하기로 했다.

"자, 잠시 기다려 주실 수 있을까요?"

이렇게 숫자가 많으니, 어쩔 수 없나? 정산이 모두 끝날 때까지, 나는 길드 안을 둘러보며 시간을 때웠다. 그리고 겸사겸사 보드에 붙은 의뢰서도 한번 살펴보았다.

"동쪽 동굴……. 메가슬라임이라."

슬라임 계열은 우리 여자 멤버들이 다들 반대를 하니 말이지. 이쪽 세계에 와서 많은 마물과 마수를 만났지만, 슬라임이라든가 로퍼처럼 미끌미끌끈적끈적 계열은 여자 멤버들이 아주 질겁을 했다.

보드를 바라보는 중에, 문득 누군가가 입구로 들어오는 모습이 보였다. 조금 전부터 모험자의 출입이 나름 있었기 때문에, 처음에는 신경도 안 썼지만, 들어온 사람을 보고 나는 무심코 한 번 더 출입구를 돌아보았다.

"어? 토야 아냐? 왜 이런 곳에 있어?"

"엔데……!"

흰머리에 희고 긴 머플러, 흰 셔츠에 검은 재킷, 그리고 검은 바지를 입어 여전히 모노톤 스타일을 유지한 소년이 나를 보고 깜짝 놀란 표정을 지었다.

"왜 엔데가 이런 곳에 있어?"

"그 질문, 방금 내가 했는데. 난 이 근처에 있는 킹에이프라는 걸 쓰러뜨리고 돌아오는 길이야."

쓴웃음을 지으면서 엔데가 내 질문에 대답했다. 킹에이프라. 큰원숭이 마수구나. 분명히 머리가 별로 좋지 않은 녀석이었어. 나도 싸워 본 적이 있다.

"아니, 그건 뭐 어쨌든 좋아. 그런 것보다 묻고 싶은 게 정말 많아."

"묻고 싶은 거? 그래 얼마든지 물어봐. 그래도 잠깐 기다려 줄 수 있을까? 의뢰를 끝내 놓고 싶어서."

접수처에 가서 토벌 부위를 제출하는 엔데의 길드 카드를 슬쩍 보니, 붉은색 랭크였다. 엔데가 보수를 받아 품에 넣은 뒤, 우리는 길드의 구석에 있는 테이블 앞으로 가서 마주 보고 앉았다.

"묻고 싶은 게 뭔데?"

"프레이즈에 대해서인데, 그 녀석들은 대체 정체가 뭐야?"

음~ 하고 엔데가 조금 생각을 하더니, 바로 입을 열었다.

"말을 해 줄 수 있는 것과 해 줄 수 없는 게 있는데 괜찮을까?"

"……상관없어. 이야기해 줄 수 있는 것만이라도 해 줘."

엔데는 깊게 의자에 등을 기대면서 말을 하기 시작했다.

"믿어 줄지 어떨지는 모르겠지만, 그 녀석들은 이쪽 세계의 생명체가 아니야. 이쪽 세계와는 다른 세계에서 온 방문객, 이라고 말하면 좋을까?"

"방문객? 침입자가 아니고?"

"그 녀석들은 침략을 했다고 생각하지 않으니, 침략자라고 하는 게 맞을지 어떨지는 모르겠지만. 그 녀석들은 다른 세계에서 자신들의 '왕'을 찾으려고 이쪽 세계를 찾아온 거야."

'프레이즈의 왕.' 이전에도 들어본 적이 있다. 그 녀석을 찾는 것이 프레이즈의 목적이라고.

"그런데 왜 사람을 습격하는 거지?"

"그건 좀 이야기할 수 없는 범위도 섞여 있는데, 프레이즈에게는 생명 활동의 근원이 되는 '핵'이 있어. 그것만 파괴되지 않으면 몸이 산산이 부서져도 자연계의 마력을 흡수해서 그 녀석들은 되살아나지. 그런데 그 '왕'의 핵이 이쪽 세계에 있거든. 녀석들은 그걸 되찾기 위해 사람을 죽이는 거야."

"잠깐만. '왕'의 핵을 되찾기 위해 사람을 죽이다니, 대체 무슨 관계가 있길래?"

"'왕'의 핵이 이쪽 세계의 사는 사람들 중 누군가……의 몸 안에 있기 때문이야."

'왕'의 핵이 인간의 몸 안에 있다고? 그걸 되찾기 위해 사람을 죽여?!

"꼭 인간이라고 할 수는 없어. 하지만 수인, 마족, 또는 어느

정도 지성을 지닌 생명체에 깃들어 있는 것만은 확실해. '왕'
의 핵은 말이야, 지금은 잠들어 있어. 가사(假死) 상태라고 해
야 하나? 그 상태로 이쪽 세계의 누군가의 몸에 들어가 다음
단계로 나아가길 기다리는 중이지. '왕'의 핵이 발하는 파동
으로 프레이즈들은 이쪽 세계에 '왕'의 핵이 있다는 걸 알아.
하지만 아주 자세한 위치까지는 알 수 없어. '왕'만이 지닌 작
은 '소리'가 안 들리거든. 숙주의 심장 소리에 뒤섞여서 말이
지. 그래서 사람을 죽이는 거야. 방해되는 소리를 없애려고."

잠깐만……. 그럼 뭐야?! 오로지 이쪽 세계의 누군지 모를
한 사람 안에 있는 '왕'의 핵을 발견하기 위해 인간을 무조건
죽이고 본다는 소리야?! 이 잡듯이 샅샅이 뒤진다는 말이 있
긴 하지만, 설마 그걸 정말로 실천하다니.

"프레이즈라는 건 대체……."

"원래는 다른 세계에서 진화한 생명체인데, 어느 날, 프레이
즈를 통솔하던 '왕'이 그 세계를 떠나 버렸어. 그 '왕'을 쫓
으면서 세계를 이리저리 넘나들게 된 거지. '왕'에게도 목적
이 있으니, 방해하는 건 좀 눈치 없는 짓인 것 같긴 해. 그냥 내
버려 두면 좋을 텐데 말이야. 하지만 그 녀석들은 본능에 따라
움직이고 있으니……."

개미나 벌에게 여왕이 있듯이. 그리고 개미나 벌이 여왕에
게 이끌리듯이 모여 든다는 말인가? 게다가 '왕'의 목적?

"세계를 넘어온 '왕'의 핵은 그 세계의 인간 몸속에 깃들어.

숙주의 생명력을 아주 조금씩 흡수하다가 숙주가 수명을 다하면 다른 숙주로 무작위로 이동하지. 그리고 그런 일을 반복하면서 축적된 힘을 사용해, 이윽고 다른 세계로 여행을 떠나."

"……그걸 노리고 프레이즈가 이곳에 찾아온 거야? 전 세계의 인간을 죽이고 '왕'의 핵을 찾다가, '왕'의 핵이 다른 세계로 이동하면 그걸 쫓아 프레이즈들도 떠나간다……?"

"대충 그런 거지."

어이가 없어. 마치 메뚜기 떼처럼 그 세계의 인간들을 다 물어뜯어 놓고 떠나간다는 거야?!

무계획적으로 이세계를 파괴하면서 잇달아 다음 세계로 넘어가는데, 스스로에게는 세계를 멸망시킨다고 하는 의식조차 없다니. 필요하니까 죽일 뿐. 그곳에는 선도 악도 아무것도 없다. 그냥 본능일 뿐.

"……엔데도 '왕'의 핵을 찾고 있다고 했지? 너도 인간을 죽이고 그래?"

"무슨 소리야. 착각하지 말아 줘. 나는 '왕'의 핵이 다음 세계로 이동하기를 기다리고 있을 뿐이니까. 그 녀석들과 똑같이 생각하면 섭섭하지."

……이 녀석의 목적은 아직 알 수 없다. '왕'의 핵의 수호신 같은 사람인 걸까. 아무튼 간에 그 '왕' 때문에, 이쪽 세계는 어마어마한 피해를 입고 있는 중이다.

"……세계의 결계라는 건?"

"음~ 이세계라는 곳은 말이야, 뭐라고 해야 할까…… 나선 계단처럼 조금씩 어긋난 채로 겹쳐져 있어. 한 단계 위는 금방 올라갈 수 있지만, 가장 위까지 올라가려면 모든 단을 거쳐 가야 하는 거지. 잘하면 한 단계 정도는 건너뛸 수 있을지 모르지만 말이야. 그런데 세계에는 다른 곳에서의 침입을 막는 결계가 있어. 그래서 보통은 한 단계 위로도 올라가지 못해."

대충 알 것 같은 기분이 들었다. 내가 원래 있던 세계와 이쪽 세계가 공통된 부분이 있는 것도, 그 어긋남이 별로 크지 않기 때문일지도 모른다.

"전에도 말을 한 것 같은데, 그 결계는 벽 같은 게 아니라, 아주 촘촘한 그물 같은 거야. 그래서 아주 작고 다른 쪽 세계에 무해한 것이라면 통과할 수 있지. '왕'의 핵이 가사 상태로 이동할 수 있는 것도 그 때문이고. 물론 그런 일을 할 수 있는 건 '왕' 밖에 없지만 말이야."

그렇구나……. 가사 상태라면 다른 세계의 결계에 튕겨나가지 않는다라. 그물코의 틈새 사이로 들어오는 그런 느낌일까?

"그런데 그 결계를 억지로 통과하면……. 물론 평소에는 불가능하지만, 조금 틈이 생기지. 그리고 그런 일을 몇 번이고 반복하면 점점 구멍이 커지고, 결국에는 완전하게 열려서 결계로서의 역할을 할 수 없게 돼. 그런 일이 5000년 전에 일어났어."

레지나 박사가 말했던 프레이즈의 침공인가. 세계를 거의 멸망시킬 뻔했다는……. 그게 그런 이유 때문에 일어난 거였구나.

"그때는 알 수 없는 이유로 결계가 회복되었고, 덕분에 프레이즈의 위협도 사라졌어. 그리고 남은 프레이즈를 쫓아내 세계는 멸망하지 않을 수 있었지. 나도 그때는 잔당을 물리치는 데 조금 힘을 보탰었어."

이 녀석, 아무렇지도 않게 5000년 전에도 있었다고 주장하네. 역시 보통 녀석이 아냐. 적어도 절대 인간은 아닌 것 같아.

그건 그렇고, 결계가 원래대로 돌아갔다니 어떻게 된 일이지? 엔데도 원인을 모르는 것 같은데…….

"그 뒤로 당분간은 아무 걱정할 필요가 없다고 생각하고 잠을 잤는데, 또 시끄러워졌지 뭐야. 결계도 또 벌어지기 시작했고 말이지. 아직 간신히 버티고는 있지만, 상급 프레이즈가 이쪽에 오는 것도 시간문제일까? 물론 그게 1년 뒤일지, 50년 뒤일지, 자세하게는 알 수는 없지만."

"……엔데는 인간 편이야?"

"과연 그렇게 표현할 수 있을까? 내가 프레이즈를 사냥하는 이유는 시간을 벌기 위한 거나 마찬가지거든. 솔직히 결계가 부서진 뒤로는 흐름에 그냥 맡겨 놓을 수밖에 없어. 물론 '왕'의 핵은 넘겨주지 않을 거고, 프레이즈의 편을 들어 줄 생각도 없지만 말이야."

역시 이 녀석이 대체 어떤 위치인지 전혀 감이 안 잡힌다. 아무튼 프레이즈와 같은 편이 아니어서 그나마 다행이라고 해야 할까?

"내가 이야기해 줄 수 있는 건 이 정도일까? 슬슬 나도 볼일이 있어서 가 봐야겠어."

엔데는 그렇게 말을 하고 자리에서 일어서더니, 길드 밖으로 나가려고 했다.

"……마지막으로 하나만 더. 엔데, 너는 대체 정체가 뭐야?"

"나? 나는 '건너는 자' 야. 그럼 안녕, 토야."

엔데는 그 말만을 남기고 길드 밖으로 나가 버렸다.

프레이즈의 목적, '왕' 의 핵, 세계의 결계…….

정말 엄청난 일들을 많이 알게 됐네. 막상 다시 생각해 보니 엄청난 큰일 아닌가?

5000년 전에는 결계를 다시 펼쳐 위기를 회피했다. 하지만 이번엔? 프레이즈의 침공을 막을 수 있을까?

프레이즈는 '왕' 의 핵을 발견하기 위해 무차별적으로 인간을 사냥할 게 틀림없다. 그런 프레이즈에게 대항할 수 있는 사람은 그렇게 많지 않을 가능성이 높다. 5000년 전처럼 대량으로 나타나면 막을 방법이 없다…….

밝혀진 진실에 당황하면서도, 나는 접수처에서 번개곰과 바꾼 돈을 받아들고 길드를 떠났다.

　　　　◇　　　◇　　　◇

"······라고 하는데, 뭔가 좀 아시나요?"

〈아니, 전혀 모르겠구먼. 전에도 말했지만, 우리도 항상 감시를 하고 있는 건 아니라 말이야. 말한 대로 이세계를 옮겨다니는 종족도 없지는 않아. 하나, 그것을 포함해 우리는 어떻게 개입할 도리가 없네. 다른 신이 개입을 하고 있다면 또 얘기가 다르겠다만.〉

엔데를 만나고 돌아가는 길, 나는 하느님에게 지금까지의 일에 대해 질문을 해 보았지만 하느님도 잘 모르는 이야기인 모양이었다. 결국엔 이쪽 세계의 사람들끼리 어떻게든 해야 한다는 건가?

아직 사태가 급박하게 다가온 것은 아니지만, 대책을 세워 둬서 나쁠 것은 없다.

이 국면을 해결하려고 할 때 가장 유용한 것이라면, 역시 '바빌론'의 힘이다. 박사가 만들었다고 하는 프레이즈용 대전 병기, 프레임 기어. 어떻게든 그것을 사용하면 프레이즈를 격퇴할 수 있지 않을까?

아무튼 간에, '격납고'에서 실제 물건을 손에 넣든지, '창고'에서 설계도를 손에 넣을 수밖에 없다.

확실히 남은 '바빌론'은 '탑', '성벽', '도서관', '창고',

'격납고', '연구소' 까지 총 여섯 개. 확률로 따지면 3분의 1인가.

"더 적극적으로 찾아야 하나……?"

나는 그런 생각을 하면서 코렛 마을을 향해 날아갔다.

"프레임 기어 말인가요?"

에르제 자매의 숙부님에게 인사를 끝내고 성으로 돌아오자마자, 나는 '공방' 에 있던 로제타에게 이야기를 들어 보았다. 프레임 기어를 개발한 사람은 박사이지만, 로제타도 정비를 도운 적이 있다는 듯했기 때문이었다.

"그 프레임 기어라는 거에는 누구나 탈 수 있어?"

"마력이나 기체와의 상성에도 좌우되지만, 기본적으로는 누구나 움직일 수 있어요. 훈련을 하지 않으면 자신의 손발처럼 다루기는 어렵지만요."

아하. 그렇다면, 양산해서 전력을 늘릴 수도 있는 거구나. 타는 것도 훈련을 어떻게 받느냐 하는 문제고. 고대 로봇 군단을 만들면 프레이즈에게도 대항할 수 있을지 모른다.

"단지, 양산하기는 어려워요."

"응? 왜? '공방' 의 카피 기능을 사용하면 식은 죽 먹기 아니야?"

"소재의 양도 꽹장히 많이 필요하고, 복잡하거든요. 게다가 범용 양산형 프레임 기어라도 '공방' 만의 힘으로 처음부터 제조하려면 하루에 한 기 정도이거나……. 잘해도 두 기 정도 만드는 게 고작이에요."

으음. 하루에 한 기에서 두 기라. 한 달에 30~60기. 그것만으로도 대단한 거지만……. 박사의 말을 들어 보면, 5000년 전에는 몇 만 대나 되는 프레이즈가 습격을 해 왔다고 하니. 꽹장히 적은 수인 것은 분명하다.

"'격납고' 에는 몇 기 정도 보관되어 있어?"

"글쎄요. 저는 다른 '바빌론' 과 교류가 별로 없어서요. 정비한 걸로 따지면, 타입별로 네 기에서 여섯 기 정도라고 생각해요."

"겨우 그게 다야?! 어떻게 그걸로 프레이즈랑 싸우려고 한 건지……."

"양산을 시작하려고 준비하는 동안에 상대가 사라져 버렸으니까요. 원래는 '공방' 도 2호, 3호를 만들 예정이었어요."

로제타가 아쉽다는 듯이 그렇게 말했다. '공방' 은 증설될 예정이었던 건가. 하지만 그렇게 되진 않았다. 양산 체제가 갖춰지기 전에 사태가 수습이 되어서 말이지.

음~ 현재 할 수 있는 일은 기껏해야 소재를 모으는 것 정도인가? '공방' 을 나와 걷는데, '연금동' 쪽에서 셰스카와 플로라가 걸어오는 모습이 보였다. 두 사람은 몇 병인가 약병이

들어간 바구니를 들고 있었다.

"그건 무슨 약이야?"

"우후후, 이건 감기약, 두통약, 위장약 같은 일반적인 약이에요. 성 안에 비축분이 별로 없길래 만들었어요."

간호사복을 입은 플로라가 미소를 지으며 대답했다. 몇 번을 봐도 병원 밖에서 보는 간호사복은 익숙해지지 않았다…….

그건 그렇고 약이라. 회복 마법이나 내 【리커버리】로는 상태가 호전되지 않는 증상도 있었지? 응? 잠깐만.

"플로라, 그 약은 '연금동'에서밖에 못 만들어?"

"이건 평범한 약이라 특별히 가공을 하지는 않았어요. 수고를 줄이기 위해서 소재에서 바로 연성을 하긴 했지만, 시간을 들이면 평범하게 만들 수 있는 거예요. 순도가 떨어져 다소 효과가 떨어지기는 하겠지만요."

그러니까, 다른 사람들도 만들 수 있다는 말이지? 그렇다면 장사가 되겠는걸?

감기약, 두통약, 위장약. 모두 필수품이다. 토야마(富山)의 약장사처럼 명물은 안 될지 몰라도, 잘하면 꽤 좋은 수입원이 될지도 모른다. 원재료가 되는 약초 등을 재배할 필요가 있을지도 모르지만.

플로라에게 그런 뜻을 전하며, 약의 제조법을 츠바키 씨에게 가르쳐 주라고 부탁했다. 닌자라 약물을 다루는 법에 익숙할 테니, 츠바키 씨의 부하들 중에도 그런 일이 특기인 사람이 많을 게 분명하다. 일이 잘돼서 의약품 판매업을 시작할 수 있었으면 좋겠는데…….

셰스카 일행과 같이 성으로 돌아간 나는 일단 엔데에게 들은 이야기를 린에게 이야기해 주며 상의해 보았다.

정확하게 말하면 린은 미스미드의 대사(大使)이지만, 프레이즈는 국가를 넘어선 큰 문제라고 생각했기 때문이다.

"프레이즈의 '왕', 이세계에서의 침공, 세계의 결계…….."

린은 크게 한숨을 쉬며 의자의 등받이에 몸을 푹 기댔다. 당연히 놀라겠지. 옆에 있던 폴라도 팔짱을 끼며 고민하는 자세를 취했다.

"오랫동안 살아오면서 이런 이야기를 듣기는 처음이야. 보통이라면 대체 무슨 농담이냐고 생각했겠지만……. 확실한 증거가 굉장히 많이 있기도 하니, 아마 사실이겠지."

"엔데가 거짓말을 하고 있을 가능성도 있지만, 아마 사실이 아닐까?"

"하지만 그게 사실이라 하더라도, 다른 사람은 아마 쉽게 믿지 않을 거야. 프레이즈의 침공이 시작되지 않는 한."

린의 말이 맞다. 프레이즈의 존재는 인정해도, 마수의 신종 정도로밖에 인식하지 않겠지. 우리가 만난 프레이즈도 겨우 세 기 정도뿐이다. 고대 유적에서 만난 귀뚜라미형, 라비 사막에서 만난 쥐가오리형, 그리고 대수해에서 만난 거미형. 그리고 린과 미스미드 병사가 쓰러뜨린 뱀 형태가 우리가 알고 있는 프레이즈의 전부다.

어쩌면 몇 마리인가 더 출현했지만, 이미 엔데가 처리했을 가능성도 있다.

프레이즈의 침공이 시작된 뒤에 대책을 세워서는 너무 늦다. 지금 할 수 있는 대비를 해 놓아야 한다.

하지만 현재로선 '바빌론'을 찾든가, 프레임 기어의 소재를 모으는 것 정도가 할 수 있는 일의 전부인가.

"일단 정보는 모으고 있어. 수상한 유적이라든가 오래된 신전이라든가 말이지. 하지만 조사를 해 보면 그럴듯한 곳이 아니거나, 그냥 폐허거나 해서, 전부 헛수고로 끝났어."

음~ 린의 부하인 사람들에게만 계속 찾게 하는 것도 좀 그러네. 좋아. 나도 척후병을 보내 보자.

린과 헤어진 뒤, 코하쿠가 있는 곳으로 가서, 정보를 수집하는 데 적합한 소환수는 없는지 물어보았다.

〈그런 거라면 역시 하늘을 나는 녀석이 좋아요~. 빠르고, 다양한 장소에 갈 수 있으니까요~.〉

코쿠요가 그렇게 제안을 해 왔다. 그렇다면 새 소환수가 좋겠지? 확실히 어디든 갈 수 있으니 탐색에는 딱 제격이긴 한데.

〈한 마리씩 일일이 소환해서 계약을 하면 시간이 너무 많이 걸립니다. 주인님, 이럴 때는 권속을 통솔하는 자와 계약을 하는 것이 좋습니다.〉

〈음, 산고여. 너는 설마 그 녀석을 소환하라는 이야기인가?〉

산고의 말을 듣고 코하쿠가 중간에 끼어들었다. 권속을 통솔하는 자? 새를 통솔하는 건가?

〈'염제(炎帝)'. 저희와 동격이자, 불을 관장하는 날개의 왕. 녀석을 소환해 계약을 맺으면 몇 천 마리나 되는 새를 단숨에 불러낼 수 있습니다.〉

그렇구나. 분명히 코하쿠는 짐승, 산고랑 코쿠요는 파충류의 지배자였지? 계약을 맺으면 소환수는 무조건 지배할 수 있고, 평범한 동물도 어느 정도는 활용할 수 있다는 모양이었다. 마수는 안 되지만.

그 새 버전이라는 거구나.

"그 '염제'는 어떤 녀석이야?"

〈능력과는 달리 온화한 녀석입니다. 저희 중에서는 가장 인격자이죠.〉

코하쿠가 그렇게 말하자 코쿠요가 히죽거리면서 딴지를 걸었다.

〈그럴까? 내가 더 인격자라고 생각하는데?〉

〈닥쳐라. 변덕이 죽 끓듯 하는 주제에.〉

〈뭐라고?! 이 자식이!〉

감정이 바로 죽 끓듯이 끓었다. 아주 멋진 비유인걸?

일단 두 사람을 어른 뒤, 그 '염제'라는 녀석을 불러내기로 했다.

나는 성의 안뜰에 소환을 위해 마법진을 그리고 어둠 속성 마력을 한껏 모았다. 그러자 이윽고 검은 안개가 피어오르기 시작했고, 그곳에 코하쿠 일행의 영력을 뒤섞었다. 나는 점점 짙어져 가는 그 안개에 더욱 많은 마력을 주입했다.

"여름과 불꽃, 남쪽과 호숫가를 관장하는 자여. 내 목소리에 대답하라. 나의 부름에 대답해 그 모습을 드러내라."

안개 안에서 폭발적인 마력이 생성되었고, 소환 마법진 안에 새빨간 불기둥이 치솟았다. 그리고 불꽃 소용돌이가 안개를 날려 버려 불기둥이 사라진 그곳에는 새빨간 새 한 마리가 자리를 잡고 있었다.

크기는 말 정도. 모습은 봉황이라고 불리는 전설의 새와 똑같았다. 이 녀석이 '염제'인가.

〈역시 여러분이셨군요. 이거 참 반갑습니다.〉

〈오랜만이군, '염제'.〉

〈염제야, 오랜만이야~.〉

〈여전히 화려한 등장이군, '염제'여.〉

'염제'의 목소리는 침착한 여성의 목소리처럼 들렸다. 확실히 코하쿠가 인격자라고 말한 것이 이해가 될 정도로 차분한 느낌이었다.

〈저를 불러낸 사람은 당신이지요?〉

"응."

〈나의 주인, 모치즈키 토야 님이시다.〉

코하쿠의 말을 듣고 염제는 잠시 놀란 표정을 지었지만, 이윽고 이쪽을 가만히 바라보다가 천천히 눈을 감았다.

〈그렇습니까. '백제'와 '현무'를 따르게 만든 분. 이제 와서 제가 무슨 짓을 하든 결과는 똑같겠지요. 주종 계약을 맺겠습니다. 모치즈키 토야 님, 계약을 위해 이름을 말씀해 주십시오.〉

어? 아주 순순하게 계약을 맺어 주네? 조건을 내걸지도 않고. 물론 나야 좋지만. 아무래도 코하쿠가 말한 대로 온화한 성격인 모양이었다.

그건 그렇고, 이름이라. 음~ 코하쿠, 코쿠요, 산고였으니까, 역시 비슷한 계열로 지어 주는 게 좋겠지? 으으음…….

"좋아. 그럼 코교쿠(紅玉)로 지을게. 붉은 보석이라는 뜻인데, 어때?"

〈코교쿠……. 알겠습니다. 그럼 이제부터 저를 코교쿠라고 불러 주십시오.〉

펑, 하고 '염제', 아니, 코교쿠는 앵무새 정도 크기의 모습으로 변신했다. 그리고 곧장 내 어깨에 앉았다. 이 정도라면 사람들이 보고 놀라는 일도 없을 듯했다.

자, 그럼 원래의 목적을 달성해 볼까.

코교쿠의 힘을 빌려 소환 마법진에서 순식간에 1000마리 정도 되는 새 소환수를 불러냈다. 그러자 형형색색의 수없이 다양한 종류의 새들이 곧장 하늘로 날아올라 사방팔방으로 퍼져 나갔다.

수상한 유적이나 건물, 별난 설비나 비석을 발견하면 나에게 보고하도록, 나는 날아간 새들에게 텔레파시를 보냈다. 꼭 좋은 소식이 있기를.

새들이 떠나간 하늘을 바라보면서, 나는 그렇게 간절하게 기도했다.

탐색을 위해 새들을 날려 보낸 지 꽤 오래 되었지만, 눈에 띄는 정보는 들어오지 않았다. 이러고 있는 사이에도 세계의 결계는 무너지고 있을지도 모르는데 말이지.

하느님이 세계를 관리한다고는 해도, 방에 놓인 책장에 꽂혀 있는 책의, 그것도 그중의 한 페이지에 벌레 먹은 곳이 있다는 사실을 깨닫기는 매우 힘든 일이다. 계속 그 페이지를 바라보고만 있을 수도 없는 노릇이니까.

"검색 마법으로 프레이즈의 '왕' 을 검색할 수는 없어?"

에르제가 그런 제안을 해서 또 그런 얘기냐며 나는 한숨을 쉬었다.

"계속 말했지만, 본 적도 없고, 특징도 모르잖아. 그렇게 애매한 물건을 찾을 수는 없어. 하다못해 모양이라든가, 딱 보면 이거라고 알 수 있을 만한 특징을 알고 있다면 또 몰라도 말이야. 게다가 사람 몸속에 들어가 있다면 겉만 봐서는 알 수 없잖아."

내 검색 마법【서치】는 정확하지 않다. 내 판단 기준에 좌우되기 때문이다. 예를 들면 눈앞에 사람 둘이 있다고 하자. 한쪽은 여성, 또 한쪽은 완벽하게 여장을 한 남성이라고 한다면, 검색 마법으로는 여성 두 명으로 표시된다.

물론 겉보기에 '야야, 아무리 봐도 남자잖아!' 라는 느낌의 여장이라면 남자 한 명, 여자 한 명으로 검색되겠지만. 반대로 몸집이 크고 아무리 봐도 남자처럼 보이는 여성이 있다면 남성 두 명으로 검색되는 거라…….

즉, 내 기준으로밖에 검색이 안 된다. 게다가 강력한 결계가 펼쳐져 있으면 그냥 튕겨 나오기도 한다. 하지만 '비슷한 것'이나 '그렇게 보이는 것'으로 검색해도 검색이 될 때가 있다. 단, '왕'의 핵이 어떤 것인지 모르니, '비슷한 것'이 어떤 건지도 알 수가 없다. 혹시라도 근처의 돌이 '왕'의 핵이라는 말을 듣고 그렇게 믿게 되면, 전 세계에 '왕'의 핵이 넘쳐나는 것으로 검색이 되어 버릴 게 분명하다.

"세상 모든 게 내 뜻대로 되는 것은 아니라는 거구나."

훈련장 구석에 놓인 벤치에서【모델링】을 사용하며 나는 그렇게 중얼거렸다. 그래도 어떻게든 되기야 되겠지. 나는 손에 든 소가죽을 변형시키면서 그런 생각을 했다.

"폐하? 그게 뭡니까?"

어느새 눈앞에 로건 씨가 다가와 있었다. 로건 씨는 목검을 한 손에 들고, 땀으로 흠뻑 젖은 얼굴을 타월로 닦는 중이었다. 시선은 내가 만들고 있는 가죽 제품에 고정된 상태였다.

"글러브예요. 마을 아이들에게 야구를 가르쳐 줄 생각이거든요."

"글러브?"

"볼을 잡기 위한……. 아, 실제로 어떻게 하는 건지 보여 주는 게 빠른가?"

이미 만들어 둔 공을 들고 성벽에 던진 뒤, 되돌아오는 공을 글러브로 캐치했다. 초등학교 이후로 글러브를 끼어 본 적이 없었지만, 몸은 아직도 그때의 느낌을 기억하고 있네?

"이건 이렇게 볼……. 공을 잡기 위한 거예요. 원래는 각각 아홉 명씩 팀을 짜서 하는 게임이고요."

"호오……."

글러브를 하나 더 만들어 로건 씨에게 건네준 뒤, 가볍게 캐치볼을 했다. 처음에는 잘 잡지 못하기도 했지만, 금방 적응해서 서로 공을 주고받을 수 있었다. 이쪽 세계 사람들은 기본적으로 이해가 정말 빠른 편이다.

훈련이 끝난 병사들이 우리가 캐치볼을 하는 모습을 보고 매우 부러워했다. 그래서 '공방'에 가서 볼과 글러브를 복사해 모두에게 나누어 주었다. 부단장인 니콜라 씨가 쓴웃음을 지었지만, 훈련도 끝난 자유 시간이었기 때문에 특별히 별말은 하지 않았다. 죄송합니다.

어~ 둘, 넷, 여섯……. 음, 인원은 충분하네? 아예 야구를 한번 해 볼까? 다들 잠시 숨을 돌린다고 해야 할지, 가끔은 재미있게 노는 것도 좋은 일이니 말이야.

훈련 뒤에 약속이 없다는 사람들을 데리고, 성의 서쪽 평원으로 나가 야구장을 만들었다. 만들었다고는 해도, 베이스와 타자석, 마운드를 만들었을 뿐이지만.

그리고 나는 새로 방망이와 포수 글러브, 포수 장비를 준비한 다음, 모두에게 간단하게 규칙을 설명했다. 솔직히 나도 그렇게 자세히 알지는 못하기 때문에, 자세한 사항은 그때그때 조사하기로 했다.

일단 규칙을 배우기 위해서는 직접 해 보는 것이 최고다. 내가 심판 역할로 지켜보는 가운데 시합이 시작되었다.

처음에는 정말 눈 뜨고 못 봐 줄 정도였다. 데드볼과 헛스윙 삼진이 계속될 뿐. 점수는 전부 밀어내기. 하지만 검술을 배웠기 때문인지, 금방 다들 공을 맞추기 시작했고, 이윽고 안타를 날리기 시작했다. 하지만 이번에는 실력 미달의 수비가 눈에 띄었다.

알까기, 에러, 낙구……. 하지만 그것도 반복하는 사이에 다들 공을 멋지게 잡기 시작했다. 그런 모습을 보고 나는 조금 놀랐다. 원래 몸을 단련하는 일을 하던 사람들이라, 어느 정도 운동 능력이 있을 거라고는 생각했지만…….

그럭저럭 볼만한 시합이 되어서, 나는 【게이트】로 마을 아이들을 불러 시합을 보여 주기로 했다. 아이들에게 규칙을 대략적으로 설명한 뒤, 겸사겸사 관객석을 만들었다.

"쳤다, 쳤어!"

"달려요~!"

"힘내라~!"

금방 푹 빠져들어 응원을 하는 아이들 옆에서 기사단 사람들도 각자 자기 팀에게 한마디씩 하기 시작했다.

"뭐 하는 거야?! 그럴 때는 1루로 던져야지! 멍청이 같으니라고!"

"아~! 공을 잘 보라니까! 저런 공에 방망이가 나가면 어쩌자는 건지!"

"나랑 바꿔, 얼른!"

거의 야유였지만. 이보세요들, 아이들의 순수함 좀 배워요.

세세한 규칙을 가르쳐 주지 않았기 때문에, 실수만 하면 금방 다른 사람이랑 교대를 하기 시작했다. 당연한 건가.

"다들 즐거워 보이니 다행이지만."

다들 시합에 열중하고 있는 사이에도 나는 착착 야구장을 완성시켜 갔다. 백네트, 외야 펜스, 스코어보드 등을 완성하자, 나름 그럴듯해 보였다.

어두워져서 슬슬 마무리를 했다. 야구 도구는 모두 기사단이 맡고 있다가, 자유 시간이 되면 야구장과 함께 사용할 수 있도록 허락해 두었다. 그리고 견학을 온 아이들에게도 모두 야구 세트를 갖춰 주었다. 아이들용은 좀 작게 만들어 주었다. 땅이야 얼마든지 있으니 어디서든 동네 야구를 할 수 있겠지.

다음 날부터 비번인 기사들이나 훈련이 끝난 사람들이 야구장에 모여 시합을 했다. 각각 팀을 만들어 시합을 하고, 전적을 기록을 하기도 했다. 팀 이름에 '그리핀스'나 '샐러맨더스' 처럼 마수의 이름을 붙이는 점이 지구와 비슷하다는 생각이 들었다.

규칙이 애매해서 문제가 일어나면, 다들 나를 찾아와 물었다. 나는 그때마다 인터넷을 조사해 해결을 해 줘야 했다. 다음엔 이쪽 세계용 규칙집을 만들어 배포할까?

【드로잉】으로 그냥 복사를 해도 상관은 없지만, 이쪽 문자로 변환하는 것도 귀찮고, '미국의' 라든가 '메이저리그에서는' 라든가처럼 이해 못 할 말도 섞여 있으니 그럴 수는 없었다.

그러는 사이에 마을 사람들도 야구에 흥미를 가지고 되었고, 시합을 보다가 자신도 해 보고 싶다고 나서는 사람이 나오기 시작했다. 그렇게 되자 도구가 필요해졌고, 민감하게 그 사실을 파악한 미스미드의 교역상인 오르바 씨가 나에게 판매 권리를 달라고 교섭을 하기 시작했다.

오르바 씨가 만들어 준다면 특별히 거절할 이유가 없었기 때문에, 쇠팽이 때와 마찬가지로 몇 퍼센트 정도의 마진을 나라에 납입하는 조건으로 생산을 허락했다. 다른 나라에서도 야구가 유행해 도구가 팔리면 돈을 좀 벌 수 있을까? 처음에는 그 정도 생각이었는데.

한 달에 한 번 열리는 서쪽 동맹 회의 때, 외부에서 들려오는 함성을 듣고 각국의 임금님들이 흥미를 보였다. 그 함성이 일어난 원인인 야구 시합을 보여 주자, 곧장 모두 야구에 푹 빠져들었다.

야구 도구를 만들어 달라고 졸라서, 각국에 나누어 주었더니, 각각 나라에서 팀을 만드는 등, 예상외로 야구가 금세 퍼져 나갔다. 지금은 여러 나라에서 야구를 즐기고 있다.

쉬는 날이 되면 마음에 맞는 동료들과 팀을 만들어 다른 팀과 시합을 했다. 그 시합을 선수들의 가족과 동료들이 관전을 하고 응원을 하였고, 그렇게 야구는 오락으로 정착되어 갔다. 가까운 시일 내에 프로야구가 생길지도 모르겠는걸?

솔직히 말해서, 나는 이렇게 될 거라고는 생각하지 못했지만 오르바 씨는 어느 정도 인기를 예상하고 있었던 모양이었다.

"근데 뭐가 인기가 있을지는 정말 알 수 없는 법이군요……."

"저는 폐하가 시작하셨다는 말을 듣고, 반드시 인기가 생길 거라고 확신했습니다."

응접실에서 오르바 씨가 내 바로 앞에 앉아 싱글벙글한 표정을 지으며 대답했다. 그래. 나는 이쪽 세계 사람들이 오락에 대한 갈구가 얼마나 강한지를 잊고 있었다. 이쪽 세계에는 스포츠라고 할 만한 종류가 별로 없었다. 구기 종목은 특히나. '놀이'를 전면에 내걸면 무조건 팔린다고 보면 될까?

"그러니 또 좋은 게 있으면 저희 상회가 판매할 수 있도록 허락해 주십시오."

"음……. 몇 개인가 팔릴 만한 게 있긴 있어요."

"호오. 참 흥미가 생기는군요."

방금, 오르바 씨의 눈이 반짝 하고 빛났다. 장사꾼 기질이 정말 강하구나. 아, 그렇지.

"그 대신이라고 하긴 뭐하지만, 금속 소재……. 철이라든가 동, 은, 미스릴, 오레이칼코스, 히히이로카네 같은 걸 싸게 손에 넣을 수 없을까요?"

"금속 소재 말입니까? 흐음……. 몇몇 루트를 통해 손에 넣을 수 있는데, 어느 정도가 필요하십니까?"

"얼마나 필요할지는 몰라요. 음……. 이제부터 제공하는 도구로 돈을 번다면, 그만큼 금속 소재를 구하고 싶어요."

프레임 기어의 소재가 될 재료는 아무리 많아도 부족하다. 때문에 지금부터 비축해 둘 필요가 있다. 막상 필요해졌을 때 모으려고 하면, 필요한 양을 구할 수 있을지 없을지 알 수 없을 테니까.

"무슨 이유가 있으신 것 같지만, 굳이 여쭙지는 않겠습니다. 이쪽도 장사이기도 하고 폐하 덕분에 돈을 버는 입장이니까요."

"그렇게 말씀해 주시니 다행이네요. 그래서 그 상품 말인데 요. 요요, 훌라후프, 스카이콩콩, *켄다마 같은 장난감이 있어 요."

"모두 처음 듣는 장난감입니다. 자세히 가르쳐 주실 수 있을까요?"

오르바 씨에게 설명을 하기 위해 나는 실제로 요요를 만들어 직접 노는 법을 보여 주었다. 플라스틱으로 만든 것이 가장 좋지만, 없어서 어쩔 수 없이 나무로 만들었다. 다른 장난감도 만들어 실제로 보여 준 뒤, 노는 방법을 가르쳐 주었다.

일단 프레임 기어의 재료는 이런 장난감을 만든 수입으로 구하자. 국민의 세금으로 구입하는 것은 역시 좀 미안하다. 또 미스릴 골렘 같은 걸 토벌하면서 구하기도 하고.

아무튼 간에, 차근차근 일을 진행해 가자.

---

*켄다마(けん玉) : 본체와 공이 줄로 이어져 있는 장난감을 요요처럼 당겨서 양 옆 받침대 또는 위쪽의 뾰족한 곳에 끼워 넣는 일본의 전통놀이.

"축하해!"

"축하해, 행복해야 돼?"

"리온, 색시 울리지 말고!"

"두 사람 모두 행복하세요!"

축복의 박수 소리가 두 사람을 감쌌다. 그 중심에서 쑥스러운 표정을 지으면서도 최고의 행복을 만끽하고 있는 사람은 벨파스트 기사단의 기사인 리온 씨와 그 약혼자……. 아니, 이제는 아내인가. 여우 수인인 오리가 씨였다.

리온 씨는 흰 턱시도 차림이었고, 오리가 씨는 순백의 웨딩드레스 차림이었다.

두 사람의 의상은 내가 인터넷에서 조사한 자료를 바탕으로 의복 가게의 사장인 자낙 씨가 만든 것이었다. 둘 다 미남미녀라 아주 잘 어울렸다. ……조금 샘이 나는데?

이곳은 벨파스트에 있는 리온 씨의 본가……. 즉, 레온 장군의 저택, 브릿츠 남작 저택의 정원이었다.

두 사람의 가족과 기사단 동료에 더해, 미스미드에서도 친구와 지인들이 모인 가운데 결혼식이 거행되었다.

　미스미드의 손님은 내가 【게이트】를 열어 초대했다. 이 정도야 뭐.

　두 사람의 신혼집은 이곳에서 걸어갈 수 있는 거리에 있었다. 좋은 집이기는 했지만, 파티를 하기에는 조금 작은 편이라 신랑의 본가인 이쪽에서 파티를 열게 되었다.

　정원을 개방한 입식 파티 형식으로, 나도 '브륀힐드 공왕'으로서가 아니라, 두 사람의 친구로서 참가했다.

　그리고 나의 가족 자격으로 유미나, 에르제, 린제, 야에, 루도 같이 왔다. 솔직히 루는 두 사람과 거의 모르는 사이이지만, 혼자 두고 오는 건 좀 그렇기 때문에 같이 참가했다.

　시끌벅적하게 환담을 나누는 하객들. 그중에서 이쪽으로 다가오는 사람이 있었다.

　"공왕 폐하, 두 사람을 많이 도와주셔서 감사합니다."

　"아니요. 오늘은 공왕이 아니라 한 명의 친구로서 참가한 거니, 신경 쓰지 마세요."

　고개를 숙인 사람은 회색 양복을 입은 신사, 교역상인인 오르바 씨로, 오리가 씨의 아버지다. 여전히 풍채가 좋은 체형에, 머리에는 여우 귀, 허리에는 굵은 꼬리가 흔들리고 있었다.

　그런 것보다 나는 오르바 씨 뒤에 있는 부인 두 사람이 더 신경 쓰였다. 둘 다 여우 수인으로 나이는 30대 후반 정도로 보였다. 금발과 은발이라는 차이는 있지만. 금발 쪽 여성은 오리가 씨와 어딘가 모르게 비슷해 보이는데, 혹시…….

내 시선을 눈치챘는지, 오르바 씨가 두 사람을 소개해 주었다.

"아아, 이쪽은 저의 가족들입니다. 아리사, 이루마, 이쪽은 브륀힐드의 공왕 폐하이시네."

"오르바 스트랜드의 아내, 아리사 스트랜드입니다. 공왕 폐하."

"저도 오르바 스트랜드의 아내, 이루마 스트랜드입니다. 저희 딸을 위해 여러모로 신경을 써 주셔서 정말 감사합니다."

역시 오르바 씨의 사모님이었구나. 게다가 둘 다 부인이야?!

"이쪽의 이루마가 오리가와 아루마의 엄마입니다. 아리사는 장남인 이쿠사의 엄마이고요."

금발의 이루마 씨가 오리가 씨와 아루마의 엄마구나. 어쩐지 닮았더라.

아리사 씨 쪽은 장남(오리가 씨의 오빠에 해당한다)의 어머니라는 모양이었다. 그리고 장남은 로드메어 연방에 교역상인으로 수행을 떠난 상태라 결혼식에는 참가할 수 없었다고 한다.

"사모님이 두 분이시네요."

"하하하. 저는 적은 편입니다. 제가 아는 대상인은 아내가 다섯, 첩이 여덟이나 있을 정도니까요."

미스미드도 일부다처가 허용되는구나. 그 대신 부인들의 서

열 같은 것이 있는 모양이지만.

벨파스트에서는 남작 이상만 아내를 여럿 둘 수 있다는 모양이었다. 물론 첩은 아내에 포함되지 않기 때문에, 평민이라도 부양할 돈만 있으면 아내 한 명에 첩을 가득 맞이하기도 한다고 한다. 그런 사람들은 대부분이 대상인처럼 돈이 많은 사람들이지만.

참고로 리온 씨는 아버지인 레온 장군이 남작이긴 하지만, 차남이라 남작 작위를 이어받지 못한다. 즉, 아내는 오리가 씨 한 명뿐이다.

첩은 여럿 맞이할 수 있지만, 리온 씨의 성격을 봤을 때 아마 들이지는 않겠지? 오리가 씨한테 푹 빠져 있기도 하고 말이야.

"잘 생각해 보니, 공왕 폐하가 두 사람 사이에 다리를 놓아 주어 이렇게 결혼에 이르게 된 건지도 모르겠군요. 스트랜드 가문으로서는 멋진 인연을 맺을 수 있어 정말 행복합니다."

친구들에게 둘러싸여 기뻐하는 두 사람을 보면서 감격스러운 듯 그렇게 말을 하는 오르바 씨. 신부인 오리가 씨의 뒤로 꽃바구니를 든 여동생, 아루마도 보였다. 아루마도 아주 기쁜 모양이었다.

"아, 그렇지. 결혼 축하 겸 두 사람의 신혼집에 따로 작게 온천을 만들어 두었으니 결혼식이 끝난 뒤에 한번 들어가 보세요. 벨파스트의 비밀 온천에서 물을 끌어왔기 때문에, 피로가 금방 풀릴 거예요."

"호오⋯⋯. 온천을 말입니까?"

"어머! 정말 멋져요!"

"여보, 돌아가는 길에 들어가 봐요!"

오르바 씨보다 사모님들이 더 기쁜 듯했다. 돈이 많다고는 해도, 쉽게 온천에 들어갈 기회는 별로 없었을 테니 당연한가. 특히 미스미드는 온천에 들어갈 기회가 더 없겠지.

오르바 씨 일행은 신부의 부모님이기 때문에 다른 하객에게도 인사를 다녀야 했다. 그래서 대략 나와의 이야기가 마무리되자 다른 곳으로 자리를 이동했다.

"아주 기뻐 보였어요."

"딸의 결혼식이니 당연히 기쁘겠지."

유미나에게 그렇게 대답하면서도, 아이를 계속 품에 두고 싶어 하는 부모님이었으면 또 달랐을 거라는 생각을 했다. '딸은 절대 못 넘긴다!' 같은 사람이 있을지도? 나는 그렇게 되고 싶지 않지만, 과연 어떨까? 자신이 없다.

앗, 이번엔 신랑 측 부모님이 왔다.

"오오, 토야⋯⋯. 앗, 공왕 폐하였지. 음~ 저의 못난 아들놈의 결혼식에 와 주셔서 감사합니다."

리온 씨의 아버지, 레온 장군이 묘한 표정을 지으며 고개를 숙였다.

"그러지 마세요. 오늘은 친구 중 한 명으로 온 거니까요. 이전처럼 대해 주셔도 돼요."

"그런가? 그럼 오늘만은 그렇게 하지. 설마 일국의 왕이 될 줄이야. 아, 물론 공주님과 결혼했으면 벨파스트의 왕이 되었을지도 모르지. 아무튼 가능성은 있었던 거군."

이전이었다면 그럴 가능성도 있었겠지만, 지금은 상황이 변했다.

나는 공왕이 되었고, 아직 공표되지는 않았지만, 유미나는 정식 약혼자이다.

한편, 벨파스트 왕가는 왕비님이 임신을 했으니, 대망의 후계자가 태어날지도 모른다.

남자아이가 태어나면 나는 뒷전으로 밀린다. 하지만 여자아이라면 나와 유미나 사이에서 태어난 남자아이가 벨파스트의 뒤를 이을 가능성도 있다. 그럴 경우, 브륀힐드는 다른 네 사람과의 사이에서 태어난 남자아이가 물려받는다.

아직도 이것저것 생각할 게 참 많구나. 게다가 결혼도 아직 안 했는데 아기라니, 상상이 안 간다.

"아버지! 일국의 임금님이신데 그렇게 무례하게 행동하시면……."

레온 장군의 등 뒤에서 나무라는 듯한 목소리가 들렸다. 20대 후반에 키가 크고, 레온 장군과 똑같은 수염을 기른 사람. 이쪽은 카이젤 수염은 아니었지만. 아버지라고 불렀다는 것은…….

"토야는 처음 보지? 이쪽은 리온의 형인 시온이다. 군의 제1

군단에 소속되어 있지. 우수하지만 결혼은 남동생에게 선수를 빼앗긴 한심한 녀석이야."

"그냥 좀 내버려 두세요! ……처음 뵙겠습니다, 브륀힐드 공왕 폐하. 벨파스트군 제1 사단 소속인 시온 브릿츠입니다. 저의 못난 동생의 결혼식에 참석해 주셔서 정말 감사합니다."

이어서 자신의 주군 쪽의 귀빈인 유미나, 레굴루스의 공주인 루, 그리고 에르제, 린제에게까지 깊숙이 고개를 숙이는 시온 씨를 보고, 착실한 성격이 딱 리온 씨와 닮았다는 생각이 들었다. 한마디로, 둘 다 아버지를 닮지 않았다.

"앞으로 태어날 손주가 정말 기대돼서 말이야. 남자라면 내가 직접 훈련을 시켜 줄 생각이네. 수인의 운동 능력을 지닌 사람이 화염권을 쓰게 되는 게 아닌가. 벨파스트 최고의 전투 인재가 될 게 틀림없어!"

이보세요, 아저씨. 벌써 아들 바보가 아닌 손주 바보인가? 정말 이래도 되나?

물론 태어날 아기는 수인과의 혼혈이니 기본적인 운동 능력이 뛰어날지도 모르지만 말이지. 근데 남자아이가 아니라 여자아이가 태어나도 무술을 지도해 줄 것 같은 느낌이 든다.

"그러고 보니 브륀힐드에서도 기사단을 만들었지? 다음에 우리 군과 기사단이 같이 합동 훈련을 하지 않겠나? 서로에게 좋은 자극이 될 거라 생각하네만."

"아, 그거 좋네요. 우리는 이제 막 생긴 기사단이라, 아직 유기적인 움직임이 부족하거든요. 한 사람, 한 사람은 나름 강하지만요."

"흐음. 역시 유기적인 움직임은 하루아침에 이루어지는 게 아니지. 꾸준한 훈련이 필요한데……. 집단전이라도 해 볼까?"

"그러네요……. 다수 대 다수인 전투 훈련도 필요하겠죠? 도적단과 싸우는 일이 있을지도 모르니까요……."

"두 분 모두, 국가에 관한 일은 다음 기회에 하는 게 어떠신가요? 오늘은 결혼식이에요."

나와 레온 장군의 대화를 듣던 유미나가 그렇게 말을 하며 우리 둘을 다독였다. 조금 어이가 없다는 듯한 표정이다. 그야 그런가? 축하를 위해 모인 곳에서 살벌한 이야기를 하는 것은 역시……. 잘못이다.

"그, 그럼 그 이야기는 다음에 하죠."

"으, 으음. 그렇군요. 그럼 공왕 폐하, 저는 이만 물러가겠습니다."

겸연쩍었는지, 레온 장군과 시온 씨는 재빨리 벨파스트 기사들이 모인 테이블로 이동했다.

"일을 열심히 하는 건 좋지만, 이런 곳에서는 잊을 줄도 알아야 해요."

"앗, 무심코 말이……. 매력적인 제안이었거든."

루한테도 혼이 나니, 절로 쓴웃음이 새어 나왔다.

"나는 좀 재미있을 것 같았는데. 합동 훈련."

"사실은 소인도 그렇습니다."

마찬가지로 쓴웃음을 지으며 에르제와 야에가 서로 얼굴을 마주 보았다. 두 사람이야 뭐, 그렇게 생각해도 이상하지 않다.

"그러고 보니 토야 씨, 축하 인사도 한다고 했죠? 이제 차례가 아닌가요?"

린제가 나에게 말을 걸었다. 앗, 그렇지. 일단 이 결혼식에 참가한 하객 중 내가 제일 높은 사람인 듯했다. 작은 나라기는 하지만 임금님이니까. 대표로서 축하 스피치를 해 달라고 부탁받았다.

물론 코사카 씨에게 부탁해 이쪽 세계에서 주로 어떻게 축하 인사를 하는지 원고를⋯⋯.

안쪽 주머니에 손을 넣어 봤는데, 그곳에는 항상 가지고 다니는 스마트폰밖에 없었다.

축하 인사 원고를⋯⋯.

코트 주머니, 바지 주머니, 【스토리지】 안⋯⋯. 어? 어? 어 어?

"⋯⋯왜 그러세요?"

"⋯⋯축하 인사 원고가 없어⋯⋯."

"""""뭐어?!"""""

어? 어라? 혹시 어디에 떨어뜨렸나?! 자, 잠깐만! 그게 없으면 안 돼! 내용이 흐릿하게밖에 기억이 안 난단 말이야!

"토야 오빠! 언니들이 준비 다 됐으니 단상으로 올라가 달래요!"

가득 미소를 지으며 아루마 씨가 나를 맞이하러 왔다. 나는 어색한 웃음을 지으며, "지·금·갈·게."라고 대답할 수밖에 없었다.

"토, 토야 씨, 일단 축하 인사요, 축하의 말부터 하세요!"

"으, 응."

"헤어진다, 자른다, 끝난다처럼 불길한 말은 하면 안 됩니다!"

"어? 아, 그렇구나. 맞아, 그랬었어."

이를 어쩐다. 이런 상태로 말을 했다간, 엄청 실수를 하고 말 거야……. 그렇다고 해서 '리온 씨, 오리가 씨, 결혼 축하합니다! 검은 머리가 파뿌리 될 때까지 해로하세요!' 라고만 말하고 내려갈 수도 없고…….

으으, 내가 말을 하지 않아도 두 사람에게 축복이 될 만한 일이 벌어지게 할 수는 없을까?!

결혼식 때 다들 어떻게 했었지? 친척 아저씨들처럼 노래라도 부를까? 아니아니아니, 그건 창피해서 안 되고. 그 외에는…….

"아."

내 뇌리에 무언가가 번뜩 떠올랐다. 내가 원래 있던 세계에서는 결혼식 하면 떠오르는 그게 있었잖아. 보통은 할 수 없지만, 나에게는 '그 마법' 이 있다.

"미안, 아루마. 두 사람한테 10분만 기다려 달라고 말해 줘. 조금 준비를 해야 하거든."

"네? 네, 알겠습니다."

아루마가 두 사람에게로 달려갔다. 좋아, 그럼 얼른 준비해 볼까.

나는 파티장에 있을 그 사람들을 찾기 시작했다.

〈음~ 방금 소개를 받은 브륀힐드의 공왕 모치즈키 토야라고 합니다. 리온 씨, 오리가 씨, 결혼 축하드립니다.〉

나는 무속성 마법 【스피커】로 정원에 있는 사람들에게 내 목소리를 전달했다. 내가 한 나라의 왕이라는 사실을 몰랐던 사람들도 있었는지, 사람들이 조금 술렁이기도 했지만, 지금은 그냥 무시하기로 했다.

〈두 사람은 이제부터 새로운 가정을 꾸리게 됩니다. 그래서 저는 두 사람에게 모범이 될 만한 멋진 가정을 보여 드리고자 합니다.〉

정원에 놓인 의자에 앉은 리온 씨와 오리가 씨가 어리둥절한 표정을 지었다.

나는 그 모습을 슬쩍 보면서 단상에서 내려간 뒤, 무속성 마법【미라주】를 발동했다.

그러자 단상에는 젊고 당당하며 몸집이 큰 남자가 아기를 안고 기쁘게 외치는 모습이 비쳤다. 그 옆에는 그 모습을 보고 부드럽게 미소 짓는 여성과 작은 소년.

남성이 들어 올린 아기는 기쁘게 웃었다.

"나야······."

"뭐?"

리온 씨가 그렇게 중얼거리자, 옆에 있던 오리가 씨가 반응했다.

"저 아기는 나야······. 형이랑, 돌아가신 어머니······. 나를 안고 있는 사람은 젊었을 때의 아버지고······."

영상을 보고 리온 씨가 옆에 있던 레온 씨를 바라보았다. 아버지인 레온 장군은 계속 똑바로 단상의 영상을 바라보기만 했다.

영상이 바뀌었다. 지금과는 다르게 늘씬한 여우 귀를 지닌 청년이 아기 침대에서 잠든 아기를 들여다보고 있었다.

"아빠······?"

젊은 시절의 오르바 씨가 아기의 얼굴을 쿡쿡 찌르며 웃었다. 그리고 그 모습을 보며 옆 침대에 있던 이루마 씨가 키득거리며 웃었다.

그 영상을 오르바 씨와 이루마 씨도 똑바로 바라보았다.

이 영상은 만든 것이지만, 화면에 비친 일은 실제로 있었던 일이었다. 조금 전에 레온 장군, 시온 씨, 오르바 씨, 이루마 씨, 아리사 씨 등, 두 사람을 아는 사람들에게 【리콜】로 기억을 전달받았다. 이것은 그 기억을 기초로 내가 만들어 낸 영상이었다.

두 사람이 태어난 뒤부터 지금까지의 일들이 잇달아 기악곡과 함께 흘러갔다.

리온 씨가 어릴 때에는 병약했다는 것. 검술 연습을 억지로 시작했을 때. 형과 함께 낚시를 갔던 일. 아버지와 크게 싸웠던 일. 어머니가 돌아가신 일. 군인이 아니라 기사가 되겠다고 결심한 뒤, 아버지를 설득한 일. 엄격한 훈련을 견디고 멋지게 기사단에 들어간 일…….

오리가 씨가 어릴 때 말괄량이였던 사실. 늦게까지 집에 돌아가지 않아 어머니에게 혼난 일. 아버지에게 먼 나라의 선물을 받고 기뻐했던 일. 여동생이 태어난 일. 가족 모두가 같이 여행을 떠난 일. 열심히 공부해서 왕궁에서 일하게 됐을 때. 그 일을 가족 모두가 축하해 주었을 때…….

두 가정의 추억이 점점 옅어지더니, 이윽고 오늘의 두 사람이 화면에 비쳤다. 행복해 보이는 두 사람과, 그 둘을 축복해 주는 두 가족.

그리고 조용히 영상이 끝났다.

나는 다시 단상에 올라 【스피커】를 통해 두 사람에게 말했다.

〈두 사람의 가족이 두 사람에게 쏟은 애정을 이번에는 두 사람 사이에서 태어날 아기에게 전해 주세요. 두 사람이라면 할 수 있으리라 저는 믿습니다——————오늘 두 사람의 멋진 결혼을 진심으로 축하드립니다. 이걸로 두 사람에 대한 축하 인사를 마치겠습니다. 조용히 들어 주셔서 감사합니다!〉

마무리 멘트를 마치고 인사를 하자, 모인 하객들이 일제히 박수를 쳐 주었다. 참 쑥스러운걸?

힐끔 신랑신부 쪽을 보니, 두 사람 모두 눈물을 흘리고 있었다. 너무 심했나……? 오리가 씨는 어머니인 이루마 씨를 꼭 껴안았다.

단상에서 내려오자 오르바 씨와 레온 장군이 나에게 고개를 숙였다.

"아주 멋진 선물을 주셔서 감사합니다."

"고맙네. 그 무엇보다도 멋진 축하 인사였어."

음~ 사실은 스피치 원고를 잃어버려서 급조한 건데, 그렇게 말할 수는 없겠지……? 아무튼, 기뻐해 주니 정말 다행이다.

그 뒤로도 큰 문제 없이 식은 진행되었고, 이윽고 신랑신부가 마지막 인사를 할 시간이 되었다.

단상에 올라간 두 사람 앞에 내가 【스피커】를 놓아 주었다.

〈여러분, 오늘은 저희의 새 출발을 축복해 주셔서 정말 감사합니다. 아직 부족하고 미숙하지만, 앞으로도 지도와 편달을 잘 부탁드립니다!〉

손님 앞에서 깊게 고개를 숙이는 두 사람에게, 모두 박수를 보내 주었다.

〈식이 끝난 뒤에는 브륀힐드 공왕 폐하께서 저희를 위해 자신의 유희장을 빌려 주시기로 하셨습니다! 시간이 있으신 분은 그곳으로 초대할 예정이니 참가해 주십시오!〉

오오오, 하객들이 크게 환성을 질렀다. 나는 그 자리에서 【게이트】를 열어 브륀힐드 성 안의 유희장으로 통하도록 고정시켜 놓았다.

유희장에서는 브릿츠 남작 가문의 메이드와 스트랜드 상회의 종업원들이 도와주러 와 있었다.

그리고 그곳에는 2차 피로연 장소답게, 산더미 같은 식사와 과자 등의 디저트, 그리고 술을 포함한 각종 음료가 테이블 위에 놓여 있었다.

잇달아 하객들이 2차 피로연 장소인 유희장으로 이동했다. 보통 2차 피로연은 친한 친구만 모이고 부모님이나 친척은 별로 참가하지 않지만, 언제나 그렇듯 내가 살던 사회의 상식을 그대로 적용할 수는 없었다.

"호오, 이게 폐하께서 말씀하신 그 브륀힐드 유희장인가?"

"흥미로운 것들로 가득하군요. 정말 기대가 됩니다."

역시나 신랑신부의 부모님들도 모두 2차 피로연에 참가했다.

레온 장군은 재미있게 놀 생각으로 가득했고, 오르바 씨는 상인 센서를 발동하기 시작했다.

　그 외에는 노느라 야단법석. 마시고 노래하고 놀고, 그야말로 떠들썩했다.

　몇 명인가는 잠시 머물다 【게이트】를 통해 집으로 돌아갔다. 돌아간 사람의 대부분은 젊은 여성이었다. 그때 "저희가 바래다 드리겠습니다."라고 나선 남자도 몇 명인가 있었다. 리온 씨의 형인 시온 씨도 그중 한 사람으로, 예쁜 여성을 에스코트해 주는 중이었다. 꽤 하는걸?

　밤 10시가 되었을 때, 신랑신부는 먼저 들어가 쉬도록 배려해 주었다. 방은 성의 안쪽에 있는 객실을 내주었다. 결혼식 첫날밤이니, 으음, 여러 가지로 신경 쓸 일이 많겠지.

　손님들 중, 자고 가고 싶다는 사람은 다른 구역에 있는 객실을 내주었다. 물론 가족, 부부 이외에는 남녀 따로따로였다.

　유희장에서는 아침까지 신나게 즐기다가, 숙취에 고생하는 사람이 속출했다. 나는 적당할 때에 방으로 돌아갔지만, 레온 장군과 오르바 씨는 계속 술을 마신 듯, 지금은 객실에서 잠을 자는 중이었다. 참고로, 사모님들은 곧장 리온 씨 등과 함께 신혼집으로 돌아갔다.

　난리도 아니었지만, 다들 기뻐해 주어서 정말 다행이었다. 그 이후로 결혼식의 '2차 피로연'이 벨파스트를 중심으로 정착되기 시작해 조금 놀라웠지만.

　　　　◇　　　◇　　　◇

"애정을 키워 나가요."

"응?"

유미나의 갑작스러운 말을 듣고 나는 그대로 얼어 버렸다. 유미나 씨, 정말 뜬금이 없거든요? 아침밥은 조용히 먹는 게 제일이라고 생각합니다만.

"결혼식을 보고 생각했는데, 우리 결혼식도 애정이 넘치는 자리로 만들고 싶더라고요. 그러려면 서로를 잘 알아야 하는 것은 물론, 마음을 교류하면서 사랑을 키워 나가야 한다는 생각이 들었어요."

유미나가 눈을 반짝이며 그렇게 말했지만, 나는 어색한 웃음을 지을 수밖에 없었다. 무슨 말을 하는지는 알겠고, 아주 당연한 말이긴 하지만, 뭐라고 해야 하나 조금 부끄럽다는 생각이 먼저 들었다.

그런 내 마음을 무시한 채, 벌떡 식탁 의자에서 일어선 사람이 있었다. 바로 루였다.

"멋져요, 유미나 씨! 저도 항상 그렇게 생각했답니다! 토야 님과 우리는 사랑을 더욱 키워 나가야 한다고요!"

"그렇죠?!"

"그럼요!"

와락 하고 서로를 껴안은 공주님 두 사람. 뭐지? 흐뭇한 광경인데 일말의 불안감이 스쳐 가네.

"저어, 구체적으로, 는?"

얼굴을 잔뜩 붉힌 린제가 힐끔힐끔 이쪽을 보면서 유미나와 루에게 물었다. 에르제와 야에도 식사를 하던 손을 멈추고 이쪽을 바라보았다.

"그거야 물론 데이트죠!"

"데이트?! 데이트라면 교제하는 남녀가 같이 외출하는 그거죠?!"

"네. 주로 식사나 쇼핑, 연극 관람 등을 하며 서로 더욱 정을 다지는 일이에요."

잔뜩 흥분한 루에게 유미나가 그렇게 설명했다.

저기, 정을 다지다니……. 모두 약혼한 사이이고, 참 새삼스럽다는 생각도 든다.

"토야 오빠는 요즘 들어 저희에게 너무 무관심한 거 아닌가요? 대체 뭐죠? 낚은 고기에는 먹이를 주지 않는 그런 성격이었나요?"

"윽!"

"나, 나도 그런 생각을 했어. 어제는 식사를 할 때 외에는 토야 얼굴도 못 봤다니까."

"소인도 그렇습니다. 그래서……. 조금 외롭다고 해야 할까요……?"

크으. 확실히 요즘엔 여기저기 돌아다니느라, 모두와 같이 보낼 시간을 내지 못한 건 사실이다. 그런 점은 반성을 해야 해.

모두 나에게 호의를 보이고 있다고 해서, 내가 너무 마음을 놓고 있었는지도 모른다. 나도 이 아이들을 좋아한다. 계속 함께 있고 싶고, 항상 기뻤으면 한다. 그러려면 노력을 아끼지 말아야겠지?

근데 데이트라. 데이트……. 아직 브륀힐드에는 데이트를 할 만한 시설의 거의 없으니……. 식사도 '은월'이나 카페에서 하는 게 고작인 상황. 그 외에는 자낙 씨의 의복 가게라든가 오르바 씨의 스트랜드 상회 정도인가?

쇼핑이라고 해도 가게를 서너 군데 돌면 그대로 끝이다. 정말로 즐거울지 어떨지.

"그런 게 아니에요. 토야 오빠랑 외출해서 같은 추억을 공유하는 게 중요한 거죠. 저희가 나이를 먹었을 때, '그런 일을 했었지', '이런 일도 있었지' 하고 토야 오빠랑 이야기할 수 있는 추억이 필요한 거예요."

아하. ……유미나의 말대로다. 게다가【게이트】를 사용하면 브륀힐드뿐만이 아니라, 다른 나라에도 갈 수 있다.【게이트】는 이런 때야말로 활용해야 하는 마법이다.

"……그럼 오늘은 다 같이 외출할까? 많은 곳을 돌아보고, 하고 싶은 일을 마음껏 해 보는 거야."

내 말을 듣고 모두 미소를 지었다. 응, 역시 나는 이 미소를 계속 보고 싶어.

"결정됐으면 준비를 해야겠죠?!"

루의 목소리와 동시에 모두가 후다다닥 아침을 먹고, 각자 자기 방으로 돌아갔다. 기대가 된다는 건 알겠지만, 아침은 천천히 먹고 소화하지 않으면 몸에 안 좋아.

나도 코사카 씨한테 가서 오늘 예정을 나중으로 미뤄 두자. 다행히 오늘 예정은 마을 구획을 나누는 이야기와 농경지 시찰 등뿐으로, 충분히 미룰 수 있는 일이었다.

테라스에서 집사 라임 씨가 타 준 홍차를 마시며 기다리는데, 다시 후다다닥 하는 발소리가 들려왔다.

"오래 기다리셨습니다."

"……."

약혼자들의 모습을 보고 나는 무심코 홍차를 바닥에 흘릴 뻔했다.

모두 입은 옷이 평소와는 다 달랐다.

옷깃이 큰 카디건과 검은 타이츠 위에 티어드 스커트 차림인 유미나.

리본이 붙은 블라우스에 점퍼스커트 차림인 루.

에르제는 블라우스 위에 니트와 롱 카디건, 퀼로트 스커트, 검은 타이츠 차림.

옷깃에 꽃무늬 레이스가 자수되어 있는 원피스와 카디건,

니삭스 차림인 린제.

　그리고 무엇보다도 놀라운 사람이 바로 야에였다. 기모노에 하카마 차림이 아니었다. 포니테일은 평소와 똑같았지만, 입은 옷은 파카 블루종에 무릎까지 오는 팬츠였고, 신발도 조리가 아니라 세련된 구두였다.

　모두 이쪽 세계에서는 보기 힘든 패션인데…….

　"그건…….”

　"이런 날이 올 때를 대비해서 자낙 씨의 가게에 특별 주문했어요. 디자인은 토야 오빠한테 이미 받은 게 있다고 해서요.”

　자낙 씨에게는 이미 패션 디자인을 【드로잉】으로 복사해서 건네주었는데, 이런 때에 보게 될 줄이야.

　"보니까……. 어, 어때?”

　"응? 아, 아주 예뻐. 다들 잘 어울리고.”

　얼굴을 붉히며 묻는 에르제에게 그만 건성으로 대답하고 말았다. 하지만 예쁘다는 것은 진심이었다. 평소와 옷이 다르다는 것만으로도 이렇게 인상이 달라지는구나.

　"그럼 데이트하러 출발해요! 앗, 그전에.”

　루가 앞서 나가려고 하다가 갑자기 뒤로 돌아 주먹을 쥐었다.

　그 모습을 보고 다른 네 사람도 눈을 번뜩이며 똑같이 주먹을 쥐었다.

　"""""가위~ 바위…… 보!"""""

　"""""안 내면 탈락……. 가위, 바위, 보!"""""

저어……. 공주님들……. 대체 뭘 하시는 건가요.

"이겼어요!"

"이겼, 어요."

루와 린제가 이긴 것 같은데, 무슨 대결이지?

내가 신기해하는데, 곧장 대답이 나왔다. 양쪽에 선 루와 린제가 내 팔에 팔짱을 낀 것이다.

"시간이 지나면 교대예요?"

"아쉽습니다……."

"야, 너무 딱 달라붙은 거 아니야?"

그런 거였구나. 으으으, 기쁘기도 하고 부끄럽기도 하고……. 옆에서는 라임 씨가 미소를 짓고 있었다. ……역시 부끄러워.

간신히 두 사람에게는 몸을 너무 밀착하지 않고 팔짱만 끼는 선에서 타협을 봤다. 그래도 부끄러운 건 여전하지만. 물론 기쁘긴 기쁘지만 말이지.

"자, 어디로 갈까?"

"먼저 리프리스 왕도예요. 전 한 번도 가 본 적이 없거든요."

"그래? 그럼 먼저 리프리스 왕도로 가 보자."

다 같이 그 제안을 받아들여서 나는 【게이트】를 열어 리프리스 왕도인 베른과 연결했다.

왕도 베른은 아주 아름다운 도시이다. 에게 해를 바라보는 산토리니 마을처럼 온통 푸르르고, 언덕에 세워진 마을 건물

의 흰 벽이 그 아름다움을 더욱 돋보이게 했다.

베른은 지대가 높아서인지, 온화하면서도 상쾌한 바람이 불었다.

"멋진 도시네요!"

"바람이 아주 시원합니다~."

베른에 처음으로 와 본 루와 야에가 그 경치의 아름다움을 보고 감탄을 쏟아 냈다.

유미나는 가족 모두가 이곳의 왕가와 교류가 있어서 몇 번인가 와 본 적이 있었다고 하고, 에르제·린제 자매는 원래 리프리스에서 성장했기 때문에 지금까지 두 번 정도 왕도에 와 본 적이 있다는 모양이었다.

우리는 바로 베른에서 가장 세련된 소품이나 잡화를 파는 가게에 들러서 쇼핑을 즐겼다. 다섯 명 모두 어울리는 액세서리를 골라 달라고 했을 때는 굉장히 고민됐지만, 다행히 각자에게 잘 어울리는 꽃모양 브로치를 선물할 수 있었다.

그리고 성에 있는 사람들에게 줄 선물과 소품도 몇 개인가 구입했다. 평소에 신세를 지고 있었기 때문에, 그에 대한 작은 보답이었다. 기뻐해 주면 좋을 텐데.

다음에는 마을의 작은 언덕 위에 있는 카페에 들어가 식사를 하기로 했다. 이곳에서부터 내 옆자리는 유미나와 에르제로 교체되었다.

나는 두 사람의 "앙~." 공격에 한없이 수치심 HP가 줄어들었다. 유미나는 아직 그다지 심하지 않았지만, 에르제는 얼굴을 상당히 새빨갛게 물들이며 "앙~." 하고 음식을 내밀었다. 에르제, 이렇게 귀여워도 되는 거야?

"다음엔 어디로 가실 생각이십니까?"

내 팔을 잡은 야에가 그렇게 물었다. 반대편에는 다시 루가 팔짱을 끼었다.

"아, 토야 오빠. 이것 보세요. 광장 쪽에서 연극을 하고 있나 봐요."

유미나가 가리킨 벽을 보니, 연극단 포스터가 붙어 있었다. '영웅 바크람의 용 퇴치'라. 별로 데이트 때 볼만한 연극으로는 안 보이는데.

"'영웅 바크람의 용 퇴치'는, 한 여성을 둘러싼 사랑 이야기, 예요. 그 여성과의 결혼을 허락받기 위해서 바크람이 사악한 용에게 도전하는 건데, 이 용이……."

"스토~옵!! 내용을 미리 알면 재미없잖아!"

스포일러를 하려는 여동생을 언니가 급히 말렸다. 사랑 이야기라. 그런 이야기라면 재미있게 볼 수 있으려나?

"그럼 가 볼까?"

"네!"

포스터에 적혀 있던 광장으로 가는데, 남자 네 명이 우리 앞을 가로 막았다.

"오오, 형씨. 부럽구만. 인기가 아주 많은가 봐?"

저열한 미소를 지으며 그중 한 사람이 그렇게 말했다. 모험자 같은 차림인데, 제대로 장비를 갖춘 사람은 한 명도 없었다. 아마 마을의 불량배인 모양이었다. 나이는 나와 거의 비슷해 보였는데, 이쪽 세계에서는 벌써 어른 대접을 받는 나이였다.

"무슨 볼일이라도 있어?"

"볼일이 있는 건 아니고. 요즘에 호주머니가 가벼워서 말이야. 여자를 끼고 다닐 만큼 잘나가는 형씨에게 돈을 좀 빌릴까 해서."

흐음. 즉, 공갈이구나. 이렇게 아름다운 도시에도 쓰레기는 있는 법인가? 황왕 폐하도 참 큰일이겠어.

"이봐, 나 같은 사람에게 돈을 다 빌리다니, 너무 한심한 거 아냐? 나이도 먹을 만큼 먹었으니 열심히 일을 해서 벌어야지."

"아앙?! 이봐, 형씨. 지금 네가 어떤 처지인지 모르는가 보지?!"

"우린 말야, 설교를 듣고 싶어서 이러는 게 아니거든?! 확실히 말하자면, 지갑 내놔라 그거야!!"

"아니면 그 여자를 내놓든지. 형씨 대신에 귀여워해 줄 테니까."

히히히힉. 저열하게 웃는 불량배들.

불량배가 옆에 있던 루에게 손을 뻗으려고 해서, 역시 한 방

먹여 줘야 하나 하고 자세를 잡는데, 나보다 먼저 움직인 사람이 두 명이나 있었다.

"크어억?!"

"으갸갹?!"

웃고 있던 한 사람이 야에에게 손목을 잡히자마자 땅에 내동 댕이쳐졌다.

또 한 사람은 에르제가 다리를 걸어 공중에 띄운 뒤, 저 멀리 날려 보냈다.

"이, 이 자식이! 뭐 하는 짓이냐?!"

"당신들처럼 쓰레기들 때문에 소중한 시간이 흘러가면 너무 아깝잖아. 얼른 사라져 주지 않을래?"

"동감입니다. 소인들의 귀중한 하루를 더럽히지 말아 줬으면 합니다."

에르제와 야에가 얼어붙을 듯한 눈으로 불량배들을 노려보았다.

문득 옆을 보니, 루와 유미나, 린제도 눈빛이 똑같았다. 어? 뭐야, 이 긴장감은. 나한테도 '손을 대지 마.'라고 말하는 듯한 분위기가 감돌고 있는데…….

"이 자식들이, 미쳤나……?! 각오는 됐겠지?!"

쓰러졌던 두 사람이 일어서더니, 모두 주머니에서 나이프를 꺼냈다. 그걸로 자신들이 유리해졌다고 생각했는지, 불량배들은 엷은 웃음을 지었다.

"칼을 꺼내면 겁을 먹을 거라고 생각한 걸까요?"

"참 생각하는 수준이 드러나네요. 역시 불량배예요."

"전형적으로 머리를 쓰지 않는 천한 행동, 이에요."

너희, 원래 이렇게 말이 험했어······?

"으랴랴!"

린제의 입에서 천하다는 말이 나오자, 불량배 중 한 명이 에르제를 향해 나이프를 휘둘렀다. 당연히 에르제는 이런 녀석들에게 당할 실력이 아니다. 퍽, 하고 메마른 소리와 함께 에르제는 나이프를 든 불량배의 손을 차 올린 뒤, 들어 올렸던 다리의 발뒤꿈치로 상대의 뒤통수를 직격했다.

"쿠웨엑!!"

"이 자식······. 크어억?!"

다른 불량배가 등 뒤에서 공격하려고 했지만, 에르제는 돌려차기로 상대를 기절시켰다.

야에도 자신을 향해 달려든 불량배 한 사람의 공격을 가볍게 피한 뒤, 팔을 꺾어 벽에다 내동댕이쳤다.

남은 한 사람이 믿을 수 없다는 듯한 눈빛으로 야에와 에르제를 바라보았다.

"이, 이 자식들! 두고 봐라!"

남자가 땅에서 뒹굴며 동료 세 명을 놔두고 도망쳤다.

"두고 볼 가치도 없는데 말이죠."

"도망가는 방식, 마지막에 남긴 말 모두 너무 천박해요."

"꼴좋다, 예요."

……너희 왜 이렇게 입이 험해진 거야?!

"에르제, 야에. 괜찮아?"

"물론이지. 아무렇지도 않아."

"참 나……. 이런 바보들은 어느 나라에나 있는 법이군요."

쓰러진 세 사람을 힐끗 보고 야에가 그렇게 중얼거렸다. 무슨 말을 하고 싶은지는 안다. 브륀힐드에도 가끔 나타나니까.

"너희는 참 강하구나. 하지만 조심하는 게 좋아. 이 녀석들은 이 근처를 구역으로 삼고 활동하는 깡패의 부하들이니까. 그 녀석들은 범죄를 저지르고 다니는 악당이야. 빨리 여기서 도망쳐라."

소동을 멀찍이서 지켜보던 친절한 아저씨가 우리에게 조언해 주었다. 저런 불량배들의 세력이 커지면 안 되는데. 치안이 나빠지면 나라도 혼란스러워진다. 다음에 황왕 폐하에게 확실히 말을 해 두어야겠어.

"자, 이런 건 잊고 빨리 가자. 연극이 시작되겠어."

에르제가 내 손을 잡고 달리기 시작했다. 아아앗.

"잠깐만요, 에르제 씨!! 제 차례예요!!"

"소인의 차례이기도 합니다!"

우리를 쫓아오기 시작한 모두와 함께 언덕 아래로 내려갔다. 불평을 하기는 해도 루도 야에도 매우 즐거워 보였다.

우리는 주변 사람들에게 방해가 되지 않을 정도로만 떠들면서 광장에 설치된 연극단의 커다란 텐트 안으로 들어갔다.

"재미있었어요!"

"응, 스토리도 연기도 아주 좋았어."

'영웅 바크람의 용 퇴치'는 상당히 재미있었다. 메인 스토리는 남녀의 사랑 이야기였지만, 도중에 벌어지는 연적의 음모나 용과의 싸움 등, 4막에 이르는 스테이지는 모두 가슴을 두근거리게 만들었다.

게다가 이 이야기는 픽션이 아니라 100년 정도 전에 일어난 실제 사건이라고 하니, 더 박진감이 넘쳤다. 물론 어느 정도는 각색이 되었겠지만.

"다음에 우리 나라에도 저 연극단을 초청할까?"

"그거 좋네요. 다들 굉장히 기뻐할 거예요."

시끌벅적 이야기를 하면서 우리는 리프리스에서 최근 큰 인기를 얻고 있다는 레스토랑으로 향했다. 유미나의 정보에 따르면, 그 부녀자 왕녀도 몰래 다니는 가게라고 한다. 설마 딱 마주치는 건 아니겠지……?

잠시 걷는데, 야에와 에르제가 내 옆으로 오더니, 정면을 바라본 채 중얼거렸다.

"미행당하고 있어."

"역시나."

조금 전부터 우리를 슬며시 바라보는 집단이 있었다.

"오른쪽에 여섯, 왼쪽에 다섯, 뒤쪽에 여덟…… 정도인가."

"생각보다 많은 숫자입니다. 대체 무슨 목적일까요?"

힐끔, 오른쪽을 살짝 보니, 건물 그림자에 숨어 있었지만, 틀림없이 조금 전에 우리에게 시비를 건 불량배 중 한 명이 있었다.

"동료를 데리고 인사를 하러 왔나 봐."

"아~ 그런 거구나."

에르제가 무슨 말인지 알았다는 듯이 한숨을 내쉬었다. 야에가 뒤로 물러서 나머지 세 사람에게도 상황을 설명해 주었다.

"불쾌해……."

"그렇게 머리가 나쁜 걸까요……?"

"짜증, 나네요."

등 뒤에서 뜨겁게 분노의 불꽃이 타올랐다. 그 마음을 모르는 것은 아니다. 실제로 나도 짜증이 막 나고 있으니까. 모두와 함께 하는 소중한 시간을 방해하다니.

타깃을 지정해 【패럴라이즈】로 마무리해도 좋지만, 또 얼쩡거리면 성가시니, 완벽하게 매듭을 지어야 한다.

"식사 전 운동으로는 딱 좋은 것 같아."

"아무리 생각해도…… 저 불량배로는 운동이 안 될걸?"

에르제와 가볍게 농담을 주고받으면서 우리는 일부러 인기척이 없는 장소로 불량배를 유도했다. 하늘은 어느새 노을이 지기 시작해 점점 붉게 변하고 있었다.

어두워지기 전에 해치우는 게 좋겠지?

"여기면 되지 않을까?"

사람이 별로 지나다니지 않는 골목에서 우리는 걸음을 멈췄다. 이때를 기다렸다는 듯이, 건물 그림자에서 불량배들이 우르르르 몰려나왔다. 손에는 나무 막대기니, 곤봉이니 하는 걸 들고 있는데, 둘, 넷, 여섯……. 생각보다 많네. 서른 명은 안 되는 것 같지만.

"형님, 저 녀석들입니다!"

"호오오, 다들 아주 예쁘군. 이거 엄청 기대되는데?"

조금 전에 도망쳤던 불량배가 곰처럼 몸집이 큰 남자를 데리고 왔다. 손에는 나이프를 들고, 허리에는 롱소드를 차고 있는데, 저 녀석이 리더인 불량배인가? 우리한텐 아무런 상관도 없는 일이지만.

쓰레기 집단의 보스라 그런지, 녀석은 히죽거리며 쓰레기 같은 얼굴을 일그러뜨렸다.

"우리에게 대들다니, 참 간도 크지. 야, 너. 얌전히 돈이랑 여자를 다 놓고 도망치면 그냥 봐줄 수도————————."

"멍청이."

나는 브륀힐드를 꺼내 고무탄을 리더의 머리를 향해 쏘았다. 리더는 갑작스러운 충격을 받아 뒤로 쓰러지더니, 그대로 졸도했다. 상대는 무기를 들고 있기 때문에, 괜히 이쪽으로 달려들 때까지 시간을 끌 필요가 없다.

"앗, 형님?!"

"이, 이 자식들이. 지금 장난하나! 야, 해치."

"【바람이여 불어라, 날아오르는 선풍(旋風), 윌윈드】."

"""우어어어어어어어어어어억?!"""

휘이잉, 하고 우리 주변에 강한 바람이 불어 불량배들 몇 명을 저편으로 날려 버렸다. 유미나인가.

"【얼음이여 휘감아라, 결빙의 주박, 아이스바인드】."

"으아악?! 다, 다리에 얼음이!!"

이번엔 린제의 마법으로 불량배의 신발이 얼어 땅에 단단히 고정되었다. 원래는 다리까지 다 얼어 버려야 하지만, 린제가 나름 힘을 빼 준 모양이었다.

그때 에르제의 강력한 한 방. 얼어붙은 신발은 땅에 놓아둔 채, 불량배가 저 멀리 날아가 버렸다.

"쿠웨엑!!"

"크허억?!"

어느새 상대의 무기를 빼앗은 루가 양손으로 나무 막대기를 들고 잇달아 불량배를 쓰러뜨렸다.

"루 님도 실력이 대단하시군요. 그럼 소인도."

각목을 빼앗은 야에가 상대의 어깻죽지에 날카로운 일격을 날렸다. 그리고 무기를 들고 달려오는 다른 상대도 파바밧 쓰러뜨렸다.

1분 뒤에는 30명에 가깝던 불량배가 모두 지면에 납작 엎드려 설설 기었다.

"자, 그럼."

【파워라이즈】를 이용해 강화한 완력으로, 나는 불량배들을 한 덩어리로 모았다. 그리고 종이에 '이 사람들은 노상강도로 강도짓을 하려고 했으니, 체포하길 바람' 이라고 적어 리더에게 부착했다.

그다음엔 【게이트】를 열어서 불량배들을 모두 연극단 텐트 근처에 설치된 리프리스 기사단 대기소 앞으로 이동시켰다. 이걸로 한 건 해결이구나.

"참 나……. 모처럼 한 데이트인데 엉망진창이에요."

얼굴을 뾰로통하게 부풀린 유미나를 내가 열심히 달랬다. 화난 얼굴도 귀엽지만, 역시 나의 색시들은 모두 웃는 얼굴이었으면 했다.

"또 다 같이 오면 되잖아. 우리는 항상 함께니까. 몇 년이 지나면 아마 오늘 있었던 일도 추억이 될 거야. 나는 이렇게 다 같이 데이트를 해서 정말 즐거웠거든."

"토야 오빠……."

"참~ 네 맘대로 과거형으로 만들면 어떡해? 아직 데이트 안 끝났거든?!"

"그렇습니다."

"맞아요! 어서 레스토랑으로 가죠!"

"기대, 돼요."

"앗, 다 같이 날 밀면 어떡해?! 레스토랑은 도망가지 않으니 너무 서두르지 마!"

해가 넘어가 별이 빛나기 시작한 하늘 아래를 우리는 달리기 시작했다.

레스토랑의 음식 맛은 정말 최고로, 흠을 잡을 만한 곳이 하나도 없었다. 덕분에 모두 기분이 다 풀려서 기분 좋게 데이트를 끝낼 수 있었다.

성으로 돌아가 모두에게 선물을 나누어 주고, 목욕을 끝낸 다음, 이제 좀 자 볼까 하는데 약혼자 다섯 명이 잠옷 차림으로 몰려 와서 깜짝 놀라긴 했지만.

일단 아무 일도 없었다고 기록해 두고자 한다. 나는 침대를 점거한 다섯 명의 약혼자 때문에 소파에서 잠을 자야 하는 처지가 됐지만, 정말 멋진 하루였다.

내일도 힘내자.

후기

안녕하세요. 다섯 번째 인사를 드립니다. 후유하라 파토라
입니다.

『이세계는 스마트폰과 함께.』제5권을 여러분에게 전해 드
립니다.

여러분 덕분에 여기까지 올 수 있었습니다. 앞으로도 잘 부
탁드립니다.

지난 권 마지막에 토야가 왕이 되어 건국한 소국 브륀힐드
공국.

앞으로는 나라를 본거지 삼아 세계를 돌아다니는 이야기가
펼쳐질 예정입니다.

본거지를 손에 넣었기 때문인지, 이제부터는 토야가 별로
자제를 하지 않습니다. 주변 나라와 동맹을 맺고, 곤란에 처
한 나라가 있으면 돕고, 도움을 받기도 하고 합니다.

앞으로도 많은 나라를 방문하고, 친해지고, 대립을 하기도

하는 등, 바쁘게 움직이겠지만, 기본적으로는 지금까지와 다르지 않습니다.

『이세계는 스마트폰과 함께.』는 무사태평한 판타지이니까요.

이번 5권에서 팜이 사용하는 언어는 간단하게 변환하면 일본어로 읽을 수 있습니다. "★%☆ ■ ○ ◆ ※." 처럼 의미가 없는 기호로 채워 넣어도 상관없었지만, 그러면 조금 시시하지 않을까 해서 장난을 쳐 보았습니다.

물론 읽을 수 없어도 아무런 문제가 없습니다. 스토리와 관련된 비화가 있거나 하지는 않으니까요.

새로 단행본에 수록된 결혼식 이야기 말인데, 사실 저는 결혼식장에서 일해 본 적이 있습니다.

일을 했던 장소는 재(齋)를 올리는 일도 같이 했기 때문에, A 식장에서는 결혼식이, 조금 떨어진 B 식장에서는 재가 열리는 일도 있었습니다. 그 양극단을 이리저리 오가다 보니 마구 헷갈리기 시작해서, '축(祝)'이라는 글이 적힌 물건을 재를 올리는 곳에 가져갈 뻔한 적도 있었습니다. 그때는 정말 위험했어요…….

그러면 이번에도 감사와 사죄의 말씀을 드립니다.

일러스트를 담당해 주신 우사츠카 에이지 님. 항상 멋진 일러스트를 그려 주셔서 감사합니다. 다음 권도 잘 부탁드립니다.

담당자이신 K 님. 항상 불편을 드려 죄송합니다. 앞으로도 잘 부탁드립니다.

그리고 편집부 여러분, 이 책을 출판할 때 도움을 주신 여러분, 항상 감사합니다.

그에 더해 '소설가가 되자'와 이 책을 읽어 주신 모든 독자 여러분께도 감사의 말씀 올립니다.

다음 권에서는 드디어 '그것'이 등장합니다. 저도 벌써부터 기대가 되어 참을 수가 없군요.

그러면 『이세계는 스마트폰과 함께.』 제6권에서 다시 만나 뵙겠습니다.

후유하라 파토라

건국 기념제도 끝나고, 유미나를 비롯한 약혼자들과의 유대도 쌓은 토야는, 나라가 안정되자, 프레이즈의 위협에 대비하기 시작한다.

이세계는 스마트

후유하라 파토라　illustration ■ 우사츠카 에이지

엔데에게 프레이즈에 관한 비밀을 듣고,
바빌론의 유산 [프레임기어]가
앞으로 필요해질 것이라 생각한 토야는
드디어 **인간형 병기** 제작에 나서는데─

폰과 함께.6

2017년 5월 출간 예정

이세계는 스마트폰과 함께. 5

2017년 02월 18일 제1판 인쇄
2018년 04월 12일 4쇄 발행

지음 후유하라 파토라 | **일러스트** 우사츠카 에이지 | **옮김** 문기업

펴낸이 임광순 | **제작 디자인팀장** 오태철
편집부 황건수 · 신채윤 · 이병건 · 이홍재 · 김호민
디자인팀 박진아 · 박창조 · 한혜빈
국제팀 노석진 · 엄태진

펴낸곳 영상출판미디어(주)
등록번호 제 2002-000003호
주소 21311 인천광역시 부평구 평천로 132 (청천동)
전화 032-505-2973(代) | **FAX** 032-505-2982

ISBN 979-11-319-5421-8
ISBN 979-11-319-3897-3 (세트)

異世界はスマートフォンとともに5
ⓒ2016 Patora Fuyuhara
Originally published in Japan in 2016 by HOBBY JAPAN Co., Ltd.

● ● ●
영상출판미디어(주)

단행본 출간작 리스트
(주요 해외 라이선스 작품)

◆

영상출판 미디어(주)

트랜드를 이끄는 고품격 장르소설

아저씨가 미녀
1

얼굴도 모르는 게임 속 친구와 함께 회복약 버튼을 연타하면서 던전 보스를 공략하던 중에 생각지도 못하게 게임 세계에 날아간 아키라. 그런데 함께 소환된 사냥 친구인 이사토, 통칭 '아저씨'는 사실 연상의 미녀였다!?
게임과 비슷하면서도 다른 이세계에서 원래 세계로 돌아갈 방법을 찾는 아키라&이사토. 어떻게든 안전하게 게임 세계에서 살아남으려 하지만, 시작부터 도적이 마을을 덮치고, 몬스터가 창궐하는 이상한 사건에 조우하는데── '아저씨'와 함께하는 파란만장한 이세계 게임 판타지, 개막!

야마다 마루 지음 / 후지타 카오리 일러스트 / JYH 옮김

영상출판
미디어(주)